「神々しいです……！」
「む、むずむずするな……」
黄金の経験値
the golden experience point
特定災害生物
「魔王」降臨タイムアタック

「安全確認ヨシ。では――
『焼き尽くせ！
『フレイムデトネーション』』！」
この日、エアファーレンの街の
そばの草原は一夜にして焦土と化した。
王国は災厄の討伐を決めた。

（ふふふ！　効かん！　効かんぞ！　虫けらめ！）
どちらの方角から
飛んでくるのかわかっていれば、
矢をその手で掴み取るのも難しくない。

黄金の経験値

the golden experience point

特定災害生物
「魔王」降臨タイムアタック

原純 Harajun

illustration
fixro2n

口絵・本文イラスト
fixro2n

装丁
coil

contents

the golden
experience point

本書は、二〇二一年にカクヨムで実施された「第7回カクヨムWeb小説コンテスト　キャラクター文芸部門」で特別賞を受賞した「黄金の経験値」を改題、加筆修正したものです。

プロローグ

その日、大陸各地に激震が走った。

最初に慌ただしく動きがあったのは、各国王都に置かれている聖教会の大聖堂であった。その動揺はすぐに大聖堂から漏れ出し、それぞれの国の王の座す城へと伝わっていった。

この激震による動揺が最も大きかったのは、大陸の南東に位置する、ヒルス王国というヒューマンの国だろう。

なぜなら、この国こそがまさに震源地であったからだ。

◆◆◆

夜。

白く、とても白く光を反射するシルエットが草原の上空にあった。それは、ともすれば夜空に人型の月が浮かんでいるのかと見紛《みまが》うほどだった。

もちろん人型の月などありはしない。いやこの世界――このゲームのどこかには存在するのかもしれないが、この時は違った。

それは、少女だった。ただし、ただの少女ではない。

頭部からは金色の角が伸び、腰からはその髪と同じ純白の翼を広げている。

彼女が夜を待ったのは、「アルビニズム」のデメリットのせいだ。そのせいで彼女は陽《ひ》の光に当たると肌が軽度の火傷《やけど》を負ってしまう。日焼けとも言う。

月明かりに照らされた草原は思いの外見通しがいいが、さすがにこの時間には人の影はない。NPCの傭兵《ようへい》の大半は夜は寝ているだろうし、プレイヤーの今のメインの狩り場は森だからだ。

「さて。じゃあ撃ってみるかな。前のイベントでは『ヘルフレイム』で森を焼いたんだったっけ。なら違うやつで……せっかくだし、一番強いやつにしよう」

『火魔法』ツリーの最上位に位置している魔法もすでに取得してある。第一回イベントでの『ヘルフレイム』の威力を思えば、大抵のことは『ヘルフレイム』で事足りるような気がするが、もし必要だとなった時に取得してありませんとなるのは困る。そのため全属性の魔法で取れるものは全《すべ》て取ってあった。

「効果範囲には……うちのアリはいないな。ウサギはいるだろうけど、まあ運がなかったってことで。安全確認ヨシ。では――魔王の力、見せてもらう！　焼き尽くせ！　『フレイムデトネーション』！」

◆◆◆

ヒルス王国にエアファーレンという街がある。

そのエアファーレンの街に生まれ、傭兵として生計を立ててきたジムは、この日は日が落ちても草原で狩りを続けていた。

最近オープンした魔法薬屋は従来の店よりもかなり安く魔法薬を売ってくれる。魔法薬の中には、通常よりも明るく長く燃え続けるランタン用の油というものもあった。これを使えば暗くなっても狩りが続けられるのだ。さすがに真夜中までというわけにはいかないが、街の定食屋が飲み屋に変わり始める時間くらいまでなら街の外にいられる。

その魔法薬屋がオープンした頃《ころ》から、街には保管庫持ちとか呼ばれるよそ者が増え始めた。嘘《うそ》か真《まこと》か彼らは死ぬことがないらしく、毎日毎日死を恐れずに魔物の領域たる森へ分け入っていき、成果を持ち帰ってくる。その代わり一日の活動時間は短く不規則であるようだが、森の恵みと草原の恵みでは単価が段違いだ。ジムのようなエアファーレン出身の傭兵たちが食べていくには、活動時間の長さを活《い》かして少しでも多くの獲物を狩るしかなかった。

ジムの他にそんなことをしている者はいなかったが、日々保管庫持ちは増え続けている。遅かれ早かれいつかはやらねばならない時が来るのだ。それなら早いうちから始めておいたほうがいいに決まっている。


この日もそんなつもりでランタン用の油を買い、暗くなってもひとり活動を続けていた。そろそろ飲み屋の時間になるな、と狩りを切り上げ、最後の獲物を〆《しめ》ようとナイフを抜いたところで、不意に妙な気配を感じた。

ジムがこれまで感じたことがない異様な気配だった。全身から冷や汗が吹き出して、ジリジリと焦りのような感情が沸き起こってくる。理由は分からないが、一秒でも早くこの場から離れないとまずい。

そろりそろりと、ジムは街に向かって後退《あとずさ》りを始めた。獲物を〆るのはやめだ。そんなことをしている場合ではない。

謎の気配に気づかれないよう慎重にしていた後退りは、徐々に遠慮をなくしていき、やがて後ろ向きに走るようになり、ついにはくるりと振り返って全力疾走を始める。

ちょうど、その時だった。

一瞬、昼間になったのかと思えるほどに辺りが明るくなり、その直後、全身に燃えるような熱を感じた。

ジムはたまらず叫び、叫びながらも、死にたくない一心で走り続けた。


ようやく街へと辿《たど》り着《つ》くと、街の城壁の門を守る衛兵たちが呆然《ぼうぜん》とした顔で草原のほうを見つめていた。そしてそこから駆けてくるジムを見つけ、大声で呼びかけてきた。

「おい！　あんた！　何があったんだ！　今、草原のほうが――」

「待て、そんなことを聞いてる場合か！　あんた大丈夫か⁉　背中が……」

街に辿り着いたことで安堵《あんど》したジムは、そのまま気を失ってしまった。

翌日、診療所で目覚めた彼は、背中側に酷《ひど》い火傷を負っていたことを聞かされた。幸いポーションで治る範囲だったため後遺症は残らないが、数日分の稼ぎはポーション代で吹き飛んでしまった。

そして診療所にジムを運んでくれた衛兵たちがやってきた。ジムから事情を聞きたいらしい。

「助かったようだな。よかった。さて、あんたに聞きたいのは、昨夜草原で何が起きたのかだ。当事者であるあんたなら知っていると思うが、草原は一夜にして、焦土に変わっちまったんだ──」

◆◆◆

この日、エアファーレンの街のそばの草原は一夜にして焦土と化した。

一体何が起きたのか、わかる者は誰《だれ》もいなかった。

しかしヒルス王国上層部は知っていた。その直前に新たな人類の敵が誕生していたことを。

たった一夜で広大な草原を焼き尽くす程の途方もない力。それがいつ人類に牙《きば》を剥《む》くかはわからない。


王国は災厄の討伐を決めた。

第一章　レア

新暦一二年。

人類は地球の重力という枷《かせ》から解き放たれる前に、肉体という枷から逃げ出すほうに注力していた。

ＶＲ――ヴァーチャル・リアリティ技術の発展。

かつて仮想現実として定義され、その名を今も冠する技術は、今となってはもう一つの現実と言っても過言ではない領域にまで進歩していた。医療をはじめ、娯楽はもちろん、教育分野、各種インフラ事業、製造業、サービス業、土木、建築、不動産、金融……ありとあらゆる分野で活用され、社会に貢献している。もはや、ＶＲ技術無しでの生活など人々には考えられなかった。


そんな現代に、また新たなゲームが発表された。

『Boot hour, shoot curse』

特に斬新というわけでもなく、オーソドックスなファンタジー系のＭＭＯＲＰＧ《大規模多人数同時参加型オンラインＲＰＧ》だが、これまで数々のミリオンタイトルを世に出してきたメーカーの新作だ。ファンや業界の期待度は高い。

発表後、いくつかのクローズドα《アルファ》テスト、クローズドβ《ベータ》テストをこなし、ついに大々的にオープンβテストの告知があった。

今回のオープンβは、最終テストという役割ももちろんあるが、実際にはこれまでのテストではほとんどの問題点やバグは潰《つぶ》してあり、どちらかというとアーリーアクセスの意味合いが強かった。正式サービスと同じアカウントを要求され、キャラクターデータも正式サービスにそのまま移行されることが公表されている。

一応βテストという体《てい》をとっているので本サービス開始までは無料だが、突発的なメンテナンスなども実施される可能性があるとうたわれている。

オープンβを目前に控えて、広く公開されている情報はゲームの仕様の一部のみだ。これまでのクローズドテストの際は、テストの内容について口外しないよう契約書が交わされていたし、動画の撮影やスクリーンショットなどもシステムによって制限されていた。とはいえ人の口には戸は立てられず、ゲームの仕様については匿名SNSなどで嘘か真《まこと》かわからないような情報が錯綜《さくそう》していた。

いずれにしても、情報の真偽はすぐにはっきりする。

◆◆◆

広い畳敷きの部屋に溢《あふ》れんばかりのぬいぐるみ。その中心にどんと置かれた無骨な最新型のVRモジュール。その中に身体《からだ》を横たえているのは、長い黒髪の大人びた少女だ。実際、少女と呼ぶのもそろそろ限界な年齢である。

（基本的な仕様はクローズドテストの時と変わっていないみたいだね）

女性――少女はキャラクタークリエイトモードで専用のウィンドウをながめ、表示されているデータから前回のテストを思い出す。

このゲームにはレベルの概念がない。定型的な職業の概念もない。

レベルの概念はないが、経験値は存在しており、取得した経験値を消費してキャラクターのパラメータを強化したり、スキルという特殊能力を覚えたりして成長していく。このゲームはそういうシステムだった。

初期のキャラクタークリエイトの時点からこのシステムは導入されており、まずはじめにプレイヤーには経験値一〇〇ポイントが与えられる。

選べる種族はヒューマン、エルフ、ドワーフ、獣人、ゴブリン、スケルトン、ホムンクルスの七種類。

選んだ種族によって経験値が消費され、例えばヒューマンならば消費なしだが、エルフならば二〇ポイントの消費、逆にゴブリンならば一二〇ポイントの還元がある。

パラメータの上昇は一ポイントにつき消費経験値一〇、スキルの取得は今取得できるもので言えば消費経験値一〇から四〇くらいでばらついている。

ここまではクローズドテストの時と同じだ。それぞれのスキルの取得に必要なコストの差を見る限り、おそらくスキルの仕様も同じだろう。スキルには取得条件が設定されているものもあったので、今表示されているスキルが全《すべ》てではないはずだ。

それよりも気になるのは、特性という項目だ。これはクローズドテストの時にはなかった仕様だ。

どうやらキャラクターの先天的な特性を表しているようで、最初に自身をフルスキャンして仮アバターを作成した時点で、すでにひとつ自動で取得されていた。

先天的な特性：美形
消費経験値　：二〇
あなたは生まれながらに美しい。
NPCからの好感度にプラス補正（中）。

ヘルプを見ると、先天的な特性というだけあり、種族と同様基本的にキャラクターのクリエイト時にしか弄《いじ》れない項目のようだ。これにも経験値が消費・還元されるようで、自動で取得された特性によって経験値が勝手に減っていた。

その特性を削除すれば経験値は戻されるようだが、それだけでアバターの容姿がずいぶん変わった。

（いつだったかにVR図書館で見かけた骨董《こっとう》品のゲームブックにそんなシステムがあった気がするな）

経験値二〇は惜しいが、容姿をあまり弄るのも負けた気がする。これはそのままにしておくことにした。

このゲームはレベルアップというタイミングがなく、取得している経験値を消費してキャラクターを強化するというシステム上、その作業自体は基本的にいつでも行えるようになっている。

つまり、このキャラクタークリエイトで与えられた一〇〇ポイントという経験値も、別に今ここで全て使い切る必要はない。

種族をエルフに決め、さらに二〇ポイントの経験値を消費する。

そして特性で「アルビニズム」を取得した。

先天的な特性：アルビニズム
消費経験値　：一二〇
あなたは生まれながら髪が白く、肌が白く、眼《め》が赤い。
長時間陽射《ひざ》しを浴びると軽度の火傷《やけど》を負う。
※火傷……重症度に応じて治癒されるまで継続ダメージ。

なるべく容姿を弄らずにポイントを取り戻そうとした結果である。

ゲーム内時間で夜のログイン時間が長くなるよう生活を調整すれば、さほどデメリットはないと判断した。ゲームの設定上、夜間のほうがフィールドのエネミーは強くなる傾向にあるのはクローズドテストの際にわかってはいたが、主観的な感覚では大した差はなかった。

加えてエルフは元々色素が薄い種族で、「アルビニズム」だったところで外見的にはさほど目立つまい、という思惑もあった。

ここまでやるなら、できればエルフの種族選択で引かれた二〇ポイントも取り返したい。

先天的な特性：弱視
消費経験値　：－三〇
あなたは視力が弱い。
遠くに狙《ねら》いをつけることができない。
中距離の目標に対する命中・精度にマイナス補正（中）。
視力依存下でターゲティングする場合、遠距離以上の目標を攻撃の対象にできない。

ペナルティが重い。が、中・遠距離攻撃をするつもりがないなら実質デメリットはない。いずれメガネのようなアイテムを入手するか、魔法的な何かでカバーできれば取り戻せる程度のハンデだ。

そう考えることにして、最後に名前を決め、キャラクタークリエイトを終えた。

キャラクター名は「レア」。

こうした文字数の少ない名前が使用できるのも、βテスターやアーリーアクセスの有利な点である。

現在の経験値は一一〇ポイント。

先天的な特性のおかげで、能力値的に優位な種族にもかかわらずプラス収支でゲームスタートができる。これは非常に大きなアドバンテージだ。経験値取得の仕様がクローズドテストと同様であれば、だが。

◆◆◆

ゲーム開始直後のチュートリアルはスキップできなかった。

サポートＡＩが映像を交えて世界観や最低限プレイヤーが知っておくべき仕様などを解説してくれる、のはいいのだが、前述の通り飛ばすことはできないし、ときどき「聞いていましたか？」などとチェックが入るため、適当に聞き流すこともできない。

その内容を要約すると。

ＰＣ《プレイヤーキャラクター》とＮＰＣ《ノンプレイヤーキャラクター》のシステム的な違いは『システムメッセージを受け取ることができるか』という点だけである。

ＮＰＣとモンスターにはシステム的な区別はない。

プレイヤーがログアウト中も、プレイヤーのアバターはその場に残り続け、眠っているという設定になっている。

といったところだろうか。

一時間にせまるほどの長い説明の中で、サポートＡＩが特に強調していたのはこのくらいだった。

内容はクローズドβテストの時と全く同じだ。

とはいえＮＰＣに搭載してあるＡＩとモンスターに搭載してあるＡＩには知能に差があるし、Ｎ

PC同士でも、同じモンスター同士でも個性と言える程度の差があるらしいが。

この注意事項はおそらく、道徳的な示唆を含んだものだろう。つまりNPCだからと居丈高に接したり、モンスターだからと無為に殺生したり、配慮の足りない行動は控えるように、ということだ。


ともかく、スキップできないチュートリアルを終えると、レアはじめじめした薄暗い場所にスポーンした。どこかの洞窟《どうくつ》の袋小路のようだ。なんだか饐《す》えた匂《にお》いもする。光源がないにもかかわらず完全な暗闇《くらやみ》ではないのが気になるが、初期エリアだからだろうか。

軽くあたりを見回した限りではエネミーはいない。プレイヤーの姿もない。


ゲームを始めるにあたっての初期スポーン位置はおおざっぱにだが選択できる。大陸に六つあるとされる国々、そのうちのいずれかを選べば、その国内に設定されているいくつかの初期スポーン位置のどこかにランダムにスポーンする。

大陸の六つの国はどれも人類種国家と呼ばれる国々で、ヒューマンが多い国、エルフの国、ドワーフが多い国、獣人が多い国など、ゲームの中の世界で人類に分類されている種族が運営する国である。

しかし、初期種族でゴブリンやスケルトンを選んだプレイヤーをそのような人里近い場所からスタートさせるのは問題がある。人類種国家の影響下ではゴブリンやスケルトンは討伐対象だ。住民に通報されて討伐隊に襲われる危険がある。ゴブリンやスケルトンを選んだ場合に経験値の還元が多いのはそういったデメリットの裏返しでもあった。しかもそこで死亡した場合、デスペナルティを受けた上で初期スポーン位置にリスポーンする。衛兵が周辺を警戒していれば、すぐにでもまた討伐されるだろう。

自動デスペナ製造システムの完成だ。

とはいえNPCである衛兵や住民には高度なAIが搭載されているため、彼らも実際には延々と討伐し続けるといった異常行動はとらない。討伐しても特定の場所からポップするモンスターだと認識されれば、ポップ位置に檻《おり》や罠《わな》を設置され捕らえられることになるだろう。人類種に捕獲された魔物プレイヤーがどういう運命をたどるのかはわからないが。

そうした一種の詰み状態を回避するために、六国家以外を選択することも可能になっている。

それが人類種国家の言うところの「魔物の領域」だ。

魔物の領域であれば、基本的に人類種はいない。同じ種族の魔物であれば攻撃されないかといえば必ずしもそうとは限らないが、問答無用で殺しにくる人類種よりはいくらか理性的に接することもできる。

レアが初期スポーンしたのは、そんな魔物の領域のひとつだった。彼女はエルフであり、人類種に分類されるが、初期スポーン位置は別に種族に関係なく選択できる。

レアがここを選んだのは、先天的な特性のためだ。「アルビニズム」は日光に弱く、「弱視」は広く見通しがいいフィールドには向かない。

おそらくスケルトンかなにかのために用意されたと思《おぼ》しき洞窟系の初期位置から、ランダムに選ばれたのが今レアがいる場所だろう。

魔物には人類種の国家の違いなど関係ないため、六国家を選ばない場合はレアの選んだ「洞窟環境」のように周辺環境を選択する形になる。そのため今いる場所は魔物の領域のどこかであることは確かだが、それがどの国に近い場所なのかはわからない。

エルフであるレアにとって、魔物の領域であるこの周辺にはエネミーしかいない。まずは拠点として使える場所を確保する必要がある。

洞窟内にそういうものがあるかは不明だが、仮に自分がスケルトンとしてスタートしていたとしても同様の問題はあるはずなので、なんらかのセーフティエリアのようなものはあるはずだ。それを探していけばいい。

行動方針を決めたなら速やかに行動に移すべきだ。袋小路であるこの場所で襲われればリスキル無限ループに陥りかねない。

現状レアはなんのスキルも持っていないため、キャラクターのベースの運動能力のみで乗り切らなければならない。

クローズドテストと同程度の初期エネミーなら今の能力値のままでも素手で対応できる。自身の技術を考えるなら、欲を言えば人型のエネミーが望ましいが。

少し歩いて洞窟の最初の分岐点の壁にはりつき、顔の半分だけ出して曲がり角の向こうを窺《うかが》う。動くものは見えない。ただでさえ薄暗い上、先天的な特性のせいで視力が弱いためはっきりとは見えないが、動きがあるかどうかくらいはわかる。

しばらく待っても動くものは現れなかった。

分岐点の壁に石でしるしをつけ、とりあえず右側に進むことにした。壁伝いに道なりに進んでいくと、洞窟の先の曲がり角と思しき壁の向こうから、うっすらと明かりが漏れているのが見えた。

あれが仮に出口だとして、明かりが日の光ならば今出て行っても肌にダメージを受けるだけだ。しかし洞窟の出口の場所は把握しておく必要がある。

慎重に明かりを目指して歩いていった。


近づくにつれ、人の話し声のようなものが聞こえてきた。

(魔物の領域の洞窟の中に人類種がいるのか……?)

いや、人類種と決まったわけではない。人語を話す魔物の可能性もある。いずれにしても声の反響具合から、すぐそこに洞窟の出口があるという感じではない。

出口でないなら、この明かりは何者かが目的をもって用意した可能性が高い。魔物がそんなことをするだろうか。

ならばやはり人類種か。たまたま同じ地点にスポーンしたプレイヤーかもしれない。

それを確かめるべく、壁越しに慎重に覗《のぞ》き込む。ちょうど、そこにいた人物が声を発したところだった。

「――ちょっと、奥でおしっこしてくる」

焚《た》き火《び》の光を見つめながら、ケリーは思う。

（この洞窟を見つけることができたのはラッキーだった）

魔物の領域に入っていくらも歩かない場所に、この洞窟はあった。普通ならば見つけられないような場所だったが、メンバーの中で一番めざといライリーの目にかかれば一目瞭然《いちもくりようぜん》だった。

しばらくはここを拠点に生活することにする。人類の国の中には自分たちの居場所はない。

◆◆◆

魔物の領域にある洞窟。

そこに入り込んでいたケリーたちは、元は猫獣人たちが暮らす集落の子どもたちだった。

その集落は魔物の領域の拡大の影響か、作物の収穫量、狩りの獲物が減少し、徐々に立ち行かなくなっていった。

そして食うに困った集落の大人たちによってまとめて売られそうになったところを、逃げ出したのがケリーたち四人だった。

しかし子どもだけで生きていくことなど不可能だ。

ただでさえ集落の近くは食べ物も少ない。魔物の領域も近いため、凶悪なモンスターに襲われるかもしれない。集落の人間に見つかれば、連れ戻されて今度こそどこともしれぬ場所へ売り飛ばされる。

最年長のケリーは、三人の幼馴染《おさななじみ》を連れて必死で逃げた。

隣の集落まで逃げ、見つからないように隠れながら、畑の作物をあさった。夜には建物に忍び込み、衣類や刃物、野菜以外の食べ物を盗んだ。住人に見つかることもあったが、そうした場合は殺して逃げた。そしてまた別の集落へ行き、同じことを繰り返した。必死だった。

時には自分たちと同じようなことをしている大人の集団とやり合うこともあった。しかしケリーたちは、大人と比べ身体《からだ》が小さいこと、すばしっこいこと、そしてチームワークをうまく活《い》かし、常に彼らに勝利してきた。勝つたびにケリーたちはその力を増し、獣を狩るのも大人を狩るのも巧《うま》くなっていった。

同業者は獣と違い食べられないが、武器やお金を持っていた。武器は戦力になるし、お金は街で食べ物と交換できる。悪くない獲物だった。

しばらくはそうやって、木のウロや茂みで昼をやり過ごし、夜に活動しながら国を縦断した。生まれ育った集落を逃げ出してから、気付けば五年も経《た》っていた。

いつの間にか、魔物の領域に入ってしまっていた。ライリーが洞窟を見つけた。

それが今いるこの洞窟だった。

この洞窟は入り口からしばらくは狭く曲がりくねっているが、その先に開けた場所がある。四人はその広間を拠点にすることにした。

そして洞窟の探索を終えて一息ついた頃、最年少のマリオンがトイレに行った。

篝火《かがりび》を使って残った三人で食事の準備をしていたが、マリオンが一向に帰ってこない。

トイレはすぐそこの行き止まりに決めたはずだ。まさか奥の地底湖まで行ったのだろうか。

「ちょっと見てくるよ。アンタたちは先に食べてな」

ケリーはそう言い、広場から奥へと繋《つな》がる横穴へと入っていく。マリオンの姿は見えない。この横穴は二股《ふたまた》に分かれていて、一方は行き止まり、もう一方は地底湖へと続いている。行き止まりを軽く覗き、居なければ地底湖まで行こうと考えた。

分岐路を行き止まりのほうへ曲がったところで、衝撃とともにケリーの意識は暗転した。

◆◆◆

「……なるほど、なんで魔物の領域に人類種がいるのかと思ったら、雑魚《ざこ》エネミーの盗賊か」

通路でエンカウントした盗賊を一人ずつ不意打ちで倒し、最後に広間で二人まとめて倒した。殺してはいないはずだが、全員を広場に移動させる間に目を覚ました者は居なかった。

考えてみれば、魔物の領域で魔物アバターで始めた場合、周りが同種のモンスターばかりでかつ会話が通じてしまったら、その周辺で気軽に経験値稼ぎもできなくなってしまう。

しかしスポーン候補場所のそばに人類種の盗賊を配置しておけば、プレイヤーが魔物アバターだろうと人類アバターだろうと気兼ねなく経験値にできる。よく考えられた配置だ。

レアはチュートリアルのサポートＡＩに注意されたことを心に留めていたため、念のため命を奪うのはやめておいた。殺すのはいつでもできるが、ＮＰＣはリスポーンしない。それに殺さなくても、無力化に成功した時点で大量の経験値が入手できていた。


このゲームで経験値を入手する手段は、実は戦闘だけではない。

生産活動でも経験値は入手できるし、どこかに盗みに入り、誰《だれ》にも見つからないように脱出するというような、生産も戦闘もしない行動でも経験値は手に入る。

その際に得られる経験値は、行動の難易度と現在の自分の実力によって左右される。ここで言う『現在の自分の実力』とはその時点でのスキルや能力値のみを指しており、保有している経験値については全く参照されない。つまり全く経験値を振っていないプレイヤーが生産活動を行えば、スキルやパラメータに経験値を振って成長したプレイヤーが行うよりはるかに多くの経験値を得ることができるのだ。

もちろん成功すればの話で、失敗してもいくらか経験値は手に入るが、それくらいなら生産スキルを取って成功率を上げたほうが効率はいい。

経験値は持っているだけではなんの意味もなく、パラメータやスキルに振って初めて価値が出る。レアの場合、キャラクタークリエイトで初期の一〇〇ポイントをまったく使っていないどころか、逆に一一〇ポイントに増やした状態でゲームをスタートさせている。システム判定としてはあらゆる分野において素人《しろうと》以下ということだ。

それを逆手に取ったのが、レアのこのプレイングだ。

彼女は実家の家業の事情で、リアルでは護身術を修めていた。これは良家の子女のためにと、一族で古《いにしえ》より研鑽《けんさん》を積んできた歴史ある流派だ。習うのが良家の子女ばかりということもあって、体格も筋力も器用さも持たない者が、合気道や古武道などにも謳《うた》われる「理」をもって無傷で相手を打ち倒すという理念の護身術である。

そういうコンセプトであるから、筋肉が必要以上についてしまうような通常の鍛錬を行うのは推奨されない。古い考え方ではあるが、良家の子女としてまず第一に女性らしく美しくあらねばならないとされていたからだ。

当然ながら、武道を嗜《たしな》む者たちからは長らく理想のみの口だけ流派と蔑《さげす》まれてきた。

しかしVR技術の躍進によってその状況は一変する。なにしろ身体を鍛えることなく、いくらでも鍛錬が可能になったのだ。

いかに自分の力を使わずに相手を倒すかという「理」の真髄。脳の中だけで修練を完結させ、現実では自身の肉体で脳内のイメージとのすり合わせのみを行うことでこれを追求する。

物心ついてから暇さえあればVRでこれをやらされてきたレアである。自身のアバターの能力値が低いというのは、むしろ望むところであった。

本来ゲームバランスとしては、初期スポーン時のプレイヤーの所持経験値は使い切ってあるという前提で調整してある。そうであろうということはクローズドテストの時点でわかっていた。

レアは予想外に大量に入手できた経験値に内心ほくそ笑んだ。

今の戦闘で得られた経験値は合計で三〇〇ポイント。元あった分と合わせて、保有経験値は四一〇ポイントにもなっていた。

なぜこんなにも貰《もら》えたのかは不明だが、さしあたってすぐに使用するつもりもないので後で考えることにして、気絶した盗賊たちを拘束することにした。

盗賊たちはロープの類も持っていなかったため、とりあえず服を脱がせ、その服で手足を縛った。

適当な間隔をあけて盗賊たちを転がし、一人ずつ気付けを行って強制的に目を覚まさせた。

いよいよNPCとのファーストコンタクトである。なお不意打ちはコンタクトにはカウントしない。

しかしせっかくのファーストコンタクトにワクワクしていたというのに、眼《め》を覚ました盗賊たちはわめき散らして暴れようとするばかりで会話にならなかった。

仕方なくレアは盗賊たちが騒ぐたびに丁寧に説得を行った。言語による説得が難しい状況であったので、最も原始的かつ効率的な説得力を行使した。

何度か説得を繰り返すうちに盗賊たちは次第に文化的になってきた。

ようやくファーストコンタクトが始められる。なお説得力の行使はコンタクトにはカウントしない。

「やあ、まずは自己紹介かな。わたしはレアという。ごらんの通りエルフだ。きみたちは獣人かな？　代表者は誰だ？　ああ、代表者に限っては口を開いてもいいことにしよう」

レアがやさしく語りかけると、先ほど一番騒いでいた盗賊が恐る恐る名乗った。

「……ゲ……ケリーだ……。あん、あんだいっだい……」

「あんた？　口の利き方はママに習わなかったのか？　わたしは座っていて、きみたちは縛られて転がされているんだから、どちらの立場が上なのか考えなくともわかるだろうに」

「ひ……っ！　ずまな、すまない！　なんて呼んだらいいんだ！　親からそんなごど教わってない！」

「……そうだったのか。あまり教育に熱心でない家庭だったんだね。それは悪かった。『あんた』を少し上品にすると『あなた』という言い方になるんだ。覚えておくと今後は余計なケガをしなくてすむよ。ところでずいぶんと話しにくそうだが、魔法薬は要るかな？」

そう言うとレアはインベントリからＬＰ《ライフポイント》ポーションを取り出し、ケリーの前に置いた。

インベントリというのはプレイヤーがゲームスタート時から使えるシステム機能のひとつで、所持品を入れておくことができる謎空間である。

そのインベントリの中にはじめから入っていたのが今取り出したポーションだ。まだあと九本残っている。

ＬＰポーションを不審そうに睨《にら》みつけながら、ケリーがうめいた。

「ごれ……ごれはなんだ……？　どくか……？　あだしたちをごろすのか……？」

「まさか、ポーションを知らないのか？　一般的にそうなのか？　ここらの地域だけかな？　クローー……、昔街に行ったときは普通にポーションを売っている店もあったと思ったんだけど」

「まぢでは……服と、食糧しかかっだごとがない……」

「なんだそうなのか。これは傷を癒《いや》す魔法の薬だよ。全快にはならないだろうが、話すに不足ない程度には回復するだろう。そら、飲ませてあげるからじっとして」

ポーションの瓶を開けケリーの口に流し込んだ。

ケリーは口内の傷に沁《し》みたようで一瞬顔を顰《しか》めたが、すぐに驚いたような顔でレアを見つめてきた。

今さらだがここにきて初めて、レアはこの四人が盗賊ではない可能性に思い至った。

薄汚れた武装集団が、魔物の領域であろう洞窟《どうくつ》で、さも生活しているかのようなふるまいをしていたため咄嗟《とっさ》に襲ってしまったが、今思えば何らかの依頼を受けて調査に来た傭兵《ようへい》だとか、近くの村に住む猟師が休憩のために立ち寄ったとか、もっと平和的な可能性もあった。

スポーン地点のすぐそばにいたから雑魚モンスターだというのはいかにもゲーム的なメタ視点というやつで、このゲームに関して言えばそういった配慮はされていない可能性の方が高かった。

このゲームは、公式発表ではリアリティの追求を一番に考えた画期的な新システムとされていたが、噂《うわさ》ではワールドシミュレーターの運用テストだとも言われていたからだ。

それを信じていたわけではないが、その噂にいくらかでも真実が混じっているのなら、異世界のシミュレートをしている環境でわざわざプレイヤーひとりひとりを想定したお膳立《ぜんだ》てなどするはずがない。

ただ結果論ではあるが、ポーションを知らない傭兵などいないだろうし、猟師にしたって聞いたことくらいはあろう。さらに、街や村などのコミュニティとのつながりが薄そうだと感じたことで、盗賊説がもっとも有力になったのには安心したが。

「さあ、痛みがとれたなら話してくれないか。きみたちのことを。これまでどういう生活をしてきて、ここで何をしていたのかを」

◆◆◆

ライリーはこれまで他人と殺し合いをして、ここまで一方的に負けたことはなかった。

いつの間にか気を失っていて、眼が覚めたら四人仲良く縛られて転がされていた。

自分たちのリーダーであるケリーが騒いで暴れてなんとかしようとしていたが、白い女がちょっと触ったり掴《つか》んだりしただけで、ケリーは聞いたこともないような叫び声を上げて泣いた。白い女はその声に顔を顰めて黙るように告げ、ケリーをぶった。ケリーは口を切ったみたいで血が出ていた。

それを目の当たりにするまではライリーもレミーもマリオンも喚《わめ》き散らしていたが、すぐに黙った。これまで生きてきた中でいちばん行儀良くした。あの我慢強いケリーが泣いたのを見たのは初めてだったからだ。自分たちに耐えられるとはとても思えなかった。

そのあともケリーは何度か暴れたが、そのつど同じ光景が繰り広げられた。しばらくしてケリーも黙って行儀良くなった。

ケリーの行儀が良くなるのを見た白い女は名乗り、ケリーも名乗った。ケリーの言葉づかいに白い女の機嫌が少しだけ悪くなり、それ以外の全員の顔色がだいぶ悪くなった。

白い女が妙な小瓶をケリーに飲ませた。するとたちまち、目に見えて腫《は》れあがっていたケリーの頬《ほお》がしぼんで、いつも通りの顔に戻った。ケリーは目を丸くして白い女を見ていた。他の三人もそうした。

女はケリーに魔法薬とかいうものを飲ませたらしい。これがその魔法薬の効果なのか。

すっかり観念したケリーは、これまでの身の上を話し始めた。足りないところは他の三人も補足した。勝手に話して怒られるかと思ったが、白い女は微笑《ほほえ》んで聞いていた。

白い女は、もしかしたら思ったより優しい人なのかもしれない。

こっちは手酷《てひど》くやられたのに殺そうとしないし、どこかに売り飛ばそうという感じでもない。売るつもりならケリーの話を聞く必要はないし、ケリーにすごい魔法薬を使う必要もないはずだ。

今までに会ったことのない種類の人間だった。獣人ではない、という意味ではなく。

自分たちの母親がこの女みたいに強くて優しかったら、四人とも今も集落で暮らしていたかもしれない。なんとなくだが、他の三人も同じことを思っているんじゃないかと思った。

ケリーは話しながらいつしか泣いていた。ケリーは我慢強いから今まで泣かないのだと思っていたが、違った。一番年上だから泣けなかったんだと知った。強くないといけないから。

今はケリーより強い白い女がいるから、我慢できないんだと思った。

◆◆◆

盗賊たちの身の上話を一通り聞いて、レアはため息をついた。

思っていたより重い身の上だったということもあるが、話しぶりからみるに彼女たちの記憶は実際の体験をもとにしたもののようで、それが問題だった。

つまり、どういうことかと考える。

ゲーム内に広がる世界は非常に広い。

ランダムマップ生成のアルゴリズムを利用して数年間自動で計算させ続けてマップとオブジェクトのデータを完成させたらしいが、それだけの広さの土地に、ひとつひとつの生物種が問題なく生存競争ができるほどの規模で存在しているのなら、それはいったいどれだけの数のＡＩが必要になるのか。

知的生命体レベルのＡＩを搭載した生物の生存密度が地球の人類ほどでないにしても、そして強大な生物と生息域を賭《か》けて争い続けているとしても、少なくとも数十億の高度ＡＩは必要だろう。

それだけの数のＡＩ分の記憶設定を、一体誰が作るというのか。そしてそれを全世界の全《すべ》ての生物に、一切の記憶の齟齬《そご》なく紐付《ひもづ》けする作業を、どうやって行ったのか。

そんなことをするよりも、サービス開始よりほんの数年前から、噂のワールドシミュレーターを数千倍の加速時間で稼働させておいたと言われるほうが、はるかに現実的ではなかろうか。

だとしたら、ここはまさにシミュレートされた異世界そのものだ。

とは言え、その手の技術についてはレアは素人《しろうと》だ。もしかしたらＡＩのティーチング専用のＡＩの技術なども発達していて、力技でも可能なのかもしれない。

そのことについてはもう考えるのをやめて、目の前の盗賊たち——四人の少女たちのことを考えることにした。

その格好はずいぶんとみすぼらしい。髪も伸ばし放題で、耳や尻尾《しっぽ》の毛並みも毛羽立っており、手触りもよくなさそうだ。四人とも似たような毛の色をしているが、本当は何色なのかもわからないほど汚れている。

投げ飛ばした感じからすると、ケリーの身長は一七〇センチ前後、ライリーはレアと同じくらいで一六〇程度はありそうだが、年少のふたりは同年代と比べても明らかに小さい。幼少期の栄養が十分でなかったのだろう。

その生い立ちや境遇には同情するし可哀想《かわいそう》だと思わないでもないが、それ以上に、自分たちが搾取されるくらいなら躊躇《ちゅうちょ》なく相手の命を奪いにかかるという、その思い切りの良さがレアには好ましく思えた。

現実社会でそんな生き方をすれば重犯罪になるし、この世界でもそれは変わらないだろうが、話を聞く限りでは賞金首のようなものにはなっていないようだ。立ち回り方がうまいというか、引き際をわきまえているというか、そういう才能があったのだろう。

盗賊であると確定した今でも、その生命を経験値に変えてしまうのはもったいない気がする。NPCを恒久的に連れ歩けるようなシステムはあっただろうか。

「なるほど……。きみたちの生い立ちはよくわかった。今まで頑張ってきたんだね。けれど、今日わたしの前に屈したように、そのような生活を続けていれば、いつか誰かにすべてを奪われることになる。それはわかっているかな？」

レアの言葉に、四人はショックを受けたようだった。そんなこと考えたこともないといった表情だ。無理もないだろうが。

「だけど、あなた。街に行ったって寝床だってないし、街中にはあたしらみたいな奴《やつ》らはいないから、金を奪うにしたってさ」

「ああ、そこからか」

レアはまず、金銭を入手する正規の手段から教えることにした。

そのためには貨幣経済の仕組みと、経済活動とはどういうものなのか、社会構造の説明や、代表的な六国家の成り立ち――これは公式サイトに概要が載っていたのでそれをそのまま話した――などを説明しなければならなかった。さすがに長くなるので、拘束は説明の途中で解いて服を着せた。

自由に質問することを許したために、講義が終わったのはたっぷり五時間ほども経《た》った頃《ころ》だった。

スタートダッシュのためにキャラクタークリエイトで無茶をしたのに、まったく無駄になってしまった。

しかし代わりにNPCのコネクションが作れたと思えば、悪くはないかもしれない。この少女たちがNPCとしてどの程度有用なのかは全くわからないが。

そう考えながらちらりと少女たちを眺めてみれば、きらきらとした目でこちらを見つめている。

尊敬とか敬愛とか、そういうくすぐったい視線だ。

「エルフのレアさまは、物知りだ。こんな人、初めて会った。あと、優しい」

「それにすごく強い。あと優しい」

年長のケリーとライリーがきらきらした目で褒め倒してくる。

年少のレミーとマリオンはこくこくとうなずいている。

「いや、別に優しいということはないだろう。わたしは人に説明とかをするのが好きだから、まあやりたくてやっただけだよ」

「でも今まであたしらに、こんなに丁寧にものを教えてくれた人は居なかったよ」

「集落にいた頃でも、わかんないことを聞きに行くと、つまんねーこと気にしてんじゃないって殴られた」

「それは……辛《つら》かったね」

とはいえ人口＝労働力の村社会では、それも仕方ないのかもしれない。一生集落から出ないのなら、貨幣経済や国家の成り立ちなんて知ろうが知るまいが大差ない。質問されたその大人も、実は答えられなかったからそうしたのかもしれない。

「やっぱり優しいよ、あなた」

ケリーがまっすぐレアを見つめて言った。

きらきらした目は鳴りを潜めて、今は少し不安げに揺れている。

「エルフのレアさま。お願いだ。あたしらのボスになってほしい」


《該当のスキルを取得していません。【個体名：ケリー】をテイムするには『使役』が必要です》

妙なエラーメッセージが出た。

（え、なに、テイム？　テイムできるの？　ＮＰＣを？）

人類種のＮＰＣをテイムできるらしいというぶっ飛んだ事実ももちろんだが、それ以前にテイム

レア
ケリー

というシステム自体初耳だった。クローズドテストには無かった。発見されていなかっただけかもしれないが、少なくともレアは知らない。

どういうシステムになっているのか全くわからないが、システムメッセージからエラーが通知されたということは、何者かがテイムに関する行動を起こしたということだろう。

普通に考えればさきほどのケリーの発言だ。「ボスになってほしい」とはつまり、システム的にはレアにテイムされたいという意思表示をしたということだと思われる。しかしレアの側にテイムに関するスキルが無かったため、受理されずにエラーメッセージが出た、ということだろう。


クローズドテストでは、数多くのテスターがキャラクタークリエイトで様々なビルドを試し、スキルの組み合わせやスキルツリーの成長を見て、数々のスキルや条件付きスキルツリーの存在を明らかにしていった。

いろいろなビルドを試すためには何度もキャラクタークリエイトを繰り返す必要があり、そのためにいわゆるリセットマラソンが横行していた。

そのときですらテイム系のスキルは見つけられなかった。

ということはクローズドテストの時には存在しなかったか、あるいは存在はしていたが初期経験値の一〇〇ポイントではどう使っても取得できない条件だったかのどちらかであると思われる。

だとすれば、どちらにしてもテイム系のスキルが存在するという情報を持っているプレイヤーは居ないか、居ても極めて少数で、自分はその極少数のうちのひとりということになる。

レアはなんだかワクワクしてくるのを感じた。

別段、他のプレイヤーを出し抜いたり、情報戦で優位に立ったりとか、そういったプレイをするつもりはなかった。

しかし自分だけが知っているのかもしれない情報というのは、ひどく魅力的に感じた。

同様になんらかの理由で条件を満たし、エラーメッセージを食らうプレイヤーが居ないとは限らないが、今回のケースを考えれば可能性は非常に低いだろう。

レアはＮＰＣから高い信頼を寄せられることでエラーメッセージの条件を満たした、と思われるが、ゲーム開始からたった五時間でゼロからそこまでの信頼関係を築ける人間などそうはいまい。


「だめ……だろうか」

ケリーが不安げにつぶやく。

しまった。肝心のテイム対象をほったらかしにしていた。

「いや？　もちろん君たちのボスになるのはかまわないとも。こちらこそぜひお願いしたいくらいだ。ただ少し、そう、考えなければならないことができたので、すまないがしばらく楽にしていてくれ。食事とかはいいのかい？　そういえば食べかけのようだけれど」

レアがそう言うと四人は安心したように肩の力を抜き、すっかり冷めてしまった食事を篝火《かがりび》で温め始めた。

それを横目に、レアはテイムに関するスキル、システムメッセージが言うところの『使役』というスキルについて考える。

最も可能性が高そうなのは『調教』のスキルツリーだ。『調教』したＮＰＣを『使役』する、という具合だ。

しかしクローズドテストの際には、『調教』のスキルツリーには『調教』しか無かった。そして『調教』はアクティブスキルで、その効果は「成功した場合、一定時間対象の行動を操作できる」というものだった。例えばモンスターとの戦闘中に『調教』に成功したモンスターとそれ以外のモンスターとで仲間割れさせて消耗させる、というような使い方をするスキルだ。これではあまりテイムとは結びつかない。単にトリッキーな妨害スキルに過ぎない。

それに同じようなことなら『精神魔法』の『混乱』でも可能だ。対象の行動を指定することはできないが、混乱状態になると単純に一番近くにいる存在を攻撃するようになるので、似たような結果を得られる。こちらのほうが発動コストも安い。

同じく『精神魔法』で言うなら、『調教』より取得コストが重くなるが『魅了』や『恐怖』のほうが『調教』より成功率が高い。それらの取得前提スキルである『自失』を併用すれば、さらに成功率が高まる。加えて魅了か恐怖状態の対象に上位スキルの『支配』をかければ──

(もしかして鍵《かぎ》は『精神魔法』か？)

可能性はなくはない。『支配』など、いかにもな響きだ。

しかし『精神魔法』の『支配』まで取得するとなると、取得前提スキルまで含めて最低限必要な経験値は一五〇ポイントにも上る。初期経験値だけでは到底取得できない。

これで必要な条件がゲーム内での特定行動だとか、特定ＮＰＣとのコネクションだとかであるとすればもうお手上げだが、関係ありそうなスキルを取得してみて駄目だった場合はまた経験値を稼いでやり直せばいい。

ケリーたちにも高度なＡＩが搭載されている以上、仮に今はテイムできなかったとしても、行動を共にするくらいはしてくれるだろう。なにしろレアは彼女ら盗賊団のボスになるようだし。となれば今与えられている情報でできる限りの考察はしておくべきだろう。その中で可能性が最も高そうなプランは試しておきたい。

ひとまず『精神魔法』については可能性その一としてリザーブしておいて、別のアプローチを考えることにした。

テイムという言葉とは少し趣が違うが、似て非なるスキルとして『召喚』がある。『召喚』のスキルツリーには『調教』と同様『召喚』スキルしかない。この『召喚』は指定した種族のランダムに選ばれた個体を自分のそばに召喚するスキルで、制限時間の一〇分が経過するか、召喚対象が死亡するか、発動した術者が死亡すると元いた場所に送還される。

取得可能なスキルの詳細が閲覧できるヘルプによれば、『召喚』を発動した際、召喚対象は召喚に応じるかどうかの選択を迫られるらしい。そこで召喚対象が拒否すると対象は『召喚』に対する抵抗判定に入り、抵抗に成功した場合は『召喚』は不発に終わる。

召喚対象は術者が指定した種族の中からランダムに選ばれるため、能力値の個体差によって抵抗の成功率も大きく変わる。つまり『召喚』は構造上の問題として、成功率が常に不安定なスキルになっており、テスターたちからはいわゆるネタスキルとして認識されていた。

（そもそもなんでランダム召喚オンリーなんだろう）

『調教』にも言えることだが、ひとつのスキルツリーにたったひとつのスキルしか存在しないというのは実に非効率だ。何の意味もなくそういうデザインにするとは考えづらい。

同じくひとつしかスキルがないツリーに『錬金』スキルがあるが、これは『調薬』ツリーの『調薬』を取得することで魔法薬の製作が可能な『錬成』がツリーの取得リストに現れる。そもそも『錬金』スキル自体、「錬金系統のスキルの発動に必要。錬金系統のスキルの判定にボーナス」という単体では全く無意味な効果であり、見るからにツリーの隠されたスキルの存在が前提であった。

『調教』、『召喚』にも同様の条件があるとすれば、キーとなるのは何なのか。

とりあえず『調教』『召喚』ツリーに先があると仮定して、それを可能性その二としてリザーブしておくことにする。


今度はテイムというイメージからではなく、使役というイメージからアプローチしてみる。

使役と言えば、初期取得リストにある中では『死霊』がもっともイメージに近い。一般的に死霊術と聞くと、哀れな死者の魂を使役しているという印象を受ける。

しかし『死霊』も先の二つと同じく、『死霊』しか存在しないスキルツリーだ。効果は「自身から中距離以内にある死体をアンデッド化し、五分間その行動を任意に操作できる。五分経過すると土に還《かえ》り、死体は残らない」というものだ。一見有用に見えるが、死体に魂が残っていれば『召喚』と同様抵抗されてしまう。魂が残っていない場合は即座にアンデッドを生み出せるが、攻撃を一撃受ければ崩れ去る程度の弱いアンデッドにしかならない微妙なスキルだ。

ここに来て初めて感じたが、関係のありそうなスキルツリーが揃《そろ》って微妙系単発スキルというのは、いかにも作為的に思える。希望的観測かもしれないが。

洞窟《どうくつ》広間では、そろそろケリーたちの食事も終わりそうだ。

ときおりこちらに食事を差し出そうとしていたが、空腹感はない……というかそれどころではない気分だったのでやんわり断っておいた。

時間切れだ。そろそろ考察に結論を出して、行動に移らなければならない。

これまでの考察でレアが思いついた可能性は、大まかに言って三つ。

ひとつ、『精神魔法』の『支配』が条件のひとつである。

ふたつ、『調教』『召喚』などのスキルツリーには先がある。

みっつ、『死霊』『調教』『召喚』には関連性がある。

どれも根拠は無いし、だんだん苦し紛れの案になりつつあったが、とりあえずの指標はできた。

計算上、今の経験値ならば十分に検証できる。

しかし、ひとたび検証のために経験値をつぎ込んでしまったら、レアはこの周辺ではまともに経験値稼ぎができなくなる。効率よく経験値を稼ごうとするなら、つぎ込んだ経験値と同格かやや格上のエネミーを倒すべく移動しなければならないが、微妙系のスキルばかり取得した状態で適正難易度のエネミーと効率よく戦えるかといえば、難しいだろう。

覚悟はしているとはいえ、少ない投資で済むのならそれに越したことはない。

ゆえに最もコストが嵩《かさ》む『精神魔法』は後回しにして、まずは『調教』『召喚』『死霊』を取得してみることにした。

合計六〇ポイントを消費し、それらのスキルを取得する。すべて取得してからあらためて各スキルツリーを確認してみたが、取得可能スキルが増えているといったことは無かった。

（まぁ、想定内想定内。まだ慌てる時間じゃない）

この時点で取得条件を満たしているくらいなら、とっくに見つかっているはずである。

となれば、次は『精神魔法』だ。

『支配』まで取得するなら、まずは『自失』で一〇ポイント、『恐怖』と『魅了』でそれぞれ四〇ポイント、最後に『支配』で六〇ポイントと、計一五〇ポイントを費やす必要がある。

考えてみれば、見当外れで失敗した場合は微妙系スキルだけで経験値稼ぎをしなければならない、と覚悟していたが、『精神魔法』をこれだけ取れば立派な『精神魔法』特化ビルドと言える。

『精神魔法』の判定にはＭＮＤ《精神力》を参照するので、余った経験値を全部ＭＮＤに振ってしまえば十分戦える。ＭＮＤが増えればスキル発動の際に必要になるＭＰ《マナポイント》の最大値も増加するため効率もいい。

ならばもはやためらう必要はない。

レアは一五〇ポイントを消費して一気に『精神魔法』ツリーの『支配』までを取得した。

考察が正しければ、これで何かしら取得可能スキルが増えているはずだ。

（さて、まずは『調教』から確認を……）

『調教』スキルツリーには新しいスキルは増えていなかった。

『召喚』スキルツリーにも新しいスキルは増えていなかった。

そして『死霊』スキルツリーには――『魂縛』というスキルが新たに現れていた。

（きた！　これだ！　やっぱり方向性は間違っていなかった！）

興奮のまま、迷わず経験値を支払った。

新たに取得した『魂縛』の効果は「死亡してから一時間以内の死体の魂を奪う。また『死霊』発動時に対象にした死体に魂が残っていた場合、対象の『死霊』への抵抗を封じる。魂のストックを持っている場合、ストックを消費して、【アンデッド】系、【ホムンクルス】系、【ゴーレム】系を『精神魔法：支配』の対象に選択できる」というものだった。

（強い！　……のか？　これは……）

単体で見れば、効果は「死体の魂を奪う」だけであり、使い道が不明である。なんならただのフレーバーテキストにさえ見える。

しかしこのスキルを取得している時点で、最低でも『死霊』と『支配』は所持しているはずであり、その二つのスキルのネックである「成功率が低い」や「生物しか対象にできない」をフォローするというのは、十分に有用だと言える。魂のストックとかいうのがいまいちよくわからないが、おそらく『魂縛』で奪った死体の魂のことだろう。

ただし取得に必要な経験値は六〇ポイントと、ツリーのふたつめのスキルにもかかわらず『支配』と同等の重い取得コストだった。

このスキルに的を絞って経験値を支払おうにも、『支配』から『死霊』まで揃えるとそれだけで一七〇ポイントが必要であり、初期経験値だけでは取得できない。

リセマラが容易だったクローズドテスト時には先天的な特性というシステムが無かったことを考えれば、現時点でこのスキルまで取得しているプレイヤーは少ないはずだ。あると知っていなければまずやろうとしないであろうビルドである。おそらく『魂縛』の存在を知っているプレイヤーなど稀《まれ》だろう。

さらにもうひとつ、『魂縛』が奪えるのは死亡してから一時間以内の死体の魂であるという点。この事実と『死霊』の仕様を考えるに、どうやらこの世界で死亡した者の魂は、一時間は死体に残っているようだと考えられる。

思いがけず、誰《だれ》も検証しようとしなかったために単に雰囲気だとか死体の損壊度か何かだと思われていた「魂が残っている死体」という『死霊』発動の条件が確定した。

何にしろ、『支配』と『死霊』を強化するパッシブスキルを手に入れることができた。すでに貯《た》め込んでいた経験値の三分の二を溶かしてしまったが、とりあえずこれなら何とか戦っていけるだろう。

レアはいくぶん楽な気分になり、もはや最悪これ以上何も進展がなくても構わないというくらいの心持ちで、再度『調教』を確認した。

『調教』は相変わらず『調教』のみのツリーであった。ひとつしか無いならツリーでも何でもないし『調教』だけスキルツリーという言い方は変えたほうがいいのではないか、などと考えながら続けて『召喚』のスキルツリーを開いた。

『契約』というスキルが取得可能になっていた。

半ば条件反射で経験値を支払う。

その効果は「一度召喚に成功した対象の魂を契約で縛る。次回以降の召喚時、契約済みのキャラクターを召喚対象に選択でき、その場合対象は召喚に抵抗しない。『死霊：魂縛』により魂を奪った死体をアンデッドとして契約者リストに追加できる」というものだった。

『魂縛』と同様、基本スキルの『召喚』の純粋強化である。加えて取得条件になっている『魂縛』

にさらに追加効果をも持たせている。非常に強力なスキルだ。ここまで揃えるのに最低でも三一〇ポイントもの経験値を消費するだけのことはある。

この時点でレアは『精神魔法』『死霊』『召喚』の三枚看板で戦っていけると言っていいだろう。支払った経験値はかなりの量だが、十分元は取れている。

先の考察がかなりの部分で的を射ていたことはすでに証明された。

レアはもはや、『調教』にも新しいスキルが出現していることを疑っていなかった。

そしてレアの確信の通り『調教』のスキルツリーで新たに取得可能になっていたスキルは、果たして『使役』だった。

レアのテンションは最高潮になった。

断言してもいい。現時点で、『使役』を取得しているプレイヤーは自分だけだと。

ここに至るまでに必要だった経験値は実に三九〇ポイントである。プレイヤーの初期所持ポイントの四倍近い。これだけの経験値を実用性の低い『召喚』やら『調教』やらにつぎ込むプレイヤーなど他にいるはずがない。

そして今だからこそわかることだが、レアの取得してきたスキルの組み合わせは最高効率だった。

『使役』の取得条件は『調教』『契約』。

『契約』の取得条件は『召喚』『魂縛』。

『魂縛』の取得条件は『死霊』『支配』。

『調教』『召喚』『死霊』こそ先立って取得していたが、『精神魔法』以降はまさにトントン拍子だった。いや、逆に先にあれらを取得していたからこそ、『支配』の取得によって新たに取得可能スキルがアンロックされるという事実を発見できたとも言える。

運が良かった。まさに一生分の運を使い切ってしまったかのように感じる。

いや、運だけではない。十分に考察はした。これは自分自身の才覚の賜物《たまもの》でもある。


取得した『使役』の効果は次のようなものだった。

「対象をテイムし、自身の眷属《けんぞく》にする。対象が抵抗判定に成功した場合、『使役』は失敗する。『召喚：契約』によって魂を縛った契約者は『使役』に抵抗しない。『死霊：魂縛』によって魂を奪ったアンデッドは『使役』に抵抗しない。自身のかけた『精神魔法：支配』の影響下にある対象は『使役』に抵抗する際判定にマイナス補正。自分はすべての眷属と経験値を共有する。『召喚』発動時、眷属を召喚対象に選択できる。眷属が死亡した場合、ゲーム内時間で一時間、眷属を召喚できない」

まさにこれまでのビルドの集大成とも言うべきスキルだった。

そしてスキルの詳細を確認し終えたタイミングで、システムメッセージが聞こえた。

《保留中のタスクが解決可能です。【個体名：ケリー】をテイムできます》

どうやら必要なスキルや条件が不十分で処理が解決できない場合、保留中という扱いになるようだ。さすがにずっと保留中というわけにもいくまいし、時間制限のようなものはあってもおかしくないだろうが、食事の準備から片づけ程度の間なら待ってくれるらしい。


レアはケリーのテイムを実行した。

スキルの発動はなかったので、相手のほうからテイムされることを望んでいる場合には、『使役』を発動しなくても所持しているだけでテイムに成功するのかもしれない。

テイムに成功した瞬間、ケリーが跳ね上がるように顔を上げ、こちらを見た。

「すまない、待たせたね。わかったと思うが、たった今ケリーはわたしの眷属になった。これで名実ともにわたしは君のボスだ」

「はい、ボス！　ありがとう！」

確認すると、ケリーの能力値やスキル構成も自分のものと同様に見られるようになっている。経験値の項目はゼロになっているが、これは説明にあったとおりレアのものと共有だからだろう。

レアの所持経験値が増えているのは、ケリーのテイムに成功したことによる経験値の取得があったためか、ケリーの持っていた未使用経験値が統合されたからのどちらかだ。

ケリーのスキルは近接戦闘に特化したビルドで、スキルだけでなく能力値にもかなりの経験値を振ってあった。というか、現在のレアの総経験値量よりだいぶ多かった。まともに戦えばキャラクタークリエイト直後のプレイヤーではまず勝てないだろう強さだ。

「はぁ……。今までにない不思議な感覚だ……。ボスを感じる……安心する……」

一方のケリーはマタタビを嗅《か》いだ猫みたいになっている。まぁいずれ慣れるだろう、と思っておくしかない。

他の三人も羨《うらや》ましげに見つめていたので、自分に従属することを宣言するよう促し、全員のテイムに成功した。まさにその直後。

《ネームドエネミー【山猫盗賊団】の討伐に成功しました》

《パーソナルエリア【山猫盗賊団のアジト】がアンロックされます》
《【山猫盗賊団のアジト】をマイホームに設定しますか？》

（ハウジングシステム！　そういうのもあるのか！）

とはいえ、今気にすべきはそこではなかった。

ケリーたち四人は、どうやら四人でひとつのユニークボスだったらしい。

つまりレアは、初期スポーン位置がユニークボスの初期配置のすぐそばだったということになる。

たしかに魔物アバターの推奨環境と思われる選択エリアは洞窟とか火山とか遺跡とか、ちょっとしたボスが居てもおかしくなさそうな場所ばかりだったが、まさか本当に直近の場所にスポーンするとは思っていなかった。

魔物アバターの序盤難易度の異常な高さが窺《うかが》える。

魔物種族を選んだ場合に初期経験値が多めに貰《もら》えるのも無理はない、というか、運悪くレアと同様にボスのすぐそばにスポーンしてしまったら、多少多めに経験値が貰えたところでいきなり詰むのではないだろうか。レアがスポーンしたのも洞窟の袋小路であったし。

レアはスタートダッシュのために超倹約ビルドをし、デメリットをごまかすために魔物の領域でスタートをし、魔物の領域だからと特に慎重に行動し、出会ったボスはレアの得意な人間型で、不意打ちでボスを倒すことができ、あえてトドメはささず、それが奇縁につながりテイムの情報を得、入手した経験値をギリギリまで使ってそのボスを眷属にした。

これまでの行動は、何か一つでも違うことをしていたらこうはならなかったのではないかというくらいの神懸かったものだったと言える。

ならば流れに逆らわず、ここにマイホームを設定するのもいいだろう。薄暗い洞窟《どうくつ》だけど。考えてみればアルビニズムでしかも弱視の自分にはぴったりの場所かもしれない。やはり神懸かっている。

マイホームに設定すると、ハウジングメニューを利用できるようになった。

早速ホーム全体を確認してみる。奥の地底湖までホームに含まれていた。異常な広さ、と思ったが実質広間と狭い通路だけなのでそうでもない。

「ところで君たち、【山猫】って名前なの?」

「いや、あたしらは猫の獣人であって山猫じゃあないけど」

「そういう意味ではなくて」

「?」

どうやら特に名前のある集団ではないらしい。まあ何でもいい。

何にしろ、ケリーたちが実はユニークボスだったという事実が判明したことで、いくつかレアが疑問に感じていたことが解決された。

想定以上の大量の経験値を入手できたこと。

眷属にしたケリーたちが思いのほか強かったこと。

そして今、レアの所持経験値がまた増えていたこと。

これはおそらく、ボスであるケリーたちのテイムに成功した際の成功報酬がメインだろう。

現在のレアの所持経験値は三二〇ポイント。ＳＴＲ《筋力》やＶＩＴ《体力》などの肉体系のパラメータに振るつもりはないので、それ以外のパラメータか、スキルの取得か、あるいはケリーたちの成長に使うか。

ケリーたちに使うにしても、眷属込みの戦闘での経験値取得のルールがどうなっているのかを検証してからのほうがいい。加えて、積極的に試す気にはならないが、眷属が死亡した際にデスペナルティは受けるのかどうかも確認してからが望ましい。クローズドテストの頃《ころ》はＮＰＣは死亡したら生き返らないというのが定説になっていたが、それは眷属でも同じなのだろうか。

というか、改めて計算してみると、今ある三二〇ポイントをすべてレアにつぎ込んでもまだケリーのほうが強い。彼女らのボスになったことだし、レア自身も少しは強化しておいたほうがいいだろう。

現在のビルドはＭＮＤと相性がいいので、とりあえず二〇〇ポイントをつぎ込んでＭＮＤを伸ばし、四〇ポイントを使って『精神魔法』の『混乱』と『睡眠』を取得した。


一応ボス戦だったと考えれば、これでリザルトも終わったというところか。

今度こそ、次の冒険に向けて動き出さなければ。

まずは、このホームを拠点らしくする必要がある。プレイヤーのログアウトは眠っている状態になるという仕様のため、快適にログアウトするためには寝床が必要だ。

ベッドとまでは言わないが、せめて地面の硬さと冷たさをやわらげられるものが欲しい。最悪は地面に直接でも仕方ないが、文明的であろうとする努力は怠るべきではない。とは言えここは洞窟の中。贅沢《ぜいたく》は言えない。野生動物か魔物の毛皮がせいぜいだろう。洞窟の外にどんな環境が広がっていて、どんな生物がいるのかわからないが、毛皮をまとった何かしらの動物くらいいるはずだ。

ケリーたちの話によればどうやら森の中であるようだし。

第二章　アリと狼

レアは全員を連れて洞窟の外に出て探索をすることにした。

しかしその前に、あまりに四人がみすぼらしい格好をしているため、洞窟の奥の湖で体を洗わせることにした。

ただの水では毛並みのキューティクルを取り戻すなどといったことは到底できなかったが、それでも汚れを落とすくらいのことはできた。汚れきっていた先ほどは同じ色に見えたものだが、根気よく洗ってやると松明《たいまつ》の光でもわかる程度にはそれぞれで髪色が違うようだ。

ケリーの髪は、おそらく明るめの赤茶系だろう。赤銅色というのだったか。明るい場所で見られればさぞ鮮やかに映えることだろう。レアがそれを見られる機会があるかは不明だが。

ライリーの髪はセピア色というか、焦げ茶色に近い色をしている。洞窟の中では最も目立たない色だ。

レミーの髪色は、もっと明るい。黄土色、というとあまりきれいなイメージではないが、キューティクルを復活させられれば濃いめの金髪と言えるかもしれない。

髪を洗うのに一番苦労したのがマリオンだ。体を洗ったりすることに慣れていないせいか、水が苦手なのか、とにかく嫌がった。いくら洗っても汚れが落ちないなと考えていたら、元々そういう色だったらしい。ライリーよりももっと暗めの焦げ茶色だった。

いずれは何か洗髪用の油や薬品などを探してもっときれいにしてやりたいところだが、今はこれが限界だ。ハサミなどで良いものがあれば切ったり梳《す》いたりして整えてもやりたいが、しばらくはこの伸び放題を適当に切ったざんばら髪で我慢してもらうしかない。


洞窟の外に出てみると、すでに日は落ちており、ほとんど先を見通せなかった。

レアにとってはありがたいことだ。日差しを気にする必要はないし、暗かろうが明るかろうがどうせ先を見通すことなどできない。

月は出ているようだが、うっそうとした木々にさえぎられて地表まで月明かりは届いていない。

遠く何かの獣の甲高い鳴き声が聞こえる。夜行性の獣も多そうだ。

「ケリー、この森については詳しいのかい？」

「いや、あたしらも最近流れてきたばっかりだから、そんなでもない。あの洞窟だって今朝《けさ》見つけたばかりなんだ」

そういえばそんなことを言っていた気がする。

来たばかりなのに山猫盗賊団のアジトになっていたのか。もしかしたら、これからそう成長する予定の卵だったのかもしれない。アジトもユニークボスも。

「ボスは洞窟のどこにいたんだ？　見つけたときに全部見て回ったんだが、魔物も何もいなかったはずだ」

「ああ、それはわたしにもわからないんだ。気づいたらあの洞窟の奥にいたんだよ。それできみたち――武器を持った知らない人を見かけたから、つい攻撃してしまったんだ」

「そうだったのか……。不思議なこともあるもんなんだね」

主君と眷属《けんぞく》という繋《つな》がりがあるせいかもしれないが、若干チョロ過ぎないだろうか。それともＩＮＴ《賢さ》が低すぎるせいでアホの子――素直な性格なのか。

もしそうだとしたら、物理近接アタッカーだとしてもある程度はＩＮＴに経験値を振ってやるべきだろうか。

ただそれをするにしても、今の経験値では心もとない。なにしろこれからは五人分を稼がなければならないのだ。

戦力も五人分あると考えればトータルでは変わらないようにも思えるが、ゲームの仕様上、倒す相手も相応の戦力を持っていなければ満足のいく経験値は得られないだろう。


この探索の目標は、毛皮と食糧と経験値である。つまり毛の生えた食える魔物だ。

それを伝えると、マリオンがしゃがんで鼻をひくつかせた。

「ボス、猪《いのしし》の匂《にお》いがする」

マリオンのスキルには『嗅覚強化《きゆうかく》』があったので、その効果だろう。

レアはマリオンに匂いを辿《たど》るように指示を出すと、レミーに周囲の音に注意するように言った。

レミーには『聴覚強化』がある。

マリオンを先頭、レアを中心にして五人で森の中をゆっくりと慎重に進む。

森歩きは別のゲームでさんざん体験したので、レアが木の根や落ち葉に足を取られたりすることはない。頭上から垂れる蔓《つる》や移動を遮る藪《やぶ》なども、先行するマリオンやライリーが鉈《なた》で払ってくれる。

「……止まって」レミーが一行を制止した。

「……争う音が聞こえる。獣同士？」

それにマリオンが続ける。

「血の匂いもしてきた。たぶん猪と狼《おおかみ》」

「ライリー、ちょいと先に行って覗《のぞ》いてきな」

「うん」

ケリーの言葉に、ライリーが単身偵察に向かった。

ライリーには『視覚強化』と『鷹《たか》の目』のスキルがある。『鷹の目』は『弓』のツリーにある、遠距離以上を狙《ねら》う際の命中ボーナスがつくスキルだが、副次効果として遠くにあるものが見えやすくなる。見えていなければ狙えないからだ。

「あ、ごめんなさいボス、勝手に。ついいつもの癖で……」

「いや、構わないよ。むしろこういうチーム行動の時や、とっさの判断が求められるような時はわたしの許可は後からで構わない。というか、割と普通に話してるんだけど、こういうときって息を潜めたりしなくても大丈夫なのかな？」

「ん。大丈夫。向こうは猪と狼。どっちもわたしより鼻が利くから、どうせこっちが気づいた時点で向こうはとっくに気づいてる」

「なるほど、そういうものか」

森の中で野生動物に奇襲をしかけるのは難しいようだ。当然といえば当然だが。

しかし感覚が鋭敏だと思われる獣人が、スキルで嗅覚を強化してさえ野生の狼のほうが嗅覚が鋭いとか、普通のプレイヤーはどうやって狼を狩るのだろう。クローズドテストの時は森はあまり探索しなかったレアには想像もつかない。

ほどなくしてライリーが戻ってきた。視界がほとんどきかないせいで暗闇《くらやみ》から突然現れたように見えた。

「マリオンの言ったとおり、狼だったよ。多分アタシらが狙ってた猪を襲ってる」

「わかった。ボス、どうする?」

メンバーに指示を出したり、ボスであるレアになにか意見を求めたりするのはケリーの役割なのだろうか。意外と命令系統がしっかりしている、というより野生の獣の群れの感覚に近いような気もする。

「漁夫の利を狙って猪が倒れたところで狼を襲う……と言いたいところだけど、猪がまだ生きている間に両方一気に片付けよう。経験値が惜しい」

うまく「同時に二体の敵対動物と戦った」と判定されれば、多少なりとも得られる経験値が増加するかもしれない。

「わかった。行くよ、お前たち」

ケリーはそう言うとすぐにこちらを振り返り。

「あ、ボス、行ってもいいかい?」

「もちろん。ケリーがやれると判断したなら、わたしのことは気にせずに二頭とも平らげてくるといい」

レアがそう言うとケリーは獰猛《どうもう》な笑みを浮かべて暗闇に消えていった。三人が後に続く。

レアも音を頼りに戦闘が行われていると思《おぼ》しき場所へ向かっていった。


森が開けた場所があるのか、前方がうっすらと明るくなっている辺りから、戦闘音が聞こえてきている。木々の陰に隠れ、覗き込む。

そこでは猪と狼と山猫たちが三《み》つ巴《どもえ》の戦いを繰り広げていた。

「というか、でかいな！　猪と狼！　これ絶対野生動物じゃなくて魔物だろ！」

狼は体高がケリーより少し高いくらい。全長は目測だが三メートルは超えているだろうか。

対する猪は更に大きい。体高だけで三メートルはありそうだ。

開けた場所があると思っていたが、この二頭が暴れたせいで木々が倒れて結果的に広場ができただけだったようだ。

どうやら狼は猪の足を狙って攻撃していたらしく、猪の足元はすでにおぼつかない様子だった。

ケリーも狼を牽制《けんせい》しつつ、猪の足を狙って剣を振っている。

ちょっとした大型車サイズで走り回る猪の足元をうろちょろして剣で攻撃するとか、さすがのレアでも到底真似《まね》できない。ケリーの持つ『俊敏』『軽業』あたりが仕事をしているのだろう。

ケリーの剣が効いたのか、猪がついにつんのめって倒れた。そこへどこからともなく矢が飛んできて、目を射抜いた。猪が叫び声を上げながら仰《の》け反《ぞ》り、大きく頭を振る。その振り幅の端、振り戻すために一瞬静止したその瞬間を狙ってか、もう一方の目も射抜かれた。レミーとライリーの仕事だろうか。彼女らのスキルには『弓』がある。

巨大すぎるせいか、両目に刺さった矢は脳まで達してはいないようで、猪はまだもがいている。

しかしもはや、狼の意識も山猫たちの意識も猪にはない。

「手に汗握って観戦していたけれど、別に邪魔しちゃいけないってわけでもないか」

ちょうどいい。ここでスキルと自身の能力値のテストをすることにする。

「さて、まずは――『自失』」

一瞬なにか抵抗のようなものを感じたが、その抵抗も割れるように掻《か》き消え、狼が立ち止まった。目の焦点が合っていない。

自失の状態異常だ。

「ボス、何かしたの？」

「ああ。ケリー、攻撃するなよ。続いて、『魅了』」

『自失』で行動不能にしておける時間はほんの数秒だ。その間に『魅了』か『恐怖』にかけなければならない。

今度はまったく抵抗を感じなかった。自失状態の相手は『魅了』と『恐怖』に対する抵抗にマイナス補正を受ける。

狼は目を細め、鼻をひくつかせながらこちらに歩いてくる。『魅了』をかけたレアを求めているのだろう。

「成功したな。では『支配』」

僅《わず》かな抵抗はあったものの、狼はレアの近くまで歩いたあと、頭《こうべ》を垂れた。

「仕上げだ。『使役』」

狼は寝転がり、腹を見せた。抵抗は殆《ほとん》どなかった。

「……ふむ。成功だ。敵対的なエネミーが相手でも、『精神魔法』を上手《うま》く使えば『使役』はできそうだね」

ケリーたちの戦闘を見る限り、この狼は明らかに格上だった。四対一なら余裕を持って勝てるだろうが、一対一では逃げるしかない相手だ。

『使役』が簡単に成功したのは、戦闘に横槍《よこやり》を入れるような形で魔法をかけたというのもあるかもしれないが、それよりは純粋にレアのMNDの高さのせいだろう。

ケリーたちに比べて見劣りのしていたレアの能力値にテコ入れをする程度のつもりで経験値を振ったが、MND一点掛けというのはやりすぎだったかもしれない。

冷静に考えてみれば、軽く振るつもりで二〇〇ポイントを費やしたが、二〇〇ポイントというのは初期経験値の二倍に相当する。何のスキルも取らずにただMNDにのみ二〇〇も振るようなプレイヤーなどいない。

今のレアから見て若干格上のケリーと比べても、レアのMNDの数値は三倍以上もある。ケリー単体より多少格上である程度の魔物がMND判定で抵抗できるはずがない。

「というか、ユニークボス候補生のケリーたち四人より少し弱いくらいってことは、この狼も猪も序盤じゃかなりの強敵だな。なんなんだこの森」

自分はいったいどこにスポーンしたというのだろうか。

レアは今更後悔はしていないが、善良なスケルトンあたりのプレイヤーがもし似たような境遇になっていたとしたら流石《さすが》に同情する。

「とりあえず、狩りは成功だね。猪は持って帰ろう」

「ボス、ここでバラしていったほうがいい。生きてるうちにできるだけ血を抜かないと、肉がまずくなる」

「なるほど、それもそうだね。じゃあやってくれ。レミーとライリーは周辺の警戒を。あ、いや」

ここは新しい仲間に働いてもらうことにした。

「ねぇ狼君。きみはもうわたしのものだ。それはわかるね？　これからここで猪を食べやすくするから、その間他の獣が近づいてこないように警戒をしてほしい」

寝転がる狼の腹毛を指でかき混ぜながらそう言うと、狼はすぐさま立ち上がり、鼻と耳を時折小刻みに動かしながら広場の端をゆっくりと回り始めた。

テイムに成功した瞬間、ケリーたちもこの狼が自分たちの味方になったのだとわかったようで、完全に背中を預けている。

レアはひとりすることもないので狼《おおかみ》のビルドを眺めていた。

いくつか見たことがないスキルがある。

特定条件でアンロックされるタイプのものだろう。この構成ならばケリーたちも取得できてもおかしくなさそうだが、ケリーたちのスキルを覗いてみても取得できそうにはなかった。

どうやらスキルの取得の開放条件は他の特定スキルの組み合わせだけではないようだ。『使役』

がそのタイプでなくてよかった。

狼の先天的な特性に「嗅覚が特に鋭い」や「聴覚が特に鋭い」なんてものがある。魔物や野生動物は先天的な特性を利用して生まれた瞬間から種族間の差別化をしているらしい。考えてみれば、狼なのにスキルを取得しなければ鼻も利かないなどナンセンスだ。この手の先天的な特性は取得可能な種族と取得不可能な種族があるのだろう。

その狼の種族名には「氷狼《ひょうろう》」とある。やはり魔物だった。氷狼という割には腹を撫《な》でくり回したときはかなり温かかったが。

名前欄は空欄だ。名前をつけてやらねばならない。そろそろ解体も終わりそうなので、それは帰って落ち着いてからにする。


「ボス、終わったよ。とりあえず肉は毛皮で包んであるけど、内臓とか要らないとこは埋めるとして、骨はどうする？　肉は狼に運んでもらえばいいけど、骨は持って帰れない」

「いいよ、全部わたしが持とう。ほら」

レアはそう言うと、肉も毛皮も骨も内臓もすべてインベントリにしまい込んだ。

「ボス、肉が消えた！　これはボスが？」

「そうだよ。インベントリって言って、秘密の場所にものを隠しておくやり方さ」

「すごい……！　どうやってやるんだ？」

「どうやって……って言われても……うーん……。こう、見えない袋があって、その中にしまい込むというか、入れたいものに大きな袋の口をかぶせて、そのまま閉めちゃう感じというか」

システムによって行われているであろうインベントリの説明をするのは非常に難しい。どうせインベントリを使えるのはプレイヤーだけだろうし、説明しても仕方がないのだが。

「よくわからない……」

「まぁまた今度教えてあげるよ。それより目的も達したことだし、洞窟《どうくつ》へ帰ろうか」

適当に社交辞令を返しながらレアが立ち上がると、周辺を警戒していた狼がレアの腹のあたりに鼻先をこすりつけてくる。

眷属《けんぞく》化したからか、狼の言いたいことが何となくわかった。

「え？　なに？　家族？　きみ一匹狼じゃなかったの？」

どうやら狼には家族がいるらしい。

一匹狼といえば響きはかっこいいが、正確に言えば群れの中での権力闘争に敗れた負け犬だ。

この種族の狼は他に見たことがないが、言われてみれば確かに権力闘争に敗れるほど弱い個体には見えない。ケリーたちと猪を巡り競っていた時は、そういう卑屈さのようなものは一切感じられなかった。今は従属しているためか巨大なイエイヌにしか見えないが。

「まぁいいよ。君に家族がいるのなら、まとめて引き受けようじゃないか。引き離すのもかわいそうだし」

この時点でレアはもう、『使役』する数が増えることのデメリットは気にしないことにしていた。

眷属が増えれば必要な総経験値は増大し、しかも取得効率も低下していくが、今のケリーたちの戦闘を見ても分かる通り、その分戦闘時のリスクは減っていく。

今の戦闘で言えば、同格か若干格上に思える狼を無力化して得られた経験値は、おおよそソロで自分と同格のエネミーを倒した際に得られる量と同等だった。これを五人で分けるとなると相当少なくなるが、戦闘時間も相応に短かった。それでも効率を計算すればやはりソロのほうが格段にいいが、こちらのほうが安定して稼げると言える。

『使役』などという特殊なシステムを発見したために興奮して全力疾走していたが、元よりレアは攻略やＰｖＰ《プレイヤーバーサスプレイヤー》などを積極的にやるつもりはなく、単にじっくりゲームを楽しむつもりだった。楽しみにしすぎてオープンβどころかクローズドテストにも応募しまくって、結果としてテスターをしていたに過ぎない。

　効率が落ちるならばその分回数をこなせばいいだけだ。

　狼の先導に従って森の中を進んでいく。

いわゆる獣道というものなのだろうが、そこを普段通っているであろう獣が大きすぎるため、人間としても普通に歩きやすい。

しばらく歩くとレアのホームに似た洞窟の入り口を見つけた。どうやらここが狼一家のねぐらのようだ。

狼がまずは単身で洞窟に入るようなので、外で待つことにした。

ボスであろう狼はレアが支配しているので大丈夫だと思うが、中で敵対的な他の個体に攻撃されないとも限らない。洞窟の状態を全く知らない現状ではそれは避けたい。

しばらくすると狼が戻ってきた。後ろからは、同種と思われる狼たちが連なって出てくる。

やはりテイムした個体が最も大きかったようで、次いで若干小さな個体が一頭、その他は現実世界の大型犬と同程度のサイズの狼が六頭だった。この六頭はサイズは確かに現実の普通の狼なのだろうが、顔とか脚とか、パーツがなんとなくふとましい。

これはつまり、ただ大きいだけの子犬ということなのだろう。そういうシルエットをしている。

「むちゃくちゃ可愛《かわい》いなこれ……」

狼たちはすでに状況を把握しているのか、レアの前に来ると一様に頭を垂れた。

《氷狼、子狼、子狼、子狼、子狼、子狼、子狼がテイム可能です》

ケリーたちのときとおそらく同じ状況だろう。スキルの発動は必要ないようだ。

「よし、君たち一家は今日からわたしのファミリーだ。ボスはわたしだ。いいね？」

そう宣言すると狼たちはレアのもとに寄ってきて、その脚に鼻先をこすりつけたあと、転がって腹を見せた。

「よーしよしよしよしよし……」

子狼の腹はさきほどの狼よりさらに温かい。どれも大きいため全員撫で回すのには時間を要したが、十分満足できた。

狼が言うには――実際に喋《しゃべ》ったというわけではないが――家族とは言っても、全《すべ》て血が繋《つな》がっているとかそういうことではないらしい。

元いた群れが襲撃され、散り散りになって逃げていく中で、たまたまこの狼と二番目に大きな狼が子狼たちのそばに居たので、かばいながらここまで落ちのびてきたのだということだ。本当はもっと北のほうに生息する種族だそうだ。

「氷狼っていうくらいだし、まぁそうだよね。なんでこんなところにって思っていたんだよ」

とはいえこんなところというその場所さえ今のレアには不明なのだが。気温や湿度から、それほど緯度は高くないんだろうなと当たりをつけていたに過ぎない。

「ところで、これからわたしの拠点に移動するわけだけど。その前にきみたちの拠点を覗《のぞ》いてもいいかな？　中にはもう何もいない？」

狼たちの頷《うなず》くような念を感じたので、レアは洞窟を探検してみることにした。

元は毛皮欲しさに洞窟を出ただけだったのに、次々と目的が横道にそれていっているのを感じる。もっともレアはもとよりのんびりエンジョイ勢のつもりだ。問題ない。

それに狼は一頭でさえケリーたち四人と戦えるほどの格の魔物だったのだ。ケリーたちと同じく、全員でこの洞窟で待ち受けていたとしたら、脅威度はより高かったに違いない。

ならばユニークボスである可能性もある。ユニークボスのねぐらなら、ここもホームとして設定できるかもしれない。一度間取りを確認してみて、良さそうならこちらに引っ越してもいいかもしれない。幸い、向こうの拠点には何も残してきていない。


洞窟の中は向こうの拠点より広かった。

レアは入ってから気づいたのだが、よく考えてみれば狼たちを向こうの拠点に連れ帰っても、入り口が狭すぎて子狼たちしか入れない。選択の余地ははじめから無かった。

サイズ感が違うが間取りは似たようなもののようで、少し進むと開けた場所があり、まだ奥があるようだった。

ここの広間はひょうたん形というか、丸形をふたつゆるやかに繋げたような形状をしていて、奥の壁には横穴があった。この横穴は向こうの拠点にあったような亀裂型の横穴ではなく、不自然に丸い穴だ。人間サイズの者が這《は》って進める程度の大きさである。

「え、何あれは……」

狼たちは中にはもう何も居ないと言っていたが、おそらくそんな訳はない。あの穴の先には別の住人がいるとみるべきだろう。怪しすぎる。ここを拠点にしようと考えるのなら、怪しいところは潰《つぶ》しておきたい。

洞窟に入った時点ではパーソナルホームの案内メッセージはなかったが、あの先にいるであろう未知の住人を片付ければそれも開放されるかもしれない。パーソナルホームの条件が全く不明なため、ホームの条件をそもそも満たせない物件である可能性もあるが、そのときは諦《あきら》めて向こうの拠点を拡張する手段を考えればいい。

「あの先を調べたいんだけど、どうしたらいいものかな……」

「潜り込むしかないんじゃ？　何がいるかわからないから、行くんならまずあたしらが見てくるけど」

「――ヴォフ！」

「あ、待って何か聞こえる！」

狼《おおかみ》とレミーが何かを聞きつけたようだ。

一同は息を潜め、穴を凝視する。誰《だれ》も身じろぎさえもしないため、耳鳴りがするのではないかというくらいの静寂が訪れる。

やがてレアの耳にもかすかに何かが聞こえてきた。ガチガチというかカチカチというか、まるで岩盤にピッケルを何度もぶつけるような、規則的なそんな音が徐々に近づいて——来たと思ったら、穴から黒光りする何かが顔を出した。

「ア、アリだー！」

現れたのは子狼と同じくらいのサイズのアリだった。どうやら謎の横穴の正体はアリの巣らしい。おそらく、これまでは氷狼の巣穴があったためこちら側にはあまり来なかったのだろう。あるいは子狼だけしかいないような時を見計らって時折偵察に来ていて、たまたま今がそのタイミングだったのかもしれない。

しかしあのサイズのアリの群れなら、でかい狼八頭程度なら数で蹂躙《じゅうりん》できるのではと思わないでもない。何か理由でもあるのだろうか。

「アリの魔物か……硬いし、食えない。厄介な奴《やつ》らだ。どうする？　ボス」

どうする、と言われても、レアの中では答えは出ていた。

あのアリどもをテイムする。

アリの能力と労働力さえあれば、洞窟を拡張することも容易だ。レアの知る一般的なアリと同様の生態なら、女王アリさえテイムできれば目的は達せられるだろう。

そのためにはアリの巣の最奥まで行く必要がある。

「なんとかして巣の奥まで行く方法はないかな……」

働きアリというのか、先程の一般的なアリがテイムできるなら、出会う端から眷属化していって片付けるのだが。

しかしそれをするにしても、一度アリと接触する必要がある。先程のアリの姿はもうない。現状あの穴しか巣にアクセスできそうなところはないし、結局はあの中に入っていくしかない。しかも『使役』を使えるレアが直接赴かなければならない。

「こちらだけ身動きが取れないエリアに単身で特攻するのは賢くないな……」

もっともレアのスキル構成では元々直接的な攻撃力はない。スキルやパラメータに頼らない戦闘力はそれなりに自負しているが、あくまで対人特化の技術である。自分の膝《ひざ》ほどまでしか高さのない六脚の生物相手にまともに戦えるとは思えない。

そう考えると、レアに限って言えば、横穴の中で身動きが取れようが取れまいが戦術的には大して差はないことになる。いざとなれば『精神魔法』頼りに一人で行くのも合理的な選択肢だ。

「それに向こうである程度広い場所にでも出られれば、そこで眷属を『召喚』すればいいだけだし」

となれば問題は、アリに『精神魔法』が通じるかどうかだが。

「もう一回来てくれないかな、アリ」

「わたしが一匹捕まえてくる？」

マリオンがそう提案してくる。一番体の小さいマリオンなら、たとえばケリーなどよりは動けるだろうが、それでも。

「いや、待てよ」

現状の戦力はどちらかといえば物理攻撃に偏っている。氷狼たちは氷系の属性攻撃や『氷魔法』を多少使えるようだが、今はどのみち氷狼ではあの穴に入れない。

ならばここらで魔法による対応力の入手を考えてもいいかもしれない。アリには見た感じ物理攻撃は通じにくそうであるし、今回は直接戦闘は考えていないにしても、この先そうしたエネミーと戦うこともあるだろう。

これからは数によって戦闘に安定性を求めようとしているのだ。ならば戦術の多様化は最優先事項でもある。

氷狼たちの加入によって、現在の所持経験値は合計で二〇〇ポイントある。一三名分と考えると心もとないというか、ほぼ何もできないが、一人につぎ込むなら十分だ。

「マリオン、君の言うように一匹捕まえてくるのを頼みたいんだが、その前に君に魔法の力を授けようと思う」

「まほう？　……魔法！　わたしも魔法使えるようになるの？」

「魔法を知っているのかい？」

「昔住んでた集落のババ様が使えた。魔法使えるといいもの着られるしお腹《なか》いっぱい食べられるの」

獣人は初期パラメータが魔法使い系に向いていないから、天然で魔法が使えるＮＰＣというのは確かに珍しいのかもしれない。

「そうか。いずれはケリーたち全員にそれぞれ何かしら魔法的な技能を覚えてもらうつもりだが、まずはマリオンだね。しかし、問題はなんの魔法にするかだが」

今は可能な限りアリに特化した有効属性にしたい。それはなんだろうか。

昆虫らしく火が苦手というのはありそうではあるが、それはあくまで現実世界でのイメージだ。というか別に現実世界では昆虫が特に火に弱いというわけではない。大抵の生物は火に焚《く》べられると死ぬ。

大抵の生物が火に弱いということは、攻撃手段で有効な場面が多いということでもある。

「火でもいいのかもしれないけど……。洞窟《どうくつ》内で使用するのはちょっとね。酸欠になったら困るし」

あるいは逆に酸欠を狙《ねら》うというのも手ではある。

現実のアリとの差異は不明ながら、昆虫である以上はその体に多数の気門があるはずだ。昆虫はそれだけ活動に酸素を必要としているからで、多くの昆虫は酸素濃度が低下すると動きが鈍る。

しかし、これだけのサイズの昆虫だ。現実の昆虫と比べても、活動するには相当の酸素濃度が必要なはずである。それが今普通に活動できているということは、このゲームの世界では少ない酸素濃度で十分に活動できるマジカルな生体機能が備わっているのかもしれない。

そもそも、魔法で生みだした炎が酸素を消費して燃焼しているのかどうかも定かではない。少し興味があるので検証してみたくもあるが、証明しようと思ったらそれなりの設備が必要だ。

「あんまり敵がマジカルなのは厄介だな……。やはりこちらもマジカルな攻撃手段に頼るしかないか」

火が使いづらいとしたら、次善の属性はなんだろうか。そもそも火が最善かどうか確定しているわけでもないが。

一旦《いったん》、現実のアリのことはおいておいて、現状わかっているデータからあのアリについて考察してみるべきかもしれない。

このアリについて現時点でわかっていることはさほど多くはない。

まずサイズが大型犬ほどあること。それでいて動きはアリとして違和感がない程度に素早いこと。

次に洞窟の壁の硬そうな岩盤にきれいに丸く穴を掘る能力を有しているらしいこと。あの穴をアリが開けたと決まったわけではないが、少なくとも自然にできた穴には見えない。ならば敵の能力のひとつと想定して警戒すべきだ。

「あ、ボス。狼が苦手かもしれない、というのもあるんじゃ？　その氷狼が知らなかったってことは、これまでも氷狼がいる間は現れなかったってことだし！」

ぶつぶつと独り言を言いながら考えをまとめていたレアに、ライリーが補足してくれた。

なるほど、ケリーの言うように『視覚強化』という意味だけではなく、ライリーは随分めざといようだ。その可能性についてはレアも一瞬は考えたが忘れていた。

であれば、狼が苦手とはどういうことだろうか。狼というか正確には氷狼だが。

「──そうか、氷狼か。アリはもしかして氷が苦手なのかな？」

ここのアリたちが、もし偵察かなにかの際に氷狼たちが氷を使う様子を見ていたとしたら。

氷狼は元々この辺りに生息している魔物ではない。生存競争に敗れ、一家で南下してきた者たちだ。アリがこの辺りに生息している土着の種族なら、氷狼という未知の魔物に対する有効な戦術をいきなり取れるとは考えづらい。

もしかしたらアリは気温の低下に弱いのかもしれない。いや、普通の昆虫は気温の低下に弱いものだが、この世界のアリも気温の低下に対してマジカルなサポートは無かったのかもしれない。

あるいはマジカルな話ならば、逆にそのマジカルな理由によりあのアリたちが氷属性に弱いという理由も考えられる。マジカルな理由とは例えば属性相性的な話だ。

「……とりあえずやってみてから考えよう。もう今はこれ以上考察できる材料がない」

マリオンには氷魔法を取得させることにした。

まずは『魔法適性：氷』と『冷却』だ。攻撃用として『アイスバレット』も欲しいところだが、今回重要なのは攻撃というより気温の低下だし、殺すことではなく捕獲が目的だ。

一般的な魔法攻撃はダメージ判定にＩＮＴを使用する。マリオンは獣人ゆえにＩＮＴの初期値が低いため、そのままでは魔法の効果はさほど望めない。それ以前に魔法を取得するのに必要な最低値にも達していないため、そもそも取得できない。まずはＩＮＴに経験値を振って底上げしてやる必要がある。

全部使い切るわけにはいかないので、ほどほどのところで強化をやめる。それでもゲームスタート時のエルフの魔法特化ビルド程度のＩＮＴはあるはずだ。レンジャーとしてすでに優秀であることを考えれば、これであと攻撃魔法のひとつでも取得させればニュービーのプレイヤー相手なら初見殺しとして活躍できるだろう。今のところは積極的にＰｖＰをするつもりはないが。

「マリオン、どうかな？　これで君は『氷魔法』の初歩を使えるようになったはずだ」

「おお……。すごい……。わかる……。魔法の使い方も……。これがボスの力？」

「そうだよ。喜んでもらえたかな？」

レアの力というよりはシステムの機能にすぎないが、レアがしたことには違いない。

「他のみんなも、ちゃんとわたしのために働けば魔法やそれ以外の力ももっと与えてあげよう。マリオンにはご褒美の先渡しになってしまったが、頑張ってくれるだろう？」

「うん。アリ、冷やして捕まえてくる！」

「よろしい。ではわたしたちはここで待っているから、頼んだよ」

マリオンを巣穴に送り込み、結果を待つことにした。

それほど距離が離れていなければ、眷属《けんぞく》の健康状態はなんとなくわかるようになっている。もし危なそうなら、マリオンをこの場所に召喚すればエスケープさせられるはずだ。

マリオンが戻るまで、残った経験値で他のメンバーの強化を考える。

今すぐ魔法を取得させることは考えていないが、マリオンのＩＮＴを上げたせいでＮＰＣの思考能力に差が出てくるかもしれない。元々ケリーたちはＩＮＴだけ妙に低い偏ったビルドなので、少し底上げしておいてもいいと考えた。

ケリーたちの今の蓮《はす》っ葉《ぱ》な口調も嫌いではないが、この先街に行くこともあるなら敬語くらいは使えたほうがいい。ＩＮＴを上げてそうした学習が可能になるかはわからないが、試してみる価値はある。意味がなくとも後々魔法を取得させるつもりなら無駄にはならない。

残った経験値をほとんどつぎ込んで、ケリーたち三人のＩＮＴを上げた。マリオンほど上げるには足りなかったが、それでもエルフの初期値のままのレアより全員高くなった。エルフより賢い獣人の出来上がりだ。もちろんプレイヤーの賢さは数値に影響されるわけではないからレアは別に悔しくはない。

しかしどうせ経験値も残り二〇ポイントしかないのだし、この先通常の魔法を取得することもあるかもしれないので、レアのＩＮＴも上げておくことにした。これでケリーたちよりレアのほうがＩＮＴが高くなった。

そのこと自体に特に深い意味はない。それでもマリオンのほうが高い。別に悔しくはないので構わないが。そう、別に悔しくはない。

「ボス、マリオンが戻ってくる」

その耳で捉《とら》えたのか、レミーの報告でレアは思考を打ち切った。

マリオンはどうやらうまくやったようだ。

「でも、アリも連れてきたみたい。アリの足音が聞こえる」

マリオンが追われているということだろうか。逃げ切れるかもしれないが、無用なリスクは負うべきではない。

「『召喚：【マリオン】』」

レアがスキルを発動すると、前方の地面が光り、一瞬の後マリオンが光の中に現れた。霜のついたアリを抱えている。

「――っあ、ボスの魔法？　ありがとう、助かった」

レアが説明する前にマリオンは状況から推察して礼を言った。

ＩＮＴを上げた効果か、マリオンの元々の資質なのかわからないが、話が早く済むのは素晴らしい。『召喚』はスキルであり厳密に言えば魔法ではないが、それは今さほど重要ではない。

「いや、仕事は十分に果たしてくれたようだね。さすがだ。さ、冷たいだろう。それは床に置いてくれ」

マリオンが抱えているアリは、完全に凍ってはいないし死んでもいないようだが、殆《ほとん》ど動かない。

ちょうどいい塩梅《あんばい》だ。

「レミー、アリの追撃は？」

「……多分、マリオンが消えた辺りでウロウロしてる」

「追跡対象が突然消えたからかな……？　こちらまで再び偵察に来ると思うかい？」

「わからない……。あ、戻ってった。巣に報告とかするのかな？」

レミーも自分の意見を交えて報告するようになった。報告に先入観とか希望的観測とかを入れられるのは望ましくないが、そこはおいおい注意をしていけばいい。

自分で考えて、その結果を声に出すというアクションをするようになったのは良い傾向だろう。これからも余裕があれば積極的にＩＮＴに振っていきたいところだ。もしかしたら今まで静かだったのは、そもそも状況に付いてきていなかったせいかもしれない。

「とりあえず、このアリを解凍しよう。『火魔法』も誰かに取得させておけばよかったな。もう経験値は使い切ってしまったし、自然解凍を待つしかないか。あまりアリに時間を与えたくはないのだけど」

「ボス、いいかい？」

「ああ、ケリー。なんだい？」

「ボスがアリを『使役』できるかのテストは、別にこいつが凍ってようが溶けていようができるんじゃないかい？　今はこいつを健康な状態で利用するのが目的じゃないんだろ？」

なんてことだ。ケリーが的確な意見を出してきた。これはもう間違いなくＩＮＴを高めたせいだろう。なんならレアより賢い気さえしてくる。レアのほうがＩＮＴが高いのに。プレイヤーの賢さはパラメータの数値に関係がないという事実が裏目に出た形か。

いや、配下が賢いというのは喜ぶべきことだ。意見と報告はきっちり分離させる必要はあるが、これは数値に表れない戦力の向上につながるはずだ。

「なるほど、すばらしいなケリー。まさにそのとおりだ。早速試してみるとしよう」

早速レアはアリに『自失』をかけた。動きが殆どないため分かりづらいが、成功したはずだ。抵抗も殆どなかったため、発動しているかどうかさえ不安になってくる。『精神魔法』などの目に見えづらい効果の魔法はこういう不便さもある。

次に『恐怖』だ。いつもなら『魅了』を使うところだが、『恐怖』は使ったことがないのでついでにテストをすることにした。先ほど氷狼に『魅了』を使ったときは殆ど抵抗されなかったが、この『恐怖』にはかなり抵抗された感覚がある。最終的には効果を通したが。

氷狼の魅了耐性よりアリの恐怖耐性のほうが高いということだろうか。昆虫が恐怖を感じる状況というのは確かに想像しづらい。あるいはレアのほうが『恐怖』より『魅了』のほうが得意という可能性もあるかもしれないが、システム的に特に差は――

「……あ、そういえば『美形』とかいう特性があったな」

あの特性には「NPCからの好感度にプラス補正」という効果があった。

あれは『魅了』の成功判定にも補正が入るらしい。考えてみればおかしくはない。

もしかしたらケリーたちが出会って五時間で即テイムされたがったのもこの特性が影響しているのかもしれない。これからはどちらでも構わないときはなるべく『魅了』を使っていくのがいいだろう。

いずれにしても『恐怖』は通った。『自失』と立て続けに成功させられたことから、『精神魔法』はアリにも有効であると言ってもいいだろう。あとは『支配』に成功すれば、『使役』の失敗はまず無いはずだ。

懸念があるとすれば『精神魔法』は効くが『調教』系のスキルは効かない、という可能性くらいか。

「まあ、それはその時考えよう。『支配』……よし。では『使役』――なに？」

《『使役』は実行できません。対象のインファントリーアントはすでに別のキャラクターにテイムされています》

そうシステムメッセージが聞こえた。

（たった一文のメッセージの情報量が多い！）

まず、アリの名前だ。インファントリーアントというのがこのアリの種族名なのだろうが、訳すればつまり歩兵アリである。この名前から考えるに、やはりこのアリは社会性の魔物であり、このアリを歩兵として使う上位存在がいるのは間違いない。

そして次にその上位存在だが、他のキャラクターに使役されている、という言葉からもそれは読み取れる。おそらく巣にいるであろう女王のことだ。

眷属のシステムは会社や企業などの組織構造によく似ている。

トップである主君が全体から得られる利益――この場合は経験値――をすべて受け取り、それを組織内部に分配し、全体が一個の生物であるかのように連携して活動する。これはアリやハチなどの社会性動物の在り方にもよく似ている。

もしかしたら、元々『使役』とはアリなどの社会性の魔物のために用意されたスキルなのかもしれない。氷狼が持っている『爪撃』や『咬撃《こうげき》』などのように、特定種族のために用意されたスキルということだ。

『爪撃』も、例えばクマか何かの腕を、できるのかわからないがキメラのようなマジカル人体改造でくっつけたりすればあるいは人類でも取得できるようになるのかもしれないが、基本的には魔物専用のスキルのはずだ。

もしそうなら、『使役』を持っているからといえど元々そういうふうに生まれた魔物なら『精神魔法』や『召喚』などの前提条件スキルは持っていない可能性もある。

また、すでに別の誰かに『使役』されているからエラーが返ってきたということは、逆説的に『使役』は通るのであろうことも意味している。

「……いや、これは希望的観測だな」

『精神魔法』は持っていないかもしれないが、もし持っていれば面倒だ。極振りした今のレアのMNDなら相当格上からの『精神魔法』にも抵抗できるだろうが、他のメンバーはそうはいかない。

幸い、歩兵のアリに『支配』や『恐怖』は効くようだし、レアひとりで行くというのが最も被害が少なく済む。

『使役』に関してもまだわからないことは多い。同系統の上位種からの『使役』しか通らない可能性もある。

「ここはわたしがひとりで行ってこよう。『支配』は効くようだし、どうせその穴では大人数で入っていっても先頭で戦えるのは一人だけだ」

「しかしボス、アリが数で押してきたら一気に全部を『支配』することなんて無理だろう？　どう考えても危険だよ。せめて盾になる人間が必要だ」

「少なくともわたしは連れて行くべき。冷気で行動を鈍らせれば、ボスが魔法をかけるまでの時間稼ぎはできると思う」

「アリの動きを知るためにも、わたしの『聴覚強化』はあったほうがいいと思う」

「この暗がりの穴ぐらじゃ、さすがにアタシの目は役に立たないけど……。まぁ盾は何枚あってもいいんじゃない？」

と、レア一人での探索案は獣人たちの反対に遭い、穴の中には結局人類組全員で行くことになった。

どうやっても穴には入れない氷狼たちには留守番を頼むことにして、アリを従えるために穴に向かう。子狼であれば入れるだろうが、子供だけ連れて行っても仕方がない。

「あ、その前に君たちに名前をつけてあげなくては」

後回しにしていたが、氷狼たちに名付けを行うことにした。名前が無いと『召喚』で呼ぶ際に誰《だれ》を呼ぶのか指定できない。

ケリーが盾になると言ったように、穴の先で数で押されるような開けた場所がないともかぎらない。そんな時にこの氷狼を『召喚』できれば大きなアドバンテージになるだろう。

「まず最初は君だ。君は【白魔《はくま》】だ。そっちの君は女の子だから【銀花《ぎんか》】。ちびたちはそっちから順に【ミゾレ】【アラレ】【ヒョウ】【フブキ】【コゴメ】【ザラメ】だよ」

白魔というのは大災害級の大雪のことだ。銀花は雪を花に見立てた呼び方からとった。

子狼はミゾレとヒョウがオス、アラレ、フブキ、コゴメ、ザラメがメスだ。

名前を付け終わると、ケリー、レア、マリオン、レミー、ライリーの順で穴に入っていく。

穴の中は狭く暗く、五人が四《よ》つん這《ば》いで進んでいることを考えても、進行速度は遅かった。

床や岩壁はなんだかつるつるしている。一番近いのは鍾乳石《しょうにゅうせき》だろうか。こんな丸い横穴状に鍾《しょう》乳洞《にゅうどう》ができるなど考えづらいので、これはやはりなんらかの魔物、というかアリの仕業だろう。

もっとも普通のむき出しの岩肌だった場合は初期装備のレアは手のひらや膝小僧《ひざこぞう》がボロボロになっていただろうから、これに関してはアリに感謝すべきなのかもしれないが。

たとえつるつるだったとしても、硬い地面に直接膝《ひざ》を立てるようなことをすれば、現実なら膝の角質が厚くなり、理想とされる美脚から外れてしまう恐れがあるのでとてもできない。そんなことになったら師範や家元に折檻《せっかん》される。こうしたことが「体験」できるのはまさにVR様様と言える。


結局アリとは遭遇しないまま、狭い横穴を抜け、やがてギリギリ立って歩ける程度の空間に出た。

アリにしてみれば小隊規模なら展開できそうな広さで、こちらとしてもフォーメーションが組める。

ただし、白魔は『召喚』できない。

「さっきはここに居た見張り？　の兵士を捕まえた。帰る途中で他のアリが見張りが居ないことに気づいて追いかけてきたみたい」

「なるほど。今見張りもなにもないのはどうしてなんだろうね。あんなことがあって、もうこの穴から侵入者があるのはわかりきってるから、もっと防衛しやすい場所とかで陣地を固めているとかかな？」

この方面から攻められることはこれまでなかっただろうし、過剰反応もうなずける。しかもこちらはアリたちの苦手な氷狼の関係者だ。

「まだまだ狭いけど、ここから先は立って歩けそうだ。とりあえず、先に進もう」

先程までと同じ並びで隊列を組み、進んだ。

ケリーは片手剣を抜いて警戒し、レミーとライリーも背中にあった弓を手に持っている。

これまでならマリオンもなにか武器を抜いていたのだろうが、今は両手を空けて周囲に気を配っている。マリオンには何か、魔法の発動に寄与するような装備が必要かもしれない。

これまで以上に慎重に歩みを進めて行くと、レミーの耳がアリたちの存在を捉えた。

「この先、多分たくさんいる。数は多そうだけど、あんまり動いてないから待ち伏せしてる……？」

いよいよ戦闘になるかもしれない。マリオンにいつでも冷気を放てるよう指示し、自分もすぐに『魅了』をバラ撒《ま》けるよう集中する。『自失』で下準備しないため成功率は下がるだろうが、数が多いなら一匹一匹確実に成功させるよりも低確率でもバラ撒いたほうが戦力低下を狙えるはずだ。『自失』は単体しか対象にできない。

さらに進んでいき、ちょっとした広間のような場所に出ると、そこにはみっちりとアリたちがひしめいていた。特に光源があるわけではないのに、地面がボコボコとした形に黒光りして見える気さえする。特に昆虫が苦手というわけではないレアだが、この光景には本能的な忌避感を覚えた。

しかし数時間後にはこれらが自分の戦力になると思えば、むしろ頼もしい。今の時点では取らぬ狸《たぬき》の皮算用に過ぎないが。

アリたちはこちらを認識しているはずだが、未《いま》だ命令がないのか動きはない。もしかしたら女王に相当する個体に何か考えがあるのかもしれないが、それを待つ気はレアにはなかった。

「『魅了』」

殆どのアリたちが一斉にレアのほうを向いた。『魅了』の抵抗に失敗した者たちだ。奥のほうに控えていた少し大きめのアリのうち、三分の一ほどだけが抵抗に成功したようだ。つまり小さめのアリ全《すべ》てと、大きめのアリの三分の二は無力化できたということだ。予想以上の効果である。

「マリオン、頼むよ」

「はい、ボス」

マリオンが一歩前に出る。大多数の棒立ちのアリによって『魅了』の影響下にないアリも身動きが取れない中、マリオンの『冷却』が広間を満たした。

この魔法も本来は別に威力のある魔法ではないが、対象が大量でも動かないのなら時間をかけることで十分に冷やすことが可能だ。

マリオンのINTはゲーム開始直後のプレイヤーと比べると相当高い。

このアリたちがゲーム開始時のプレイヤーの戦闘力を基準にして配置されていたとすれば、高いINTを持つマリオンの魔法には耐えられないはずだ。

レアが最初に選んだ洞窟《どうくつ》の中には、偶然にもユニークボスである山猫盗賊団がいた。

その洞窟のすぐ外にもボスクラスの氷狼がいた。

では本来初心者魔物プレイヤーの相手をするはずだった弱い雑魚《ざこ》はどこにいるのか。

それがおそらくこのアリたちだと思われる。

それからほどなく、アリたちには霜が降り、広間にはレアたち以外に動くものはなくなった。

「しまったな、先にさっきの猪の毛皮を加工して防寒具でも作っておくんだった」

洞窟の中はかなり冷えている。しかもこのあと凍りついたアリたちを踏み越えて先に進まなければならないのだ。我慢できないほどではないとはいえ、低温に体力を奪われる覚悟が必要だ。

「まぁ元々そんなに時間をかけるつもりでもなかったし、ちゃっちゃと終わらせよう」

白魔たちの巣に残してきたアリは、少なくとも出発の時点では全く溶ける様子もなかった。マリオンのＩＮＴが高いせいで、凍結状態が解除されるまで時間がかかるのだろう。あるいは洞窟の中は元々気温が低いので溶けにくいということもあるのかもしれない。

この広間で凍りついたアリたちも、数時間程度なら動き出すまでには至らないはずだ。白魔たちの巣よりこの広間のほうがかなり気温も低くなっている。

レミーの聞き耳によれば、この先にも同様にアリが固まって動かずにいる場所があるそうだ。ならば向こうから増援が来る前にこちらから出向いて今の戦闘と同じ手順で片付けたい。

今ならばまだこの戦闘の内容を女王が把握していない可能性もある。気づかれる前に女王のもとまで行ければ完璧《かんぺき》だ。

「さ、行こうか。滑らないよう気をつけて」

その後も狭い通路と天井の低い広間という間取りがいくつも続き、そのたびに同じ手順でアリを無力化して進んだ。なるほど、アリの巣によく見られる通路と部屋があるあの形なのだろう。分岐などもあったが、出口から遠いところが重要施設だろうと当たりをつけ、地下に降りる方向を選んで進んでいった。

無力化したアリの総数は相当なものだ。止《とど》めは刺していないし、戦力差も相性もあって一方的な展開とはいえ、入手した総経験値量も相当なものだった。一匹あたり平均で四程度しか経験値は貰《もら》えていないが、すでに四〇〇に届こうかという量である。

取得経験値がちょうど四〇〇を超えたあたりでレミーが一同を止めた。

「ん……この先にはさっきまでみたいなアリの集団はいないみたい。一匹だけかな」

どうやら防衛網は打ち止めのようだ。この先が卵部屋とか食料庫とかのハズレでなければ、女王の部屋だろう。

「よし。気を引き締めていこう」

やがてたどり着いた部屋は、これまでの広間と同程度の広さだったが天井が高かった。

そして部屋の奥には一回り大きなアリがいた。羽もある。あれが女王だろう。現実の女王アリは巣作りを始めてしばらくすると羽が落ちてしまうらしいが、羽があるということは巣を作り始めたばかりなのだろうか。それともそういう種なのだろうか。

「キチキチキチ……」

何か言っている、のだろうが、残念ながら何を言っているのかわからない。どのみち相手に先手を譲る気はない。敵は一体のみなので、ここは『自失』からかけることにする。

「早速だけど、『自失』！　……おお、通った。ボスだし流石《さすが》に無理かなと思ったんだけど。じゃあ『魅了』……む、抵抗されたか！」

レアのビルドと特徴から言えば、単体の『自失』と自失の状態異常の相手に対する『魅了』では後者のほうが成功率が高い。それが通らなかったということは、女王であるがゆえの特殊な耐性があるのかもしれない。同性からの魅了にはかからないだとか。

更に『魅了』の抵抗に成功したせいで自失状態からも復帰したようだ。『精神魔法』に連なる状態異常は、どれか一つでも抵抗に成功すると、連鎖的に精神が正常な状態に戻るという性質がある。

「マリオン、『冷却』を！　ほかの者たちは遠距離から牽制《けんせい》するんだ！　再びわたしの『自失』をかけるためには今少しクールタイムが必要だ」

「はい。『冷却』！」

自失状態から回復し、女王がレアに向かって突進してくる。その出足を狙《ねら》い、レミーとライリーの放った矢が女王の前足を弾《はじ》き、転倒させた。冷却が効き始め、緩慢な動作になりながらもすぐに起き上がろうとしたが、すかさずケリーが投げた剣が頭部に命中した。剣は刺さらず金属音を響かせて横に逸《そ》れていったが、出鼻をくじく効果はあったようだ。

そのうちに、マリオンの冷却によって更に気温が低下していき、女王の動きは鈍っていった。

女王が起き上がろうとするたびに、ライリーが、レミーが手持ちの近接武器を投げ、行動を阻害する。その間にケリーが誰かの投げた武器を拾いに行き、今度は直接頭部を攻撃しに行く。その頃にはもう女王は体温低下によってほとんどまともな攻撃ができておらず、そんな攻撃を回避できないケリーではなかった。

そして『自失』のクールタイムが終わる。

しかしそれを再び付与したとしても、先ほどはその後の『精神魔法』には抵抗されてしまった。同じことをしても同じ結果になってしまう可能性がある。

戦闘開始直後と比べれば少々のダメージは与えてはいるが、それだけで敵の前に膝を屈するほどの精神的負荷を与えているかと言うと心許《こころもと》ない。

ここはもうひとつ、ダメ押しを加えておきたい。

「『召喚：【白魔】』、『召喚：【銀花】』！」

次の瞬間、レアの目の前に巨大な狼《おおかみ》が二頭現れた。

この空間は広いとは言え、氷狼の成獣が動き回るには狭すぎる。そんな氷狼が突然二頭も出現したとなれば、動き辛《づら》くなるのは白魔たち以外でも同じことだ。

急に現れた巨大な毛玉に困るケリーたちだったが、それ以上に動揺したのがアリの女王だった。

何しろ、絶対に安全だったはずの巣穴の奥に突然天敵が現れたのだ。

「白魔、銀花！　女王を抑え込め！」

突然の召喚だったが白魔たちはすぐに状況を理解し、レアの指示に従いアリの女王に襲いかかった。と言ってもそうそう動き回れはしないため、どちらかというとのしかかったと言ったほうが正しいだろうか。

いずれにしても、女王を完全に拘束したのは間違いない。

「――よし、今だ！　『自失』！　……いけた、ならば『支配』だ！」

二度目の『自失』は効果時間がより短い。『魅了』を挟まないため成功率は高くはないだろうが、

『支配』で決めにかかる。かなりいい線まで抵抗したような感覚があったが、最終的には支配は受け入れられ、女王はその緩慢な動きを完全に止めた。

「……結局、アリに『使役』が通るかどうかはぶっつけ本番で女王に試す羽目になってしまったな。まさか、君まで誰かにテイムされているなんてことはさすがにないだろうね？　さあ、わたしを受け入れてくれ。『使役』」

女王に動きが全く無いため傍《はた》からは判別できまいが、レアにはたしかに女王が自分の下に下ったという感覚があった。

女王のビルドが見られるようになっている。種族名は「クイーンベスパイド」というようだ。

「あれ？　アリじゃないの？　君」

ベスパというとむしろスズメバチだ。レアはアリだと思っていたが、実はハチだったのだろうか。兵隊アリたちはすぐには支配下にならなかったというか、タイムラグを挟んだような感覚があったが、女王の使役下の眷属《けんぞく》として間接的にレアの配下になったようだった。

《ネームドエネミー【ベスパイド・クインダム】の討伐に成功しました》

《パーソナルエリア【女王国跡地】がアンロックされます》

《【女王国跡地】をマイホームに設定しますか？》

やはり山猫盗賊団と同じパターンだった。

しかし国とは大きく出たものだ。確かに数は多かったが、王国というほどの規模でもない。

ともあれ、これでようやく一段落ついたと言える。

ホームをここに移し、元あったところはフリーに戻した。

「ていうか、ここから向こうのホームに向けてトンネル掘って開通させたら、ひとつのホームとして認識されるのかな？　どうなんだろうか」

これは検証してみる必要がある案件だ。

「まぁそれを試すにしてもアリたちが回復してからだね。一日くらいは無理かな……。この部屋は残った子狼たちも召喚で呼べば入れそうだけど、どのみち大人の狼たちは出られないし、全体的に拡張工事が必要か。それに経験値も増えたし、みんなに魔法を取得させたい」

やりたいことは山積みだが、そろそろログイン時間が一二時間を超える。一旦《いったん》ログアウトしなければハードウェアのVRモジュールから警告が出る時間だ。

毛皮を入手しているので敷き布団代わりにそれを使いたかったが、まだなめしてもいないため、かなり生臭い。一旦インベントリから取り出してすぐにしまった。

確か『革細工』スキルがあれば、薬品などがなくてもマジカルなパワーで皮なめしができたはずだ。誰かに取得させておくのがいいだろう。

「慌ただしくしてすまないが、わたしは少々眠ることにするよ。起きたらこれからのことを話そうか。ああ、特に寝床は準備しなくてもいいよ。そこらに転がって寝ることにする。では、おやすみ」

文明的であろうとする努力は必要だが、時に柔軟性もまた必要だ。

着ている服を脱いでレアの寝床を作ろうとするケリーたちを止め、素早く寝転ぶとログアウトをした。

第三章　眷属強化

リアルでの諸々《もろもろ》の雑事を済ませ、再びログインする。

レアのアバターが目をさますと、ログアウト直前から殆《ほとん》ど変わっていない光景が目に入った。

ログアウトしていた時間は一時間程度だ。ゲーム内ではリアルの一・五倍の速度で時間が流れているが、アリの女王はまだ凍りついたままだった。若干表面が濡《ぬ》れてきているが、溶けているというより結露の類だろう。女王の状態は「凍結」となっている。

その割に寒くないな、と思ったら、レアを包み込むように白魔《はくま》と銀花《ぎんか》が横たわっていた。

抱き枕になってくれていたらしい。

「──おはよう、ボス。もういいのかい？」

「おはようケリー。わたしはそれほど長く眠る必要がないんだ。もっとも逆に長時間眠り続けることもあるかもしれないけどね」

今後、急な用事でしばらくログインできないような場合もあるかもしれない。自由時間は比較的取りやすい立場であるし、とりあえずは用事なども思い当たらないが。

レアは自分が眠っていた間に何かなかったか尋ねた。レミーが一度、子狼たちの様子を見に戻ったようだ。今はこちらに帰ってきている。

子狼たちは変わりなく、洞窟《どうくつ》で休んでいたようだ。突然大人の狼たちが目の前で消えたであろうに、それはレアの手によることだとわかっていたらしい。眷属間でのマジカルな繋《つな》がりがそうさせたのだろうか。

しかし、ということは、この一時間の間の眷属たちの記憶が自動で生成されて上書きされているとかそういったことでもない限り、主君がログアウト中も眷属は自己判断で行動していたということになる。

考えてみれば、プレイヤーにしたってログアウト中も眠った状態でアバターが残り続けるのだ。眷属だけが消え失《う》せるというのは不自然ではある。眷属もこの世界に生きる者の一員として存在している、ということなのだろう。

であればプレイヤーがログアウトしている間、もしかしたら眷属に狩りをさせて稼ぐことが可能なのではないだろうか。

これは検証してみるしかない。

もちろん別に悪さをしようと考えているわけではない。ゲームの仕様で可能なことならば、それは正規の遊び方の一つに過ぎないのだ。悪質な利用などでは決してない。

「ケリー、すまないが、ちょっと森で何か……何でもいいから、小動物でも狩ってきてくれないか。わたしはもう一眠りするから。また同じくらいの時間で戻るから、それまでに洞窟まで戻っておいてくれ」

「わかった、ボス。ほかのみんなは連れて行ってもいいかい？」

「ああ、もちろん。必要なら白魔たちに手伝い……は、洞窟から出られないから無理か。アリが動けるようになったら入り口を広げてもらわないとな。じゃあ先に白魔たちは向こうに戻しておこう。狩る獲物はまぁなんでもいいけど……白魔たちの手助けがあるなら、少々大物のほうがいいかな。無理は決してしない程度で」

「じゃあ、そうだね、白魔にも付いてきてもらって、さっきの猪《いのしし》くらいのやつを狩ってくるよ」

「よろしく頼むよ。あ、待ってくれ。レミーはここへ残してくれ」

「なに？　ボス」

「レミー。君には別の仕事を頼みたいんだ」

レアはレミーのスキル取得画面を呼び出すと、『革細工』の『なめし』を取得させた。

インベントリから猪の毛皮をレミーの前に取り出す。

「今、何となくわかったと思うが、レミーに『革細工』のスキルを取得させた。今ならどうすればこの猪の毛皮をキレイに処理できるか、わかるね？」

「ああ……。はいボス。わかる。わたしにこんなことが……」

「よし。なにか必要な道具はあるかい？」

「あれば便利かなってものは……。けど無くてもできる、たぶん」

何の道具も持たずとも皮なめしが可能とは、スキルの効果は本当にマジカルだ。助かる。

「ではわたしが眠っている間にそれをやっておいてくれ。起きるまでに終わっていなくても構わないが、なるべく丁寧にやってくれ。できるね？」

「はい、ボス」

「じゃあ、一旦向こうに行って白魔たちを戻したら、わたしはもう一度ここで眠るよ。さっきと同じくらいの時間で起きるようにする。ではケリー、レミー、頼んだよ」

「はい」

「ああ、任せて、ボス」


それから一時間後、レアは再びログインした。

「おはよう、ボス」

レミーだ。地面には見事な猪の毛皮の絨毯《じゅうたん》が敷かれている。

「おはようレミー。これは……皮なめしは終わったということかな？」

「はい、ボス。意外と早く終わったから、ボスの寝顔を見てた」

「それは恥ずかしいな……。なにかおかしなところはなかった？」

「寝息が静かで、あとまつげが長いことがわかった」

本当に寝顔を見ていただけのようだ。しかし、ＮＰＣが凝視していても不自然に思われない程度には、プレイヤーアバターはガチで眠っているらしい。意外な検証ができた。

「ケリーたちはまだ？」

「はい、わたしが様子をみてくる？」

「いや、いいよ。直に戻ってくるだろう。その間に……」

そろそろ、女王の名前をつけてあげなくては。

それと可能ならレミーに『火魔法』を取得させ、もうそろそろ凍った体を溶かしてやりたい。本人——本アリはじっと溶けるのを待っている。いたたまれないということもあるが、正直部屋が寒いのが辛《つら》くなってきた。白魔たちも居なくなってしまったし。

「さて。アリの女王よ。君の名はスガルだ」

動きはないが、女王が頷《うなず》いたのがわかった。

この名前は蜾蠃《すがる》という言葉から引用した。蜾蠃とはアリでもスズメバチでもなくジガバチのことだが、古来、腰の細さをジガバチのそれに見立て、女性のスタイルを褒めるときにも使われてきた言葉だ。昆虫の女王にはふさわしかろう。

レアも現実で、いつから生きてるのかわからないような爺《じい》さま連中に蜾蠃娘子《おとめ》などと褒められたことがある。前提に一般常識でない知識を必要とするような褒め方は子供にすべきではない、と思ったものだ。

続いてレミーに『火魔法』を取得させた。

「これは皮なめしのご褒美だよ。レミー」

「これ……魔法？　わたしにも魔法が……」

「レミーの仕事は素晴らしかったからね。さ、せっかく魔法を覚えたのだし、早速使ってみようか」

レアはレミーの手を引いてスガルの前へ連れて行く。

「さあ、『加熱』をうまく使ってスガルの凍結を溶かしてあげるんだ。最初はそっとだよ」

『魔法適性：火』も同時に取得させたので、そう扱いを違《たが》えるとは思えないが、念のため慎重にやるように指示をする。このゲームにはフレンドリーファイアが適用される、というか、攻撃時の敵味方の判別がないので注意が必要だ。

レミーは恐る恐る、スガルへ『加熱』をかけ始めた。これでうまくいくようなら、広間のアリたちも順次溶かしていってもらうつもりである。レミーのMP回復を待ちながらでも自然解凍よりは早いはずだ。

「……あ、ボス。ケリーたちが帰ってきたみたい」

『加熱』をかけながら、レミーが音を捉《とら》えたようだ。

さすがにここから入り口広場の物音が聞こえるとは思えないため、あちらでケリーがレミーに向けて大声で帰還を告げたのかもしれない。

「レミーはそのまま、スガルについていてあげてくれ。わたしがケリーたちを迎えに行こう」

レアは狭い通路を四《よ》つん這《ば》いで進み、入り口広場へと戻った。広場に出るとケリーたちが獲《と》ってきた獲物を解体しているところだった。

獲物は狸《たぬき》のようだ。多分、おそらく。解体途中なので詳細はもうわからないが。

「ただいまボス。どうだい、大物だろう?」

「ああ。これは素晴らしい。どの辺りで狩ったんだい?　ここから遠いのかい?」

聞きながらしかし、レアにはおおよその距離は見当がついていた。おそらくそれほど遠くはあるまい。

「いや、仕留めたのはわりかしすぐそこだよ。なかなかいい獲物が見つからなくてね。ようやく見つけて、追い込んでいるうちにこの近くまで来ていたみたいでね。終わったのはついさっきだよ。

……待たせちまったかな?」

すまなそうに言うケリーに気にしないよう手を振るとケリーたちのスキル画面を開く。

レアが先程狩り場が近いのではないかと見当がついたのは、この画面のせいだった。

ログインした時、明らかに皮なめしが完了していたにもかかわらず、レアの保有経験値はログアウト前と変わっていなかった。

このことからわかるのは、主君であるプレイヤーがログアウト中でも眷属《けんぞく》は独自行動が可能であり、その内容は予め《あらかじ》指示を与えておくことができるということ。そしてその間の行動にはきちんと結果が伴うが、それによる経験値は得られないこと。

しかしレミーの『火魔法』を取得しようとスキル画面を見ていた時、唐突に経験値が増えた。レミーの皮なめしの成果が遅れてやってきたのかとも考えたが、それにしては量が多すぎた。

それから程なくしてレミーがケリーの帰還を告げたので、洞窟からそう遠くない場所でケリーたちが狩りを成功させたのでは、と考えたというわけだ。

狩りをしたのはケリーたちであったにもかかわらず、経験値を得たのはレアだった。本来得られるはずだった経験値は代わりに主君が得ることになり、経験値は主君より受け取ることができる。主君がログアウト中では経験値の受け皿がないため、誰《だれ》も経験値を得られない。公式公認 bot の夢はここに潰《つい》えた。いや、期待をしていたとかそういうことはないが。

しかし金策だけなら十分可能だ。現にレミーもケリーたちも十分金になりそうな成果を上げている。

それにログアウト中に時間のかかりそうな指示を与えておき、成果が出そうなタイミングでログインすることができれば無駄がない。

ただし実際にそれを行おうとすれば、どういう内容の指示ならどれだけの時間がかかるか、地道な検証と相当な試行回数が必要になるだろう。そんなことをしている暇があるのなら、レアが直々に指揮して効率的に戦闘を重ねたほうがずっといい。眷属が多いことで大量の経験値を必要とするレアである。どうしても、というほどではないが、可能ならば効率的に経験値を得ておきたい。


「ケリー、この狸は十分ご褒美に値するよ。さっきレミーのなめした毛皮を見たが、素晴らしい出来だった。そんなわけでレミーには先にご褒美を与えてしまったが、君たちにも魔法の力を与えよう」

レアはケリーに『雷魔法』の『魔法適性：雷』と『サンダーボルト』を、ライリーに『水魔法』の『魔法適性：水』と『洗浄』、『ウォーターシュート』を取得させた。

「おお……ついにあたしにも魔法が……」

「ボ、ボス、アタシ三つもあるんだけどいいのかいこれ！」

「ああ、まぁひとつは『洗浄』だし……。それだけっていうのもね。それにマリオンにもほら」

続いてマリオンに『アイスバレット』を取得させる。これでレミーにもあとで『フレアアロー』あたりを取得させれば、全員がなんらかの魔法的な攻撃力を持つことになる。

「ありがとう、ボス！　これなら、次にまたアリの女王と戦ってもわたし一人で勝てる……かも？」

マリオンと比べるとさすがにスガルのほうがかなり格上だが、先手を取った上で戦場を整えられれば可能性はなくはない。

スガルには現状、遠距離の攻撃手段がないからだ。レミーに『フレアアロー』を取得させるときについでにスガルにも何か取得させたほうが良いだろうか。

しかしスガルのビルドはあまり直接的な戦闘には向いていなかった。あくまで配下のアリたちをけしかけるのが彼女のスタイルなのだろう。初戦闘時にスガルを速やかに拘束できたのも、配下のアリたちを全《すべ》てあらかじめ無力化しておけたからこそである。

となると、スガルには配下の強化につながるようなスキルを与えたほうが効果的かもしれない。


いずれにしても、もっと多くの経験値が必要だ。アリたちが解凍されたら、スガルと相談してそのあたりの計画を練るべきだろう。この洞窟も人間や氷狼《ひょうろう》がもう少し快適に過ごせるように改築しなければならないし、そういえばケリーたちに敬語を覚えさせる実験もしなければ。

やりたいこともやるべきことも山積みだ。


「そう言えばボス、例のあの、いんべんとり？　とかいうの、教えてくれよ」

「……ああ、そうだったね」

覚えていたらしい。ＩＮＴを高めた甲斐《かい》がある。

しかしあれは社交辞令というか、レアが説明するのが面倒だったために適当に吹いた言葉だった。

とりあえず期待を込めた目でレアを見るケリーたちに何も言わないのも何なので、レアがインベントリを使用する際の感覚をそのまま言葉にして説明してやることにした。

おそらく説明したところで意味はないだろうが、それでダメなら諦《あきら》めさせる口実になる。

「そうだね……。前にも言ったと思うけど、自分のすぐそば、あるいは自分自身と重なっているくらいの場所でもいいけど、そこに見えない大きなカバンがあると考えるんだ。そのカバンの口をこう、手で開けて、そこに入れたいものを入れるんだよ。大きすぎて入らないと思ったときは、そのカバンの口を入れたい物に被《かぶ》せるようにして……」

言いながらレアは解体された狸の毛皮をインベントリにしまった。

「口を被せると、するっとカバンの中に入るんだよ。無理に入れようとしなくてもね。見えないけどカバンの口はすごく大きくて、柔軟というか、まぁとにかく便利なんだよ」

もともと現実にはありえない、あくまでゲームの仕様のものだ。具体的な説明は難しい。

今自分は何をやってるんだろうという気がしなくもないが、眷属たちとの円滑なコミュニケーションの一環だと思えば、まあ悪くはない。

「ヴォフッ！」

すると突然、白魔が吠《ほ》えた。そちらに目をやったレアは茫然《ぼうぜん》とした。

白魔の前にあった肉が消えている。

「……食べた、とかってわけじゃないよねさすがに……。え？　どういうこと？　ホントに食べたの？」

レアの言葉に、白魔は心外だとでも言うようにもう一声鳴き、肉を再び目の前に出現させた。

目を疑う光景だったが、確かにインベントリから肉を取り出したように見える。

信じがたいが、ＮＰＣ、というか一般的にはモンスターに分類されるであろう氷狼が、インベントリを使用した、らしい。

「――わかった！　できた！」

続けてマリオンが叫ぶ。狸の骨と思われる白い棒状のものを消したり出したりしている。

理解が追い付かないが、強引に納得するとすれば、白魔にできたのだからマリオンができてもおかしくはないのだろう。システム的にＮＰＣとモンスターには違いがないことは、チュートリアルでも聞いている。

未《いま》だ混乱の中ではあるが、レアはこれまで以上の興奮とワクワクを感じていた。

インベントリはプレイヤーしか使えないというのは常識だ。だがそれを証明したプレイヤーはいない。

クローズドテストでプレイヤーがインベントリを使用した時、ＮＰＣは皆一様に驚いていた。そんなことができる人間を、自分は知らないと。ＮＰＣは誰もがそう言った。だからプレイヤーたちは誰もが、インベントリはプレイヤーだけの特別な仕様なのだと思い込んでいた。事実、インベントリを使えるＮＰＣに出会ったプレイヤーはいなかった。

しかしインベントリを使えるＮＰＣを誰も知らないからと言って、使えるＮＰＣが存在しないとは限らない。

インベントリはプレイヤーしか使えないというのは、プレイヤーのみならず、ＮＰＣの間でも常識だ。誰もがそう思っていた。

ところがケリーたちは違った。そうした教育を全く受けてこなかったからだ。だからこそ、レアの使用したインベントリに興味を持ち、そして自分も使ってみたいと教えを請うた。

ここにきてレアは、ガツンと頭を殴られたようなショックを受けていた。

ある言葉を思い出したからだ。

それはチュートリアルＡＩが口を酸っぱくして言っていたあの言葉だ。

「ＰＣとＮＰＣのシステム的な違いは『システムメッセージを受け取ることができるか』という点だけである」

レアはこの言葉を、道徳的な示唆を含んだ意味合いだと思っていた。

違ったのだ。本当に全く、言葉通りの意味だった。

プレイヤーに可能なことは、ＮＰＣにも、そしてモンスターにもできるのだ。


レアがショックを受けている間にも、マリオンと白魔は他の者たちにインベントリについて説明しながら自慢していた。

「うーん……。わかるような……。わかんないような……。もどかしい気分だ」

「もう全然何言ってるかわかんないよアタシは。もう一回言ってくれる？」

レアは眷属たちの様子を眺めながら、ショックから回復しつつある頭で「おや？」と思った。

白魔とマリオンはインベントリを使えた。レアのあの説明で即座に使えるようになったあたり、彼女らにとってはさほど難解なことではなかったのだろう。

ではなぜケリーとライリーはできないのか。また銀花には白魔が教えているようだが、銀花からも困惑したような感情と若干のイライラが伝わってくる。子狼たちは完全に飽きて狸の骨で遊んでいる。こびりついていたであろう肉片などは、すでに奇麗に舐《な》められている。

白魔とマリオンにできた以上、少なくともモンスターを始めとするＮＰＣは全員インベントリが使える可能性がある。別に全てのキャラクターが今すぐ使えるはずだとまでは言う気はないが、ではその違いは何によるものなのか。

もしかして、と思う条件があった。レアは眷属の能力値を確認した。

おそらく、これだ。理解力が足らないために、使える者と使えない者に分かれているのだ。

インベントリが使えた者と使えない者の違い。それはＩＮＴの数値である。

現状、この一行で最もＩＮＴが高いのはマリオンと白魔で、同じ値である。次がレアだが、これはカウントしないとして、その次にケリーが続き、ひとつ下がってライリーやレミー、銀花、スガルと続いている。

「ケリー、少しいいかい？」

「ボス、ごめんよ。せっかく教えてくれたのに……」

「いや、いいんだ。だから少し、手伝おうと思ってね」

レアはプレイヤーなので検証できないため、とりあえずケリーのＩＮＴをレアと同じ値にしてみた。

「さ、もう一度試してごらん？　どうだい？　できそうかな？」

「あー……さっきよりは……でも、もう少しだと思うんだけど、何かが足りないような」

どうやら方向性は間違ってなさそうだ。ケリーの言葉からは、確かに前進している、という手応《てごた》えを感じる。

さらにケリーのＩＮＴをマリオンと同じ数値にした。

すると。

「あ！　わかった！　こうか！　こういうことだね！　できたよボス！」

「ああ、おめでとう！　わたしも教えた甲斐があったよ。あとはライリーと銀花だね。ちょっとこっちへおいで」

確定だ。ＮＰＣがインベントリを使用できる条件はＩＮＴの高さだ。

条件がそれだけならば天然で達成しているＮＰＣがいてもおかしくない。しかしそうした話を聞かないということは、使える者がそろって口を噤《つぐ》んでいるか、別の条件が必要なのかのどちらかだ。

前者に関してはいずれＩＮＴの高そうなＮＰＣに遭遇した際に探りをいれるとして、後者だった場合、可能性として考えられるのは「プレイヤーの眷属である」という条件か、もしくは――「インベントリを使用できる者に使い方を教授された」という条件か。

これは、今回のオープンβテストからチュートリアルが飛ばせなくなったことも関係しているのかもしれない。あのチュートリアルにはインベントリの使い方の説明も含まれている。運営は明言しなかったが、チュートリアルが飛ばせなくなったのは、もしかしたら以前のテストでチュートリアルを飛ばしたせいでインベントリが使えないプレイヤーがいたから、ではないだろうか。

つまり教わらなければ使えないという条件は、ＮＰＣだけでなくプレイヤーにも適用されているのだ。あのチュートリアルＡＩが言った、プレイヤーキャラとＮＰＣには差がないという言葉通りに。

いずれにしろ、現状でこれ以上検証できることはない。

狸の肉はそのまま白魔に預け、適当に食事を摂っておくように告げた後、レアたちは這《は》いずって洞窟《どうくつ》の奥へ戻った。


女王の間（仮）に戻ると、スガルは凍結が解除されており、レミーと二人で一行を待っていた。

マリオンがさっそくレミーにインベントリの自慢をするのを横目に見ながら、レミーとスガルのＩＮＴに経験値を振る。


「レミーも試してみたらどうだい？　マリオン、レミーに教えてあげるといい」

丁度いい機会なので、マリオンの説明でレミーがインベントリを使えるようになるのか確認してみることにした。


最初のうちは何を言ってるんだこいつはというような顔をしていたレミーだったが、マリオンが何度かインベントリを操作するのを見たところ、すぐに使えるようになった。

やはり、誰かに教わらなければ使えるようにならない、という仮説が有力のようだ。さらに言えば、実際にその目で確認しながら教わる必要もあるかもしれない。

条件がこれだけだったとしたら、仮に教える側に教えるつもりがなかったとしても見ていれば勝手に覚えるのだろうか。

教える側にその気がない場合はインベントリの継承が行われない、という可能性もまだ残っている。また、教わる側に覚える気がない場合も未検証だ。

現に今、スガルも試そうとしているが成功しそうな気配はない。あれはマリオンがスガルに教えるつもりでやっていないから、なのかもしれない。

「じゃあレミー、使えるようになったのなら、今度はそれを、スガルも使えるように教えてやってくれないか。ちゃんとお手本を見せるんだよ」

「わかった、ボス」

レミーがスガルにインベントリを教え始めた。これでスガルがインベントリを習得できれば、条件はほぼ確定すると言っていい。

レアはスガルのＩＮＴをいじりながら、後回しにしていたスガルのスキルの確認を行うことにした。

やはり、見たこともないスキルがある。

『産み分け』とか『多産』とか、どう考えてもプレイヤーが取得できるとは思えない物も若干気になるが、レアの目を最も惹《ひ》いたのは『眷属《けんぞく》強化：ＳＴＲ』などのスキルだ。

現時点では取得可能リストに現れただけであり、スガルはまだ取得していないが、もしこの系列の『眷属強化：ＭＮＤ』をスガルが取得していたら、あれほど容易に巣を制圧できたかわからない。いや、おそらく無理だったはずだ。

そして気になるのが、『眷属強化』は単体のスキルではなく、『調教』のツリー上に存在している点だ。一般スキルのツリーにあるということは、この『眷属強化』は『調教』が取得できるなら条件さえ満たせば誰《だれ》でも取得できる可能性がある。

その条件とはなんだろうか。

このスキルはレアもぜひ取得したい。これさえあれば無理に眷属たちに経験値を振る必要がなくなり、総経験値の節約につながる。

スガルはそもそも『精神魔法』も持っていなかった。にもかかわらず『使役』を持っているということは、もしかしたら女王アリの種族特性として『使役』――というより『調教』系のツリーに特化しており、それらのスキルは無条件で取得が可能なのかもしれない。

ならば、スガルのスキルからヒントを得ることはできない。『眷属強化』も種族特性で条件を無視して取得が可能になっている可能性がある。

仮に『使役』同様、何らかの魔法スキルが関係しているとすれば、最もありそうなのは『付与魔法』だろうか。

そもそも『付与魔法』も初期のツリーには『付与魔法』しか存在しないスキルで、クローズドテストの時にすでに一通りの取得条件は判明していた。

その内容は、次の通りである。


『付与魔法』と『火魔法』で『強化魔法：STR』。

『付与魔法』と『水魔法』で『強化魔法：MND』。

『付与魔法』と『風魔法』で『強化魔法：AGI《素早さ》』。

『付与魔法』と『地魔法』で『強化魔法：VIT』。

『付与魔法』と『雷魔法』で『強化魔法：DEX《器用》』。

『付与魔法』と『氷魔法』で『強化魔法：INT』。


おそらくこの『強化魔法』を取得すれば、対応した『眷属強化』がアンロックされるのではないだろうか。

これに関しては仮に間違っていたとしても、自身で直接戦闘をするつもりが今のところ無いレアには相性のいい魔法なので、取得に抵抗はない。


『強化魔法』は単体を対象として発動する、各パラメータを一時的に強化する魔法だ。対象は自分自身でも構わないが、視認できる範囲にいる別の誰かにも掛けることができる。

この場合問題なのは、検証のために取得する魔法の数が多いため必要な総経験値が膨大になる、ということくらいだろうか。


ケリーたち全員に魔法を取得させ、インベントリのためにINTを上げたせいで、現在の経験値は一四四ポイントしかない。『付与魔法』で二〇、属性魔法の一番安い魔法を取るとして二〇、『強化魔法』でさらに二〇、『眷属強化』はひとつ四〇なので、この考察が正しかったとしてもどれか一種しか取得できない。

ならば少しでも効率的なものを選ぶべきだろう。

全体の安全を考えるならVITを優先したい。このゲームにおけるLP《ライフポイント》は、VITの数値とSTRとAGIのどちらか高いほうを足した値から算出される。VITを上げればLPは必ず上昇する上、VITは物理防御力にも影響するので、より死ににくくなる。

しかしこれまでの戦いを見ている限りでは、そもそもケリーたちが被弾したところを見たことがない。

強いて言うならファーストコンタクトのときのレアの不意打ちである。いや、そういえばファーストコンタクトにおいて不意打ちはカウントしないとか考えていた気がする。つまりケリーたちは今のところノーダメージだ。問題なかった。

であれば上げるとするならＡＧＩか。ケリーたちの戦闘スタイルにも氷狼たちの戦闘スタイルにもシナジーは高いだろう。

取得した魔法は『風魔法』の『エアカッター』だ。『乾燥』と悩んだが、今『乾燥』ができたところでチームの多様性が増すという気はしなかったため見合わせた。

続いて『付与魔法』『強化魔法：ＡＧＩ』を取得する。問題の『調教』ツリーには——想定通り、『眷属強化：ＡＧＩ』がアンロックされていた。

「……これで、この系列のスキルを全《すべ》て取るまでは、わたしに経験値を集中させる必要が出てきたかな」

全ての能力値に対応した強化魔法を取得しようとすれば、ここからさらに三〇〇ポイントの経験値が必要になる。

レアは少し遠い目をした。先は長い。

「さて肝心の『眷属強化：ＡＧＩ』は……」

その効果は「自身のＡＧＩの能力値の一％を自身のすべての眷属にプラスする」というものだった。

「すごい！　パッシブスキルだったのか！　なら『強化魔法』とも重複しそうだ！　あれ？　ていうか」

これだと、例えばここでスガルにも『眷属強化：ＡＧＩ』を取得させた場合、レアのＡＧＩの一％を受け取ったスガルのＡＧＩの一％がアリたちに流れることになる。

『使役』を持つキャラクターを『使役』するという、普通に達成するのが非常に困難な状況のためだろうが、この先もレアとスガルで同属性の強化スキルを取っていけば、元となるレア自身の能力値次第では最終的にアリが主戦力になる可能性が高い。

「その前に、そもそもまずアリが戦闘した場合に経験値が私に入るのかどうかを検証していなかったな。大半が凍ってたからだけど。しまったな」

『使役』の仕様から普通に考えればアリが得るべき経験値は女王に流れるが、その女王が得るべき経験値はレアに流れるため、結果的に経験値に関しては他の眷属と変わらない、はずである。

ともあれ、アリ全員の解凍には今しばらくかかる。とりあえずスガルにも『眷属強化：ＡＧＩ』を取得させておいた。インベントリで遊んでいたらしいスガルがレアを見たので、頷《うなず》く。

これで残り経験値はたったの四ポイントである。

早急に出稼ぎに出なければならないが、その前に地盤を固めたい。まずはアリたちを解凍させる必要がある。

だがケリーたちは休ませておくべきだろう。レアはすでにログアウトにより数時間休みをとっているが、その間も彼女たちは起きて活動していたはずだ。

「ケリー、ライリー、レミー、マリオン。今日は本当にお疲れ様だったね。そろそろ休みなさい。かなり長時間眠っていないだろう？」

「いや、あたしたちは……」

「眠らないのは良くないよ。最適なパフォーマンスが発揮できなくなる。なに、起きたらまた働いてもらうから、今のうちに休んでおきなさい」

幸いここにはレミーがなめした毛皮の絨毯《じゅうたん》がある。半ば強引に四人をそこへ寝かせ、レアはスガルとともに隣の広間に移動した。


隣の広間にはまだまだ凍ったアリたちがひしめいていたが、半分くらいは溶けているように見えた。初期に凍結された、入り口に近いアリたちならそろそろ動けるものが出始めるかもしれない。

女王に案内させ、アリが凍りついていない広間へ向かうことにした。襲撃時にレアたちが通らなかったルートの部屋だ。

その広間につくと、アリたちが一斉にレアを見た。

「うわ」

さすがにさすがな光景に、つい驚いてしまう。するとアリたちが一斉にうつむいた。彼女らはレアの直接の眷属ではないが、レアの意志や命令にも忠実なようだ。

「あ、ごめんなさいついつい。大丈夫、こちらを見ても構わないよ。わたしが君たちのボスのボスだ。よろしく諸君」

レアは改めてアリたちを観察した。襲撃時は一緒くたに『魅了』や『冷却』でゴリ押ししてしまったのでろくに見ていなかったが、よく見れば数種類のアリがいるようだ。インファントリーアントだけではなかった。

レアはアリたちのステータスを直接参照できないので、スガルに聞いてみた。

しかしなんとなく眷属の言いたいことはわかるのだが、具体的な名称などはわからない。スガルによれば、スキル欄を確認したほうが早いとのことなので、スガルのスキル欄をもう一度見直してみる。

アリが数種類に分かれているのなら、スガルのスキルで関係ありそうなのは『産み分け』だろう。これは何かのツリーの中のスキルではなく、そういう名前のスキルツリーである。

『産み分け』はクイーンベスパイド専用のスキルなのか、ツリーには『歩兵』などの名前のスキルが並び、そこで取得したスキルに対応した種族のアリを産むことができるようだった。アリは生まれた瞬間からその種族ということらしい。

ツリーには『歩兵』の他に『工兵』、『騎兵』があった。『工兵』というのがそこにいる歩兵と色違いのアリ、スキルのヘルプによれば「エンジニアーアント」だとして、『騎兵』とはなんだろうか。何に騎乗しているというのか。

と、レアは不思議に思ったが、どうやら単に歩兵の上位兵科という意味しかないようだ。意味合いとしては騎兵というより騎士に近いのかもしれない。

しかしアリのこの種族の違いは戦闘力的には歩兵と騎乗した騎兵くらいの差はありそうだった。その分生産コスト、産む際に消費するＬＰとＭＰ《マナポイント》も多いようだ。

ともあれ、今レアが気になっているのはエンジニアーアントだ。工兵だというのなら、この巣を掘ったのは彼女らだと考えるのが自然である。あのつるつるした壁の通路を作れるような何かしらのスキルをもっているのだろう。

適当にエンジニアーアントを呼び、実際にそこらを軽く掘ってもらってみた。

エンジニアーアントは身体《からだ》を内側に曲げ、腹の先を前方に突き出すと、そこから勢いよく刺激臭のする液体を噴射した。

現実でもこういう行動をするアリがいる。現実のアリが噴射するのは毒液かギ酸だが、エンジニアーアントが噴射した液体は岩を溶かし始めた。この勢いで岩石を溶かす酸など、生物が食らったとしたらただでは済むまい。工兵という攻撃力ではない気がする。

しかしどうやら岩以外には影響がないらしい。近くの仲間にもかかってしまっていたが、アリの外骨格には影響はなさそうだった。レアもおそるおそる触ってみたが、染みるとか痛みを感じるなどといった変化はない。実にマジカルな酸である。

女王が言うには別にこの酸は岩しか溶かせないわけではないそうで、その内容をゲーム的に解釈するなら、格というかレアリティの低い鉱物だけを溶かすことができる酸、ということらしい。カルシウムなどはその低レアリティの鉱物に含まれるのか、人間の骨を溶かしたこともあるようだ。

いや世の中にはドラゴンの骨なんかもあるかもしれないし、カルシウムを一律で溶かすことができるかどうかはわからない。骨のような生物素材の場合は金属としての格ではなく元の生物の格が適用される可能性もある。いや、ドラゴンの骨の主成分が果たしてカルシウムなのかどうかも怪しいところだが。

「……今わたしも触ったけど指もまったく無傷なようだし」

やはりレアは格上だから溶かせない、ということらしい。経験値を振っていくことで生物としての格が上がっていくためだろう。逆に言えばゲーム開始時のプレイヤー相手なら、その装備や骨を溶かしてしまう可能性もある。

もしかしたら、ゲーム開始時のスケルトンのプレイヤーなどにとってはこの工兵アリは天敵と言える存在なのかもしれない。

数ある洞窟《どうくつ》の中で、このようなアリのいる洞窟にランダムスポーンしてしまったスケルトンのプレイヤーなどが仮にいたとしたら——そいつはいったいどれだけ不運なのだろう。


少なくとも洞窟の壁を溶かす分には全く問題はなさそうなので、早速エンジニアーたちに狼たちのいる洞窟から女王の間までを直通で繋《つな》げてもらうことにした。はじめは女王の間へ至るまでの襲撃の際にレアたちが進んだルートの通路を全て広くしてもらうつもりだったが、直通で繋げたほうが距離が短かったからだ。

現在動ける工兵は一〇匹ほどらしいので、とりあえずその作業に全員回ってもらう。他の工兵が回復し次第、レアたちの旧拠点への開通作業に入ってもらうつもりだ。

工兵たちが作業をしている間、レアはスガルの『産み分け』ツリーを調べていた。

スキルの名前や産まれるアリの種族名から考えて、『歩兵』と『工兵』、『騎兵』だけだとは考えづらい。なんらかの条件で、たとえば『砲兵』などもアンロックされていくはずだ。

「ていうか、なんかここだけストラテジーになってるな……」

ストラテジーゲームならそれはそれで楽しめそうだが、まずはルールを把握しなければならない。

今、無事な状態で遊んでいる「歩兵」と「騎兵」はそれぞれ五匹と一匹だ。彼女らを一単位として編成し、洞窟周辺の哨戒《しょうかい》に出すことにした。この六名からなる最小単位を班とし、さしあたってはこの班単位で運用することにする。

この班行動によって得られる経験値や資源などからアリたちの運用コストとメリットを算出し、それをゲームの基本ルールとして戦略を組み立てていくのが良いだろう。今回は人員がいないのでほぼ歩兵のみだが、今後編成する際には各兵科からバランスよく組み合わせたい。

とはいえ本格的に軍事行動をするとしても、六国家のどれかに喧嘩《けんか》でも売らない限り、敵は基本的に組織的な軍隊ではなく個人の集まりになる。であれば多少こちらが弱兵だとしても問題にはなるまい。

「ところで、スガルは眷属《けんぞく》のアリたちの能力値に経験値を振ったりしないのかい？」

現時点で数百もいるアリたちにいちいち経験値など振る余裕はないだろうが、どうやっているのだろうか。

スガルはそれについては考えたこともないらしく、どうもアリたちは消耗品程度の認識のようだ。そういうことならそれでかまわない。むしろいくらでも使い潰《つぶ》しがきく軍隊なんて最高だ。補充もスガルのLPとMP消費で産み出せるようだし、もう畑から兵隊が採れるようなものである。肥料は畑であるスガルへのポーション供給だけでいい。レアはワクワクしてきた。

「消耗品て言うけど、そういえば死んだアリってどうなるの？　死ぬことによるペナルティとかってあるのかい？　たとえば一回り弱くなる──具体的には経験値がロストするとか、あるいはキャラクターそのものがロストしてしまうとか」

聞いてみたが、スガルはそこもどうやら曖昧《あいまい》なようだ。

死体は一応回収できる分は回収してあるとのことだが、後から確認すると死体は消えているという。また蘇生《そせい》についても、そのようなスキルは持っていないため、やったことがないからわからないそうだ。

単純に数値的な効率のことだけを考えるなら、アリなんて蘇生させるより新たに産み出したほうが早いのだろう。気にしたこともなかったという雰囲気だった。

ついでに言えば、スガルは現在のアリの総数も細かく把握していなかった。兵力を把握していなくても運用できる軍隊など聞いたこともないが、そのくらいアリの命が安いということだ。

しかし、ケリーや白魔たちはそういうわけにもいかない。単体の戦力がアリとは比べ物にならないからということもあるが、せっかく名前を付けた眷属を使い捨てにするつもりはない。

いざという時のために、何かしら蘇生を行う手段は考えておいたほうがいいだろう。少なくともレアが知る限りでは、現状その手のスキルは見つかっていなかったはずだが。

ともかく、今は戦力の回復と拡充だ。最低でもスガルのLPとMPは自然回復分が無駄にならない程度に常に消費させて兵士を生産しておきたい。

「じゃ、LPとMPが全快状態なのは勿体《もったい》ないからなんか産もうか。とりあえず、『工兵』を増やそう。やってもらいたいことは山ほどあるし、『工兵』単体でも全く戦えないわけでもない。産む部屋とかはあるのかい？　女王の間は今はケリーたちが占有しているけど」

聞いてみたが、洞窟内にはどうせ身内しかいないから別にどこでもいいそうだ。ならこの部屋で産んでもらうことにする。

スガルのステータスを監視しながら、出産の様子を見守った。『工兵』のコストはさほど高くはないようで、数個の卵を産んでも行動に支障はなさそうだ。

「ていうか、産むのは卵なんだね。あ、割れた」

巣に卵がないのは卵である期間が非常に短いからであるようだ。

割れたというか、卵の表皮が裂け、中から焦げ茶色の「エンジニアーアント」が姿を現した。

生まれたエンジニアーアントは五匹だが、すでにレアの前に整列している。この時点から自我があるということなのだろう。あるいは自我は薄いがその分統制ができているのか。

いずれにしても誕生直後に行動できるとは、虫モンスターが育つのが早いのは他の有名な育成ゲームと同様であるようだ。

「これ、例えばすぐに『歩兵』が欲しいって言ったら、今から産めるの？　クールタイムのようなものはあるのかな」

レアが尋ねると、スガルが何となく説明してくれる。「歩兵」ならすぐに産めるが、今産んだ「工兵」はしばらく無理らしい。一度に産める数には制限はないとのことだが、事実上はLPとMPの最大値に依存する。現在のケースで言えば「工兵」の後にすぐに「歩兵」を産むことはできるが、その場合は「歩兵」のクールタイムが終わるまで「工兵」のクールタイムは減らないらしい。


これはこのゲームの魔法のリキャストタイムのシステムと同じである。

このゲームの魔法は各魔法ごとにそれぞれリキャストタイムが設定されているが、カウントされるのは最後に発動したひとつのみだ。

例えば『フレアアロー』と『アイスバレット』のリキャストタイムが共に五秒だとすると、『フレアアロー』を撃った直後に続けて『アイスバレット』を撃った場合、両方の魔法にそれぞれ五秒のリキャストタイムが生まれるが、カウントされるのは後に撃った『アイスバレット』からで、『アイスバレット』のリキャストタイムが終わらない限り『フレアアロー』のリキャストタイムのカウントは始まらない、ということである。

連続して別々の魔法を撃ち続けることも可能だが、そうすると最初の頃《ころ》に撃った魔法はいつまで経《た》ってもリキャストカウントが減っていかないことになる。

少々ややこしいが、これは魔法使い系のキャラクターが遠距離高火力で有利になりすぎないためであり、同時に高速戦闘にも対応できるようにという措置である、らしい。

それが女王アリの『産み分け』にも流用されているようだ。女王が高速出産に対応する可能性でもあるのだろうか。ちょっと意味がわからない。

しかし、レアが「これ魔法と同じシステムだな」と気が付くまでには少々時間がかかってしまった。スガルの説明が眷属特有の、感情を何となく伝えるやり方で行われたせいである。

「やっぱり直接会話できないっていうのはすごく不便だな。うーん、何かないものかな……。眷属と脳内で会話できるような……。遠く離れていても可能ならなおいいけど。テレパシーとか、遠距離の……通話というか……ん？」

そういえば、ケリーをはじめ眷属たちは今や全員インベントリを使用することができた。

これはプレイヤーとシステム的にほとんど変わりがないというチュートリアルでの言葉を裏付ける結果であった。

であれば、もしかしたら。

「眷属と……フレンド登録して……フレンドチャットとかできるんじゃないか？」

これは検証してみるしかない。


そうと決まれば、まずはスガルに実験台になってもらう。

「スガル、フレンド登録をしようじゃないか」

とりあえずダメ元で直球で言ってみた。スガルはきょとんとしている。効果はいまひとつだ。

そもそも、フレンド登録という行為を脳波コントロールで行うにはどうしたらいいのだろうか。友達になればいいのだろうか。しかし、システム的な友達の定義とは何なのか。まず友達なんてどうやって作ったらいいのか。少なくともレアは作り方を知らない。

プレイヤーとＮＰＣにシステム的に違いがないのなら、まずはプレイヤー同士でフレンド登録をする時と同じようにやってみればいいはずだ。

しかしレアはクローズドテストの時も誰かとフレンド登録はしなかった。どうせテストが終われば消去されるキャラクターデータだったし、好奇心に任せて自由に楽しみすぎたため、あまり一般のプレイヤーに好かれるようなプレイスタイルではなかったからだ。今回のオープンβでは他のプレイヤーと会ってすらいない。そう、あくまでプレイスタイルのせいである。友達がいないのは。

レアはヘルプに頼ることにした。

「ええと、フレンド登録の仕方……でいいかな」

検索してみると、ユーザーズマニュアルにちゃんと載っていた。

フレンド登録：

フレンドの申請をする場合、フレンドカードが必要です。フレンドカードはインベントリ内のフレンドカードを取り出すことで作成されます。インベントリ内にはフレンドカードの項目が常にあり、取り出すことで無くなることはありません。

作成されたフレンドカードをフレンド申請をしたい相手に渡し、その相手が自身のインベントリへ収納することでフレンド登録が完了します。

フレンド登録を解除したい場合は、解除したいフレンドのフレンドカードを取り出し、破り捨てることで解除されます。

また再度同じ動作を行うことで、一旦《いったん》解除したフレンドとも再度フレンド登録をすることが可能です。


「なるほど……」

わかりやすく説明するならば、つまりは名刺交換だ。名刺交換というか、この名刺は渡すだけで登録完了できるらしいので、交換までする必要はない。

レアは自分のインベントリを確認し、フレンドカードの項目を見つけた。

インベントリの中身はシステムメニューで一覧が見られるが、システムを介さず行おうとすれば取り出したいものを明確に意識する必要がある。もし仮にインベントリを使えるＮＰＣがいたとしても、彼らがフレンドカードを意識することはまず有り得ないだろうし、そうなるとフレンド申請ができるのは基本的にプレイヤーだけになる。

レアは取り出したフレンドカードをスガルに渡し、それをインベントリに収納するよう指示してみた。

《キャラクター【スガル】とフレンドになりました》

すると、そうシステムメッセージが聞こえた。フレンド登録も問題なく行われたようだ。

NPCともフレンド登録できるとか、このゲームはどうなっているのか。こんなゲームにのめり込むような人間にはどうせ友達なんていないだろうとでも言いたいのか。

なんて運営だ。正直助かった。好き。

「えっと、フレンドチャットはどうやるんだったかな……というかやったことないんだけど。あ、これか」

〈スガル、聞こえるかい？〉

びくり、とスガルが震えた。

〈スガルもこれと同じことがわたしに対してできるはずだけど、どうかな？　頭の中で、わたしの名前を思い浮かべて、そこに向かって話しかける感じなんだけど〉

〈――ボスボスボスボス……あ、できた？　こうですか？〉

〈おお！　できたね！　これなら遠く離れていてもいつでも会話ができるんだよ。声に出す必要もないから、隠密《おんみつ》性も抜群だ〉

ケリーたちはいまだに敬語が話せないが、スガルは話せるのか。といってもスガルが実際敬語を話しているわけではないので、スガルの思考を翻訳した結果がこの口調ということなのだろう。

フレンドチャットまで使えるとなれば取れる手段が飛躍的にアップする。そしてレアはこれまでの眷属たちとの検証の結果から、もうひとつ仮説を立てていた。

すなわち、ＮＰＣがプレイヤーとシステム的に差がないというのならば、プレイヤーもまたＮＰＣと同様にテイムできるのではないか、ということだ。

これがもし正しければ、他のプレイヤーの得た経験値をすべて自分のもとに集めることができる。

まさかの公式推奨姫プレイだ。

アバターは自分自身の全身感覚で動かさなければならないため、他のＶＲサービスと同様このゲームでも性別や体型を大きく偽ることは難しい。が、別にできないわけではない。

ゆえに女性アバターでプレイする男性プレイヤー、またはその逆も一定数は居るはずである。

そしてこの考察が間違っていないのなら、金銭やアイテムのみならず経験値さえも貢がせることができることになる。パワーレベリングなど目ではない。

これまでの歴史の中で、全《すべ》てのオンラインゲームが凝縮してきた闇《やみ》が、今まさにここに結実したと言えよう。

しかしながらゲームサービスである以上、ユーザーの意思を無視したことはさすがにできまい。

仮にプレイヤーが何者かにテイムされそうになった場合、能力値差で抵抗を封じられたとしても、おそらく警告かエラーメッセージか何かが出るはずだ。

ＮＰＣをテイムする場合との違いはそこだろう。もしかしたらＮＰＣにもそうした警告は送られているのかもしれないが、チュートリアルの説明が正しければＮＰＣはシステムメッセージを受け取れないので、ＮＯと答えることができないわけだ。

レアは検証したくてウズウズしてきた。

スガル

しかしこれを行った時点で、どうであれ相手プレイヤーに『使役』の存在が知られてしまうことになる。

であれば、検証するならよほど信用のおけるプレイヤーでなければならない。さらにそのプレイヤーに、ことによってはレアにテイムされることを了承してもらわなくてはならないかもしれない。

さすがにそのような知り合いはいない。

というか、ゲームの中に知り合いがそもそもいない。

だとしても、もうレアには関係のないことだ。この先ソロでは難しいだろう攻略があったとしても、その時はケリーたちがフォローしてくれる。なんなら、ケリーたちのＩＮＴを上げまくれば下《へ》手《た》なプレイヤーより的確なムーブをしてくれる可能性まである。

全くもって素晴らしいシステムを見つけたものだ。用意してくれた運営にはやはり感謝の念を禁じえない。好き。

（ケリーたちが起きたら敬語を覚えさせよう。経験値に余裕ができればＩＮＴも上げてやって、物語などでは滅多にお目にかかれない『全員が賢いデキる四天王』を目指そう。ふふ。ワクワクしてきた）

とりあえずしばらくは、アリたちの回復を待って周辺の森を制圧させながら経験値を貯《た》め、スガルのＬＰとＭＰが回復したらアリを増やし、貯めた経験値でレアとスガルの眷《けん》属《ぞく》強化を取得し。

まずはこの森全体の掌握を目指すことにしよう。

第四章　正式サービス開始

レアのように人類種で始めながら魔物プレイヤー用の初期スポーン設定をする者もいるが、それはごく少数である。

多くのプレイヤーは人類種でキャラクターを作成し、人類の街でゲームを開始する。

そんなごく一般的なプレイヤーに、ウェインという男が居た。

彼もまたクローズドβテストに当選し、スタートダッシュで張り切ってゲームを始めたのだが、序盤の金策には思いの外苦労させられた。初期装備で安定して狩ることができたのは街の近くの草原のワイルドラビットくらいであった。ソロでプレイしていたことも影響しているだろう。

「――結局、丸三日もウサギ狩りに費やしちゃったな……」

しかしその甲斐《かい》あってか、ようやくウェインは全身初期装備から脱することができていた。

防具はさんざん売ったウサギの死体のおかげか、ウサギの革が値下がりしてきたので、ラビットレザーの革鎧《かわよろい》一式だ。

武器のショートソードは初期装備の材質不明の低品質品から、より攻撃力の高い鉄製の剣に買い替えた。鋳造品でこちらも低品質だが、鉄の値段は上昇傾向にあったので少し妥協した。

どうやら近くの採掘所が魔物の領域に飲み込まれ、モンスターが出るようになったらしい。鉄が高騰しているのはおそらくそのせいだ。

おそらくこれは序盤の街で高品質の武具を生産させないための調整だろう。ＮＰＣは高度なＡＩを搭載しているため、時に運営の思惑とは関係なく材料さえ潤沢なら勝手にアイテムを生産・販売してしまう。

もし鉄が枯渇しないのであれば、いつかは鉄で作れる中で最高品質の装備品をも作り出してしまうかもしれない。そして、やがてはその最高品質の装備品も値段が下がっていくだろう。序盤の街でそんなことになったらバランスブレイカーどころの話ではないし、後から始める生産系のプレイヤーはやっていけなくなる。

そうした事態を阻止するために運営が鉱石の供給をストップさせたに違いない。

であれば、そのうちに採掘所奪還のクエストなんかが貼り出されるかもしれない。またそれだけ大掛かりなら、公式サイトでもイベント告知が出る可能性もある。ウェインはそう睨《にら》んでいた。

平日の夜、何とかゲームの時間が作れたウェインは、ログインしてすぐ傭兵《ようへい》組合へ顔を出した。

このゲームは普段は現実時間の五割増しで時間が流れているため、この日の夜はゲーム内では朝だった。

現実時間の日程で二日後には正式サービスが開始される。翌日は一日メンテナンスの予定だと告知されていた。

ゆえにオープンβテスト、いやアーリーアクセス期間としてはこの日が最後だ。

ウェインはこの日の前日、ようやく魔法を取得することができていた。覚えた魔法は『火魔法』

ツリーの『魔法適性：火』と『フレアアロー』だ。序盤は特に火に弱いモンスターが多いからでもあるし、『火魔法』が他の魔法に比べて攻撃力が高めだからでもある。

魔法も取得し、装備もある程度整えた。これならば、現地の傭兵たちにナメられることもないだろう。

ウェインはこの日、NPCの傭兵に声をかけるつもりでいた。いずれ来るであろう大規模イベントに備えてだ。

この街にもウェインの他にプレイヤーはいる。

しかしウェインは見知らぬプレイヤーにはあまり関わりたくない事情もあったので、彼らに接触したことはなかった。とは言え、もし大規模イベントが発生すれば一人で対応するのは難しい。

NPCはこの世界に根付いて生活しているため、街に住む傭兵なら滅多なことでは犯罪行為や詐欺などは行わないはずだ。

であれば、見ず知らずのプレイヤーよりは信用できる。

同じ人間であるプレイヤーよりもAIのほうが信用できるとは皮肉な話だ。

しかしどうやって、そして誰《だれ》に声をかけたものだろうか。

少々日が高くなっている時間であるせいだろう、組合にまばらにしかいない傭兵たちを誰を見るでもなく眺めながら悩んでいると、受付のおやじがウェインに気づいた。

「ああ、あんた。見かけたら声をかけようと思ってたんだ」

「え？　俺に？　何か用だろうか」

これまでわざわざ向こうから声をかけてきたことなどなかった。

たとえ今のように傭兵が少ない時間帯だとしても、だからといって組合の人間が暇なわけではあるまい。何か特別な用事でもあるのだろうか。

「あんた、たしか保管庫持ってたろ。保管庫持ちは保管庫持ち同士でつるむもんだからよ、ひとりってのは珍しいなと思ってたんだが、昨日《きのう》、また別の保管庫持ちがいてな。そいつもひとりで活動してんだ。傭兵ってのは危険な稼業だからな。一人より二人、二人より三人のほうがいい。お節介かもしれねえが……」

保管庫――インベントリを持っているのならプレイヤーで間違いない。この街の数少ないβテストプレイヤーは皆フレンド関係にあると思っていたが、ウェインの他にもソロプレイヤーが居たらしい。


ウェインはクローズドテストの時、あるＰＫ《プレイヤーキラー》に襲われたことがある。ＰＫとはプレイヤーを狙《ねら》って襲うプレイスタイルのプレイヤーのことだ。

そのＰＫは最初、ＮＰＣを装っていた。みすぼらしい格好をした少女のアバターで、路地裏でうずくまっていたのだ。

ウェインは困窮しているらしいそのNPCに手を差し伸べようと、事情を聞いてみることにした。するとここでは話せないと言われ、手を引かれるままに街を歩いた。路地裏から路地裏へと進み、次第に人気《ひとけ》のない場所へと誘導され――そこで突然キルされて、身ぐるみを剥《は》がされた。

プレイヤーのインベントリの中のものは誰にも奪えないが、逆に言えばインベントリに入っていないものは剥ぎ取りが可能だ。

もちろんすぐにリスポーンをすれば装備していた品物もプレイヤーと共にその場から消えてなくなるのだが、動揺するウェインはシステムの《リスポーンしますか？》という問いにすぐに答えることができなかった。それを見越してか、ＰＫは金額の高い武器などの装備から順に奪っていったようだった。

ようやくリスポーンしたウェインが身につけていたのは、肌着などの安い装備品だけだった。ＰＫに奪われたのは主に装備品だが、この時ウェインが失ったのは金銭的な物だけではない。プレイヤーというものへの信頼と、わずかばかりの経験値もだった。

あの日から、ウェインはプレイヤーとＮＰＣを見分けることに腐心した。

その時以来、幸か不幸かＮＰＣを装う悪辣《あくらつ》なプレイヤーには会っていないが、会話などをせずともプレイヤーだと看破するポイントは分かった。

それはインベントリだ。

プレイヤーは何の気無しにインベントリを使用する。はじめから使えるシステムのひとつなのだから当然だ。

しかしＮＰＣは絶対に使わない。使えないのだから当然だ。

だからウェインはあの日以降、インベントリを試金石にしてプレイヤーとＮＰＣを見分けてきた。

もっともあの時のようなプレイヤーはあれ以来見ていないので、見分けたからと言って役に立ったことなどないが。

受付のこの言い方からすると、そのソロプレイヤーが現れたのはゲーム内で昨日だ。ではリアルでは昨日か、あるいは今日からゲームを始めたプレイヤーということだろう。βテストに当選していながら正式サービス開始の直前にゲームを始めるとは、よほどリアルが忙しいに違いない。見ず知らずのプレイヤーに対してはまず警戒してかかることにしているというのに、それだけでウェインはどこか親近感を覚えてしまった。ウェインもまた、リアルでは多忙な職場で働いているからだ。

もちろん警戒が薄れた理由はそれだけではない。普通に傭兵組合などを利用しているところを見るに、まっとうなプレイをするプレイヤーなのだろう。ＰＫならばこういったところに来ることはない。

ＰＫは別に禁止されているわけではないが、後ろ暗いプレイスタイルであるのは間違いない。殺すキャラクターがプレイヤーだろうがＮＰＣだろうが、街の住人からしてみれば強盗殺人に変わりはないからだ。ゆえにＰＫが堂々と街の設備を利用するケースは少ない。

「お、噂《うわさ》をすればってやつだ。あの獣人の姉ちゃんだよ、保管庫持ちは」

ウェインが振り向くと、入り口からひとり、入ってくる人物がいた。

猫獣人の女性だ。明るめの赤茶色の髪をオールバックに撫《な》でつけている。とりわけ器量がいいというわけではないが、どこか憎めないような、不思議な愛らしさがある。ウェインが猫好きだからかもしれない。

猫獣人の女性はまっすぐに受付へ来ると、どこからともなくウサギの死体を取り出し、カウンター横の台車に載せた。いつかの、そう、ゲームを始めたばかりの頃《ころ》のウェインと全く同じ行動だ。着ている装備品も初期装備である。腰に下げている剣だけは初期装備ではないようだが、稼いだ金をまず武器に投資したのだろう。ゲーマーらしい判断だ。死んだら終わりのNPCらしくない判断だ、という見方もできる。

彼女がプレイヤーであることはもはや疑いようがない。

受付のオヤジが、どうだ、というような視線を向けてくる。猫獣人の女性もその視線に気づいたようで、そこで初めてウェインを見た。

「君は……プレイヤーかい？　あ、すまない。俺はウェイン。プレイヤーだ」

すると女性は少し面食らったような顔をした後、破顔して答えた。

「ああ、お察しの通り、あたしはあんたと同じプレイヤーさ。レアって言うんだ。よろしく」

◆◆◆

《プレイヤーの皆様へ。

平素は弊社『Boot hour, shoot curse』をプレイしていただき誠にありがとうございます。

本日0：00からの正式サービス前メンテナンスは、23：00をもちまして終了いたしました。

今回のメンテナンスをもちまして、本サービスクライアントのバージョンは1・01にアップデートされております。

正式サービスは明日10：00より開始となります。正式サービス開始時刻からサービスご利用料金が発生いたします。

メンテナンス後の最初のログインで「ソフトウェア利用許諾契約」、「定期サービス利用許諾契約」、弊社「プライバシーポリシー」の認証があらためて必要となります。ご注意ください。

なお正式サービス移行へともないまして一部仕様変更を行いました。
・初期スポーン位置の調整について
一部種族のユーザーのために用意された初期スポーン位置の難易度が適正でないため、より適正な難易度のスポーン位置がランダム選択されるよう調整いたしました。初期スポーン位置が最寄りの街の人口によって過度に偏っていた仕様の調整を行いました。
・一部ゲームの仕様の不明瞭《めいりょう》な点について
一部わかりにくいとご指摘のありました仕様について説明いたします。

ご質問にありました、国からの「使役」の仕様ですが、貴族など一部ノンプレイヤーキャラクター等にシステム的に「使役」されることでその勢力の「騎士団」などに加入することができます。

その勢力の性質によってはこの時にあらたにスキルがアンロックできる可能性があります。

その勢力の性質によってはこの時に「転生」できる可能性があります。
※例「ヒューマンのキャラクターが吸血鬼系のキャラクターに使役される→吸血鬼の従者《スクワイア・ゾンビ》へ転生が可能」など。
・「転生」について
特定の条件を満たしたキャラクターがゲーム内で特定のイベントを起こすことで、現在の種族を変更することができます。

また「転生」の際には追加で経験値の消費が必要となる場合があります。

・「使役」されたキャラクターの仕様について
「使役」された状態のキャラクターは死亡した際にリスポーン時のペナルティがなくなります。

さらに、死亡後蘇生《そせい》受付可能時間が経過した場合、リスポーンの意思にかかわらず自動でリスポーンいたします。

また「使役された」状態のキャラクターは経験値を入手することができません。

一括して「使役した」側のキャラクターが経験値を入手しております。そのキャラクターが「使役された」状態のキャラクターに対して経験値の譲渡を行った場合のみ「使役された」状態のキャラクターは経験値を得ることができます。
・「使役」状態の解除について
ユーザーサポートの「ご意見・ご要望」フォームにて「ゲーム内仕様に関するご要望」の「使役状態の解除について」タグにてその旨をお伝え下さい。

ゲーム内システムメッセージにて案内をお送りいたします。

今後とも『Boot hour, shoot curse』をよろしくお願いいたします。》

◆◆◆

《プレイヤーの皆様へ。

平素は弊社『Boot hour, shoot curse』をプレイしていただき誠にありがとうございます。

正式サービス開始を記念いたしまして、ゲーム内大規模イベントを企画しております。

日程は正式サービス開始より二週間後、20：00より二時間を予定しております。

イベント中は試験的にゲーム内時間を加速させ、二時間のうちに四八時間を体感できるよう調整しております。
※イベントの途中参加はできません。
※イベントを途中退席した場合は再度の入場はできません。
※イベントの参加には別途許諾契約の署名が必要となります。
※未成年のプレイヤーの皆様がご参加の場合は保護者による許諾が必要となります。
　イベントの詳しい内容については後日公式サイトにて発表いたします。

今後とも『Boot hour, shoot curse』をよろしくお願いいたします。》

◆◆◆

【祝！】記念すべきBoot hour, shoot curse公式初のスレ【正式サービス開始】

001：ギノレガメッシュ
ついに正式サービス開始しました！

ベータテスト時代のスレは全部アーカイブにぶち込まれたみたいで書き込みできなくなったから、新スレ立てました！

002：アマテイン
おつ、と言いたいところだが……
言いにくいが、初スレならすでに別にあるぞ
タイムスタンプを見る限りではあちらのほうが十秒以上早く立っているな

003：ジーンズ
ええと「記念スレとか初スレとかスレタイに付けるスレを粉砕するスレ」ってタイトルかな
スレってワード多すぎじゃね

004：おりんきー
性格悪いｗｗｗ
森エッティ教授って人かな？　そっち立てたのは

005：アラフブキ
いきなり負けてんじゃねえか
そういうところだぞ

名前もどうせ出遅れて取れなかったんだろ

006：名無しのエルフさん
アーカイブって言っても書き込めないだけで閲覧はできるのね
ベータ時代のスレに魔法のリキャについて検証結果上げてるから、よかったら参考にして（ステマ

007：タンスにポン酢
そういえばさ、旧板で書き込もうと思ったらもう閉鎖されてて書き込めなかったんだけど、ヒルス王国にやばい森あるの知ってる？

008：NOエッチ
エアファーレンの隣の森だろ
アリが出てくるやつ

009：カントリーポップ
アリって数が多いだけの雑魚《ざこ》モンスターじゃないの？

010：アントギー
いや、そこのアリはなんかやばいんだって

装備破壊攻撃とかしてくるんよ

011：アマテイン
序盤で装備破壊はきついな

012：NOエッチ
言うて鉄鋼装備とかなら溶かされないんだけどな
ラビット装備とかだとジュッとやられて、強制的にセンシティブな姿になる

013：タンスにポン酢
いや、まあアリもやべーんだけど、ごくたまにクソデカ狼《おおかみ》みたいなやつも出るのよ
一回しか会ったことないけど

014：おりんきー
もふもふ？　どのくらい大きいの？

015：タンスにポン酢
一〇〇人乗っても大丈夫なプレハブくらいかな

016：カントリーポップ
でけえな！
強いの？

017：タンスにポン酢
わかんね
猫パンチみたいな軽めの一撃でミンチにされたから

018：NOエッチ
うへ。そんなのもいるのか
普段はアリ食べて生きてるのかな

019：ドラ太郎
モンスターがモンスター食うのか

020：その手が暖か
他のエリアでネズミ型モンスターを捕食するクモ型モンスターを見たという人がいましたよ

021：アラフブキ

だとしたら、アリ狩りすぎると餌場を荒らすライバルだとか思われて襲われるってことなんじゃねえの？
てか、なんでいきなりそんなやばいモンスター出る森なんて探索してんだよ
もっとゆっくり行こうぜ
せっかくの新ゲームなんだからさ

◆◆◆

ついに正式サービス開始の日がやってきた。

ウェインはこの日、有給を取得した。

休み直前の日だったため、またこれから三連休に入る。

彼はオープンβテストと称されている事実上のアーリーアクセスからプレイしているため、今さらスタートダッシュということもないが、正式サービスからゲームを始めたプレイヤーなどはこの三日、あるいは明日からの二日がそうなるだろう。

さすがに無いとは思うが、せっかくアーリーアクセスで作ったアドバンテージを後続に詰められてしまうのは面白くない。

「――ウェイン、待たせたかい？」

「いや、いま来たところだよ、レア」

それに、有給を取ったのは新しく知り合った友人と遊ぶ時間を確保するためでもある。サービス

開始の今日、二日前に知り合ったプレイヤーのレアと森の探索をする約束をしていた。

とはいえレアの防具はまだ初期装備である。まずは装備を整えなければ森に入るのは危険だ。

幸いウェインは鉈《なた》や外套《がいとう》を購入できる程度の金額はなんとか稼げていたし、レアもウサギ狩りで防具と外套くらいは購入できるようだった。ウサギの革が値下がっているおかげである。ウサギは肉も売れるため、革が市場で多少ダブついて値が下がっても、一羽まるごとの買取額はそれほどには下がらないのも初心者に嬉《うれ》しい仕様だ。

鉈はウェインの一振りしかないが、森に二人で入るならウェインが先頭を行けば一振りでも大丈夫だろう。先輩として後輩にいいところを見せたいという面もある。


レアの口調は見た目にそぐわない乱暴なものだ。彼女はせっかくのゲームだからということで、ロールプレイを楽しみたいらしい。

そのため自分たちがプレイヤーだということはあまり意識せず、いかにも傭兵《ようへい》といった口調で話したり、ＮＰＣとも住人として接したりしたいそうだ。その考えにはウェインも賛成だった。


どうも、レアはウェイン以外にフレンドが居るらしく、時折フレンドチャットをしているような素振りを見せている。

なぜそのフレンドと一緒にやらなかったのか聞いてみたが、フレンド同士ならゲーム開始時に同じ位置に初期スポーンできる仕様を知らなかったようだ。予《あらかじ》めフレンド登録をしておく必要がある、つまりゲーム外からの知り合いに限られるが、そういう機能がある。ウェインからその話を聞くと、レアはフレンドに話しながら大層驚いていた。実に初々しいことだ。

ウェインもレアとフレンド登録をしたいと思っていたが、まだレアが自分を信頼してくれているという自信がなかったため、言い出せずにいた。

こんな時代である。VRゲーム内と言えど、信頼できる人間以外とシステムによって紐付《ひもづ》けされるのは危険だ。


それにウェインには、キャラクタークリエイト時に外見を「美形」になるまでいじっているという負い目もあった。

レアの顔立ちはとても自然に見える。わざわざ自分の顔を変更するくらいなら、ほとんどのプレイヤーは「美形」に変更するだろうし、そうではないということも考えると、彼女はおそらくリアルの姿をフルスキャンしたそのままのアバターなのだろう。

変えていると言えば髪色くらいだろうか。赤茶けた鮮やかな髪はリアルではそう見かけない。しかし積極的にこういう色に髪を染めるタイプにも見えない。これはウェインの願望かもしれないが。

別に悪いことをしているわけではないのだが、ウェインは自分のキャラクタークリエイトを少しだけ後悔していた。

自分も堂々とリアルアバターでゲームを開始すればよかった。そうすれば、レアにも堂々とフレンド申請をすることができたかもしれない。

まあ、フレンドチャットの件はまたおいおい考えればいい。

それより今は冒険の準備だ。外套や革鎧《かわよろい》などは革細工の店に売っている。ウェインは自分がラビットレザーの鎧を購入した店にレアを案内した。

「そういえば、レア。公式の発表にあった大規模イベントのことは知っているかい？」

「ああ、ええと……。うん、そういえばそんな告知もあったね」

すこし考えるような素振りをして、レアが答えた。

実は告知など見ていなくて、フレンドにチャットで確認をとったのかもしれない。一瞬だけそのフレンドにモヤモヤとした嫉妬《しっと》心がわくが、取り繕ってさも知っていたかのように振る舞う様子は可愛げがあり、それもすぐに霧散する。どうやらフレンドというのは女性だということであるし。

「どんなイベントなんだろうね？　大陸中に散らばるプレイヤーを同時にイベントに参加させるというのはかなり難しいと思うんだけど、いったい運営はどうするつもりなんだろう。レアは参加するよね？」

「ううん……。ちょっと、当日になってみないとわからない、かな。ええと、途中参加はできないし、途中退場したらもう参加できない、んだろう？　当日どういう感じなのかが……今はまだわからないから」

「そうか……。もし、良かったらだけど。その、イベントに一緒に参加しないか？　もちろん、他の街にいる、フレンドと一緒に参加できそうなら、そこに交ぜてもらうような形でもいいから」

「ああ、もし参加できそうならお願いしてもいいかい？　私もフレンドに言っておくからさ」

その後、革細工屋でウェインの外套と、レアのラビットレザーアーマーと外套を購入し、街を出た。

近くの森、大森林と呼ばれるほど深い森であるらしいが、これは街から出るとすぐに見えてくる。迷うこともない。ウェインはまっすぐに森に向かい、警戒しながら足を踏み入れた。

森に入ると、蔦《つた》や藪《やぶ》などを切り払いながらレアを先導して歩く。

森の中は昼間だと言うのに薄暗く、見通しが悪い。魔物の領域と呼ばれる危険地帯まではまだ距離があるはずだが、具体的にどこが境界線なのかはウェインにはわからなかった。

「レアはこっちのほうには来たことがないだろう？」

「ああ、そう、だね。はじめてだよ」

森が歩きにくいからか、多少つっかえながらレアが答える。

「この森なら、草原のウサギよりは効率よく経験値が稼げると思うんだ。それに、N――街の住人たちはこの森にはあまり立ち入らないようだから、ここで得た素材なんかも高く売れるかもしれない」

レアの戦闘スタイルはまだ見ていないので不明だが、見るからに軽戦士系だろう。獣人という種族も戦士に向いている。

ここはレアに前衛を担当させ、ウェインが魔法によるサポートを行うべきだろうか。戦わせてみた感じを見て、ウェインも前衛に参加したほうがよさそうならばそうすればいい。

本来ウェインのような魔法戦士は器用貧乏になりがちだが、こういった味方や相手の状況次第で立ち回りを変えられるという汎用《はんよう》性は強みにもなる。レベル制ではないこのゲームなら、経験値さえ稼ぐことができれば、器用貧乏を誰《だれ》にも負けない万能キャラへと育てることも不可能ではない。

森の中は時間の経過が把握しづらかったが、森に入ってから一時間ほど歩いただろうか。

想定通りに距離を稼げていればだが、そろそろ魔物の領域が近いはずだ。ここまでは魔物と遭遇するようなことはなかったが、ここから先はエンカウントの可能性も高い。

「そろそろ、魔物が出てくるかもしれない。警戒しよう」

「ああ、そうだね。そろそろか。わかったよ」

ほどなく、自分たち以外の何者かが茂みを揺らす様子を捉《とら》えた。

茂みから姿を現したのは、焦げ茶色をした巨大なアリだった。巨大とは言っても、通常のアリと比べてであり、ウェインの膝《ひざ》より低い程度のサイズである。

レアは巨大な昆虫というのは生理的に大丈夫だろうか、と考え一瞬そちらを振り返るが、彼女は冷静な表情でアリを見つめていた。他のゲームなどで巨大昆虫には慣れているのかもしれない。昆虫系のモンスターは数を出しやすいので多くのゲームで雑魚《ざこ》モンスターとして使われている。

「レア、攻撃できるかい？　できそうなら、俺は魔法でサポートする！」

「ああ、大丈夫だよ！」

言いながら、レアはショートソードを抜き放ち、アリに斬りかかった。その動作はどことなくぎこちない感じがしたが、獣人の能力値のためかそれなりの速度でアリに迫る。アリは回避しようとしたが間に合わず、脚を一本失うことになった。

アリが体勢を崩す。

「よし、『フレアアロー』！」

ウェインの放った攻撃魔法はアリに突き刺さり、そのままアリは消し炭になった。

サポートと言いながらも実際にはウェインがほとんどひとりで倒してしまった形になるが、レアも一撃を入れていたため、経験値は彼女にも多少入っただろう。

ウェインに入った経験値を確認してみれば、ソロでウサギを狩るよりは多少はいい、という程度だ。

二人がかりでこれならば、アリはウサギよりもかなり格上の魔物であるらしい。

「今のがウェインの魔法かい？　すごい威力だね」

「ああ。まあね。でも、これだとアリの素材を手に入れることができないから、次からはなるべく剣だけで倒そうか」

「わかった」

それから帰りの時間も考え、ギリギリまでアリを狩り続けた。街に戻ったのは日が落ちる直前だった。

◆◆◆

「――なるほど、眷属《けんぞく》が配下を攻撃するといった場合、本来なら経験値を得られる行動だったとしても、流石《さすが》にマッチポンプでは貰《もら》えないらしいね」

ケリーがエンジニアーアントを攻撃するのを見ながら、レアはつぶやいた。そばに控えるスガルもこれまで自分の眷属に自分の眷属を攻撃させたことは無いようで、納得したように頷《うなず》いている。

アリの洞窟《どうくつ》を大改装した結果、新たに作られたこの新「女王の間」で、レアはケリーの戦闘の様子を眺めていた。


メンテナンスの日を除き、現実世界でおよそ一週間。

レアはこの時間を使い、洞窟の外に広がる魔物の領域たる大森林を、ほぼ手中に収めていた。

食料などの供給に使えそうな魔物の群れや、経験値牧場として生かしてあるゴブリンの集落などを除いて、森でレアたちの勢力に逆らうものはもはや居ない。

森を制圧してから、レアはホームを大森林の中央付近に移動させた。

制圧下にあるからといって洞窟全《すべ》てがホームにできるわけではないらしく、ホームの中心にと設定した女王の間の周辺しかプライベートエリアとしては認識されていなかった。結局試すことはなかったが、この仕様では仮に最初にケリーたちと出会った洞窟を物理的に繋《つな》げていたとしても、ホームを拡張することはできなかっただろう。

森の地下全土に巣を巡らせる過程では、誤って魔物の領域近くの採掘場らしき場所に繋げてしまったことがあった。

思いがけず人間のNPCと遭遇したが、どうせ領域のすぐ近くであるし、鉱物資源も入手したかったので採掘場はそのまま制圧した。

また森の外周部の地下からは地下水脈に沿って泥炭が産出され、そのさらに地下には石炭もあった。アリたちは露天掘りなどをせずとも地下資源を容易に確保することができる。石炭によって鉄鉱石の精錬も可能になったことから、勢力の金属事情も飛躍的に向上した。

今やレミーに『鍛治《かじ》』系のスキルも取得させ、巣の一角に鍛冶場を建造して金属装備の生産も始まっている。

戦闘に出ることが少ないエンジニアーアントの一部に経験値を使い、『鍛冶』、『革細工』、『裁縫』などの生産系スキルを取得させ、レミーを監督にして装備品の量産体制も整えつつある。


大森林を掌握したあとは、草原にも手を伸ばしていた。

地中深くにアリ用の通路を延ばし、草原の至るところにアリが顔を出せる穴を掘らせている。これを使い、草原周辺の人間の動向を探らせていた。

アリたちには決して人間に見つからないよう厳命していたが、その範囲内であればウサギなどをある程度狩ってもいいとしていた。下手《へた》に人間側に危険視され、人類種国家に本気で草原や大森林を侵略されても面白くない。

まれに誤って人間に見つかってしまう部隊もあるようだが、見つかった場合は仕方がないので必ず始末するよう指示してある。五匹単位の班で行動するアリを単独で倒せる人間は草原周辺には少ないらしく、すぐに経験値としてレアに計上されていた。

どうやら人間は同格程度の魔物より経験値が少し多めに貰えるようだ。クローズドテストのときと同じ仕様である。人間たちは多くの場合武器や防具で戦闘力を底上げしているため、その装備品の分が難易度に加算されているのだろう。経験値の効率だけを考えるならば、人間は素晴らしい獲物といえる。

欲を言えばいくらでも生き返るプレイヤーを狩るのがもっとも効率がいいのだが、彼らに見つかってしまった場合、いくら全滅させても情報を持ち帰られてしまう。ＮＰＣのように安易に狩るわけにはいかない。

とはいえいつまでも隠し通せるとも思っていないし、正式サービス開始に伴ってプレイヤーが増えるようであれば、加減を見つつ定期的に狩っていきたいと考えていた。


それから、死亡したアリの死体がいつのまにか消えているのは何故《なぜ》なのかも判明した。

どうやら、約一時間が経過したあたりで勝手にリスポーンしているようだ。スガルはアリの総数を気にしていなかったために気づいていなかったのだが、レアが部隊を編成し戦力を管理するようになってすぐに発覚した。

その時はその自動リスポーンがアリという種の特性なのか、眷属全体の仕様なのか不明であったが、先日の公式のアナウンスで後者であることが判明した。最悪の場合、眷属は『召喚』でエスケープすればいいと思っていたが、その必要もなさそうだ。


この大森林を、そして草原の地下を掌握していく過程で、レアのもとには桁《けた》が違う量の経験値が流入していた。

これは主にアリたちが得た経験値なので、本来はアリたち全員の成長のために使うべきだ。しかしスガルと相談してそれはやめた。

当初の予定通り、まずはレアの『眷属強化』とスガルの『眷属強化』を優先することにした。そして『眷属強化』は主君の能力値を参照するため、次にしたのはレアの能力値の底上げだった。眷属たちの数値が目に見えて強化されたと思える程度にはレアの能力値を上げた。次いで、スガルの能力値の底上げも行った。

今やただの歩兵アリでさえ、初心者プレイヤーが一対一で討伐するのは難しい。工兵ならば戦闘に向かない能力値のため、魔法などで弱点をつければ余裕を持って倒せるだろうが。

この『眷属強化』の素晴らしい点は、経験値を消費したのはあくまで主君であり、眷属には経験値は一切使われていない、というところだ。

強化を受けた眷属は多少格上のエネミーに対しても互角に戦うことができる。が、それは主君が強いだけであって、眷属本人が消費した総経験値量が増えているわけではない。つまり、互角の戦いであればシステム的には常に格上との戦闘であると見なされるのだ。

大森林や草原を掌握するのに働かせたアリたちの部隊は多くが無強化の歩兵だった。こうした強化系バフの仕様が膨大な経験値の取得につながったと言える。

これはおそらく、レアが横槍《よこやり》を入れなければスガルが同じことをしていたはずだ。

もちろんレアよりも多少非効率だっただろうが、それでも普通では考えられない量の経験値を得ていたと思われる。

本来、それを以《もっ》てこの洞窟や大森林が、例の「女王国」になっていたのではないだろうか。つまり、スガルは単なるユニークボスの卵ではなく、レイドボスの卵だったということになる。

それを裏付けるかのような新たなスキルも発見した。

スガルの『産み分け』ツリー、その中の『航空兵』などのスキルである。

このスキルは『風魔法』をスガルに取得させることでアンロックされた。

スガルは本来、魔法系のスキルを取得できなかった。しかしレアなどの人類種とは逆に、『眷属強化：ＡＧＩ』などを取得したことで対応する魔法系のスキルがアンロックされ、取得が可能になっていた。

他の『眷属強化』を優先したことと、スガルを直接戦闘に参加させるつもりがなかったために後回しになっていたが、『風魔法』を取得して『航空兵』がアンロックされたことで再度スガルのスキルの検証を行った。


『風魔法』でアンロックされた『航空兵』で生まれたのは「ソルジャーベスパ」だった。

外見は巨大なスズメバチである。大森林の浅部では木々の密度が高いため上空しか飛行できないが、大森林深部では驚異的なフットワークと攻撃力を見せた。

相応に必要な生産コストも高いが、各種能力値の底上げをしてＬＰ・ＭＰも飛躍的に向上したスガルにとっては今や歩兵と大した違いはない。

『火魔法』でアンロックされたのは『突撃兵』。「アサルトアント」だ。

見た目は現実のヒアリに近い。彼女らは腹の先から毒液や酸ではなく、炎を発する。現実の火炎放射器以上の射程と攻撃力を持っている。可燃性の液体のようなものが燃えているらしく、対象に攻撃したあともしばらく火が消えることはない。これは森の中での運用は非常に危険なため、火炎放射を行う際は上官に許可を求めるように厳命してある。

『雷魔法』でアンロックされたのは『狙撃兵』である。そのまま「スナイパーアント」だ。

通常の歩兵に比べてやや長い触覚と、細い体躯《たいく》を持ち、腹の先の毒針も通常の針の形状ではなく銃身のようにまっすぐに細長くなっている。

狙撃兵は工兵や突撃兵とは逆方向の背中側に腹を曲げ、サソリのように構えて対象を狙撃する。放たれた弾丸を調べてみたが、そこらの岩石を酸で溶かした後に体内で固めた物らしく、つるつるした金属のような質感だった。もしかしたら『雷魔法』を利用してレールガンのように撃ち出しているのかもしれない。

狙撃時にほとんど音がしないおそるべき暗殺者だ。

『地魔法』でアンロックされたのは『砲兵』、「アーティラリーアント」だ。狙撃兵より射程は短いし攻撃のクールタイムも長いが、一匹で面制圧が可能な遠距離攻撃手段を持っている。外見は太った狙撃兵といった感じだ。砲弾は基本的に榴弾《りゅうだん》のようだが、炸裂《さくれつ》しない砲弾も撃つことが可能らしく、対人でも攻城戦でも活躍できるポテンシャルがある。まだどちらもやらせたことがないが。

『氷魔法』でアンロックされたのは『偵察兵』の「スカウトアント」。通信兵のような業務も兼任しているらしく、同じ偵察兵同士で双方向の通信が可能だった。

しかし班のリーダーを任されているアリはすべてスガルとフレンド登録をしておりフレンドチャットが使用可能なため、通信兵の戦略的価値はやや低いが、偵察兵としての本来の能力、隠密《おんみつ》性の高さを評価して班に一匹は編入されている。

『水魔法』でアンロックされたのは『輜重兵《しちょうへい》』。「トランスポーターアント」だが、現状で一番不遇なのは彼女らかもしれない。もはや歩兵アリでさえ『眷属強化』によって必要なＩＮＴを確保しており、すべてのアリがインベントリを使用可能だ。そのためこの大森林のアリたちには兵站《へいたん》という概念自体が存在しない。検証などのため少数は産み出されたが、全員が巣で留守番をしている。

スガルの成長によってこれらのアリが大量に産み出された場合、人類種の国家など紙のように吹き飛ばされてしまうだろう。

これが運営の用意していたレイドボスだとするならば、かなりの数のプレイヤーを動員しなければ討伐できないレベルの恐るべきコンテンツだ。

というか、今まさにレアの下でそういう勢力に育ちつつある。


アリたちの成長に思いを馳《は》せるレアの視界では、相変わらずケリーが精一杯手加減をしながら、工兵アリをナマクラで殴っていた。

そう、レアの視界は現在、ケリーのそれと共有されていた。


『眷属強化』のために魔法スキルを全て取り、必要と思われる能力値だけ上げた後、レアは持て余す経験値を何に使うか考えた。能力値は確かにわかりやすい強さをキャラクターにもたらしてくれるが、多少の能力値の差などスキルに容易にひっくり返されてしまう。

かといって今さら武器スキルなどを上げる気にはなれなかった。今のところはレア自身が直接戦闘をするつもりがないこともあるし、一般的な武器スキルはどうせ他のプレイヤーがそれぞれ勝手に取得するはずだ。

そこで有用そうなスキルがアンロックされるようならSNSや攻略サイトが賑《にぎ》わうだろうし、取得を考えるのはそれを見てからでいい。何もレアが経験値を浪費して検証してやる必要はない。とはいえ生産系のスキルもあまり気が進まない。すでに工兵たちに工場を建造させているからだ。

そこでレアが取得したのは、まだ取っていない魔法スキル『空間魔法』だった。

この魔法は初期状態ではアンロックされておらず、『付与魔法』と『風魔法』、『地魔法』を取得するとアンロックされる。この情報はクローズドテストの時には明らかにされていたので、他にも取得しているプレイヤーは多いだろう。

この魔法は単体で効果を発揮するタイプではなく、ツリーにあるスキルを取得することで他の魔法の運用を手助けするタイプだ。『魂縛』と『召喚』などの関係に似ている。

具体的には、この『空間魔法』ツリーにある『座標認識』を取得することで、他の魔法スキルの発動位置を任意に設定できるようになる。うまく使えば、相対しているエネミーの背後から『フレアアロー』を撃ち、背中にぶつけてやることも可能になるのだ。

不意打ちやブラフなどに使えるので非常に有用ではあるのだが、しかし、直接的な攻撃力が向上するというわけでもない上に、取得するための条件が重い。

それだけの経験値があるのなら、もっと直接的な戦闘力の向上に使用したほうがいいと考えるプレイヤーも多く、評価は高くはなかった。

また『座標認識』も自分が認識できる点に限定されるので、基本的に視界内しか指定できない。対人戦でこそ輝くスキルではあるが、高度な対人戦では視線から狙《ねら》いを読まれる恐れもあった。

レアははじめ、『召喚』で眷属《けんぞく》が召喚される座標も指定できるのかと検証する程度のつもりだった。前提となるスキルはすでに取得済みであるし、必要なコストは『空間魔法』の分だけだ。取得した結果、当初の狙いの「『召喚』による召喚位置の座標指定」は可能だったが、これもやはり視界に依存するようだった。

レアは視力が弱いため、魔法スキルもそうだが、視界に依存する『座標認識』の恩恵はあまり得られない。

これは無駄になったかと思ったが、逆に『空間魔法』によって条件を満たした他のスキルがある可能性もある。他のスキルツリーも確認してみた。

すると『調教』に『眷属認識』というスキルが増えていた。

これは自身の眷属が今いる座標が認識できるというもので、内容と名前から『座標認識』が条件だったのは間違いない。ならば取得して、他のスキルも確認すべきだ。

このパターンはレアには覚えがある。あのオープンβ初日のワクワクが蘇《よみがえ》ってきた。

次に確認した『召喚』ツリーにアンロックされていたスキルは『視覚召喚』。

『眷属認識』によって認識した眷属の視覚のみを召喚し、自分が目を閉じることでその眷属の視界をジャックできるというものだ。

このスキルの有用性は言うまでもない。鳥系の魔物をテイムできれば、航空偵察も指揮官が自分自身で行えるようになる。

さらに素晴らしいことに、ジャックするのはあくまで眷属の視界であり、これに主君の視力の悪さは関係がなかった。先天的な特性で弱視を取ったときはいつか何らかの手段でカバーしなければならないと考えていたが、思いがけずその手段となりうるスキルを手に入れたのだ。

レアはケリーに『視覚強化』と『聴覚強化』を取得させ、付近の街の情報を直接得るために傭兵《ようへい》として傭兵組合へ向かわせた。

視界をケリーのものと同期させれば、とっさの判断が必要な時にもすぐに指示を出すことができる。『聴覚強化』も取得させたのは同系統の『聴覚召喚』もすぐに取得したからである。

ケリーは大森林にほど近いところにある街に行かせたが、とりあえず「レア」と名乗らせていた。

これはケリーがインベントリを使えることを誤魔化《ごまか》すためだ。

NPCがインベントリを始めとするシステム由来の機能を使えるという事実は、現時点ではレアしか知らない。これは公式が用意したSNSや、探せる範囲で探した非公式のSNSで検索してみたが、一切引っかからなかったのでおそらくそう判断していい。

仮にこの先、『使役』などの有力なスキルを他のプレイヤーが見つけ出していくとしても、この事実だけは秘匿しておきたい。

インベントリをNPCが使えるという事実を隠したいのならそもそも使わせないのが一番だが、せっかくの便利な機能である。特に遠方で活動させるのなら、荷物の輸送につまらない制限をかけられるのはよろしくない。

そこで、何かの拍子にインベントリを見られてしまった時、実はプレイヤーでしたと偽装させたほうがいいと考えたのだ。

ケリーという名前のプレイヤーがいるかはわからないが、名前被《かぶ》りができないこのゲームで、もし他に存在していた場合は厄介だ。少なくとも正規のプレイヤーネームではないとわかってしまうし、いらぬ疑いをかけられることになる。

しかし「レア」と名乗らせるならば、今のところレア本人が表に出るつもりがないため全く問題ない。名前の被りがない以上、他に正規の手段で「レア」を名乗るプレイヤーは存在しない。この「レア」という名前こそが最も安全な「偽名」となる。

人間の街に送り出すにあたり、プレイヤーとして怪しまれないように、「プレイヤー」とはどういう存在なのか適当にケリーたちに説明した。

プレイヤーはこの世界とは違う世界とつながっており、こちらで眠っている間はそちらの世界で生活していて、そのためにこちらの世界での場所や距離と関係なくプレイヤー同士で情報を共有している場合がある、などといった具合だ。

運営や公式といったものについても、プレイヤーたちにとっては神のような存在で、実在は確信されているが誰《だれ》も敬ったりしていない、などとも教えていた。レアは我ながらなかなかうまく説明できたと満足している。

この時期のプレイヤーがケリーが着ているような盗賊然とした年季の入った革鎧《かわよろい》を着ているのは不自然なので、レアは自分の初期装備を脱いでケリーに与えた。

初期装備を脱いだレアはと言うと、森でとれた毛皮を適当に切って身体《からだ》に巻き付け、紐《ひも》で縛っただけの格好をしていた。近いイメージで言うと、古代ギリシアのキトンだろうか。ウールではなく毛皮なので、かなりゴワゴワしているが。


ケリーには街での情報収集を優先させて適当に簡単な仕事をやらせていたが、もしプレイヤーと遭遇した場合、バレる前にむしろこちらから接触するように言ってあった。多少ケリーの言うことがおかしくても、ロールプレイとかなんとか言っておけばごまかせるだろう。

レアもかつてはNPCのフリをしたことがあった。しかしそれと同じことをするプレイヤーはいても、逆にプレイヤーのフリをするNPCなどいるはずがない。バレることはないだろう。


他に『死霊』のツリーに新たにアンロックされていたスキルや、視覚、聴覚以外の感覚系の召喚スキルやその先のスキルなどを取得したところで、レアは一旦《いったん》スキルの取得を止めた。

現状必要なものはあらかた取得できた感があったし、この後はスガルにも『召喚』系のスキルをアンロックさせていかなければならない。


現在、レアの当面の目標は長時間飛行できるタイプの眷属を新たに手に入れることだ。デフォルトで『暗視』のような特性やスキルを持っている種族ならばなおいい。

航空戦力としてはソルジャーベスパたちがいるが、彼女らはあくまでスガルの眷属であって、レアが視界を召喚することはできない。

森の外でも長時間活動ができるような、できれば『暗視』のある、それでいて目立たず、かつ戦闘力が高い。そのような都合のいい魔物がいればいいのだが。

またケリーに街を探らせている間、ライリーには大森林を時折見回らせていた。

もうこの森にはレアたちの知らない魔物は居ないはずだが、フクロウ型の魔物を適当に見繕い、同種の者の中でも特別強力そうな個体が居れば無傷で連れ帰るように言ってある。

ケリーの視界を見る必要がなさそうなときはライリーの視界を共有して森の様子を観察していた。


そんなレアが「女王の間」で座っているのは、当然玉座である。

工兵たちにそれっぽく岩を加工して作らせた後、狩ってきた巨大な魔物の毛皮を何枚か重ねて敷いて、尻《しり》が痛くならない程度にしつらえたものだ。尻の当たる部分は丸みをもたせ、背もたれを若干斜めにし、体重を全体に分散させられるよう接触面積を増やし、長時間座っていても辛《つら》くならないような工夫を凝らしてある。

最近ではこの椅子で眠ったままログアウトするようになったくらいだ。


〈ボス、戻りました〉

ライリーの視覚と聴覚をジャックして森の探索を擬似的に楽しんでいると、ケリーからフレンドチャットが届いた。

視覚と聴覚を戻すと、女王の間にケリーが戻ってきていた。自力で歩いてきたらしい。全身安っぽいウサギの革の鎧を装備している。

「ふふ、なんだいその格好は。いや、おかしいわけじゃないよ。ちゃんと一端《いっぱし》の駆け出し傭兵《ようへい》に見える」

「申し訳ありません。このような低級な装備に資金を使ってしまいました……」

「まあ使ったと言っても、カモフラージュでケリーが稼いだぶんくらいだったんじゃない？　それなら別に構わないし、そもそもわたしたちはあまりお金を必要としているわけではないしね」

レアたちはこの街周辺の金属事情を一手に支える鉱山をも制圧している。また燃料や資材としての石炭や木材についても同じことが言える。上等な皮が取れる魔物や、糸を生み出す芋虫系の魔物なども大森林の中にしか居ない。

「それで、ボス。聞いていらしたとおり、大規模いべんとというもののことですが……」

「ああ、そうだね……。どうしたものかな」

ケリーとあのウェインとかいうプレイヤーとの会話にあった大規模イベントのことはレアも気にしていた。このゲームの性質上、大人数を一か所に集めるようなイベントは非常に難しいと思っていたのだが、一体どこでどうやって開催するのだろうか。

まずはイベントの詳細が判明しなければ参加の可否も決められない。レア自身がどこかに出向いて参加するというのは気が乗らない。

せっかくだしあのウェインの言うようにケリーを参加させたいところだが、ＮＰＣの参加が可能な仕様かどうかもわからない。

「いずれにしても公式から続報がないことには──」

〈ボス、森の様子がなんだか変です〉

レアは途中で言葉を止めた。探索中のライリーからのフレンドチャットだ。

なんだか変、とは実に曖昧《あいまい》な報告だが、ライリーが理由もなくそのような報告をするとは思えない。

〈変って、具体的にどう変なんだい？〉

〈飼い殺しにしているゴブリンの死体を時折見かけます。アリの新兵の訓練で使用したにしては、数が多いように感じます。それに、我々の知らない気配がするような……〉

ライリー自身も、何かの確信があってのことではないようだ。報告の内容も、誤差と言えば誤差の範囲とも言える。

隣のスガルを見る。支配下にあるエリアに関する報告はスガルにも同時に上げるよう指示してあるため、同様の内容がライリーに同行しているアリから届いているはずだ。

しかしスガルのところにもこれまでに特に変わった報告は来ていないようで、首を傾《かし》げている。

となると、何の前触れもなく突然異物が現れたことになるが、ほぼ完全に掌握しているといっていいこの森で、ライリーたちがいるような中心部に近い場所に、アリの警戒網に全く引っかからずに侵入できる者がいるとはとても思えない。陸にも空にも地中にさえアリたちはいる。

何が起きているのか、と考えていると、すぐにライリーから続報が入った。

〈ボス！　哨戒《しょうかい》中の別の班から報告です！　骨の軍隊が突然現れたようです！　場所はW-18付近です！〉

〈骨？　スケルトンか？　突然とはどういうことだ。被害は？〉

〈我が軍に被害はまだありません。ゴブリン牧場のすぐそばですが、警戒して偵察に出たらしいゴブリンが数匹やられたようです〉

意味がわからない。W-18というと、森林全体で言えば東寄りのほぼ中央付近だ。スガルの言うようにゴブリン牧場が近くにあったはずだが、他に何かあったろうか。

いや、考えるより偵察に行かせたほうが早い。ちょうどライリーたちが近くにいる。

〈ライリー、すまないが班を率いて、すぐにその骨の軍隊とやらの偵察に向かってくれ〉

〈了解しました〉

〈それと、ゴブリンの死体がそのあたりにもあるのなら、敵はそのあたりにもすでに展開している可能性がある。骨どもの隠密《おんみつ》性は不明だ。十分注意するように〉

〈はい〉

「スガル、ゴブリン牧場の付近にそのような、骨の軍隊が関係しそうな何かがあったかな？」

〈ゴブリン共が時折武器などを漁《あさ》っている場所ならあったようですが、骨に関しては……〉

「武器？　ああ、たしかに奴《やつ》らは錆《さ》びた剣なんかを持っていたな……。いかにもゲーム的というか、雰囲気的に違和感がなかったし、ゴブリンの筋力では錆びた剣でアリの外殻を傷つけるのは無理そうだったから気にもしていなかったけど、そういえばあんなものどっから持ってきてたんだ？」

〈我々も大して気にしておりませんでしたので詳しくは……。牧場のそばに大量の朽ちかけた武器や鎧などが埋まっている場所があるようでしたが……〉

あまり牧場の近くでアリたちを活発に活動させるとゴブリンどもが警戒して繁殖が遅くなるので近寄らなかったが、もっと探索しておくべきだったか。

牧場の地下にも延びている地下通路を作製するにあたって発見されていないということは、埋まっているといってもそれほど深くもない、地表付近くらいだと思われる。

スガルが報告を上げていないということは、その武器や鎧を仮に発掘などしたとしても現在レアたちが製作できる装備品よりランクが下で、再利用には適さないということだ。確かに仮に報告を上げられていたとしても、このようなイレギュラーな事態でも起きない限り、レアも気にすることは無かったはずだ。

「まあいいか。大量の朽ちた武装が埋まっているというのなら、そこにその武装の元々の持ち主たちが埋まっていたとしても不思議はない。何者かは不明だが、発生源は当たりがついたね。ライリーの報告を待って、確定したらわたしも出よう。アンデッドなら、おそらくわたしが一番うまく饗《もて》せるはずだ」

『死霊』の新スキルを試すいい機会でもあるし。

追加の調査でライリーから受けた報告によれば、やはりゴブリン牧場近くの朽ちた武具の集積場のような場所から骨の軍隊が湧《わ》き出しているようだ。

これ以降はそこを便宜上、墓地と呼称することにした。

「では、行こうか。スガルはここに居てくれ。ケリー、ついてきてくれないか」

「はい、ボス」

ケリーを従えて洞窟《どうくつ》内を歩いていく。

アリによって大森林と草原の至るところへ延ばされた地下道は、レアやケリーたちのため、一般的な人種が立って歩ける程度の高さで作られている。

しばしライリーと連絡を取り合い、またスガルに命じて歩兵を差し向けさせ骨どもを墓地周辺に封じ込めさせながら、地下道内を歩き続けた。

大森林は広大だが、女王の間も墓地も共に中心部に近いこともあって、現場はさほど遠くはなかった。ほどなく墓地の地下付近へと到達したレアたちは、地上のライリーの先導に従い、最寄りの出口へ向かう。

地上へ出ると、たしかにそこには無数の骨の大群がいた。スケルトンかどうかは一見しては判別できない。

墓地の外へ出ていった分はアリたちが牽制《けんせい》して足止めをしており、この墓地に残っている分も周囲をアリが固めてこれ以上敵軍が広がらないよう封じ込めている。

「……固まっているなら都合がいいな。よし早速試してみるとしよう」

レアは新たに取得した『死霊』ツリーのスキルを発動した。

「『死霊結界』」

するとレアの前方、彼女が今『死霊結界』の発動を指定した範囲全体が黒く輝く魔法陣で覆われた。魔法陣は半球状の立体で、墓地をすべてすっぽりと覆っている。

この魔法陣に囚《とら》われたスケルトンたちは一様に動きをとめ、発動者であるレアの方向を向いて棒立ち状態になっている。

『死霊結界』の効果は、「指定した範囲内の死体を全《すべ》てアンデッド化し、支配下に置く。範囲内に敵対的なアンデッドが存在する場合、その全てに発動条件を無視して『支配』の効果を与える。抵抗判定は個別に行われる。結界の発動時間中はＭＰが減少し続け、解除するか、ＭＰが枯渇した場合結界が崩壊し、この効果で支配したアンデッドは支配から解除される」というものだ。

このスキルは『空間魔法』の『空間把握』を取得したことでアンロックされた。

『空間把握』の取得条件についてはおくとして、『死霊結界』の効果としては、要は『死霊』と『魂縛』とアンデッド限定の『支配』の広範囲化である。対象が限定されるが効果が強いためコストが重く、MPがガリガリ減っていくが、目的は波状攻撃の阻止であり、弱いアンデッドの選別だ。

このスキルで範囲内の死体が全てアンデッド化してしまえば、あとからぽろぽろとまばらにアンデッドがポップするなどということも起こらないだろうし、このスキルで支配できないアンデッドがもしいるなら、そいつを炙《あぶ》り出すこともできるだろう。


レアは支配下に置いたアンデッドを整列させ、墓地から引き離した。同時にスガルに指示を出させ、支配下におかれたアンデッドをアリの砲兵にまとめて榴弾《りゅうだん》で砕かせる。

『死霊結界』で支配しておけるのはスキルの発動中だけであり、MPの消耗を考えてもそう長い間は維持しておけない。支配下にあり無抵抗でいてくれるうちに破壊しておいたほうがいい。

突撃兵の火炎放射でまとめて灰にするのが一番早いのだろうが、森の中でできることではない。

支配下に置いた骨たちを始末した後、墓地に残されていたのはボロボロの、しかし元は豪奢《ごうしゃ》であったろう鎧《よろい》を纏《まと》った、一回り大きなスケルトンだった。

あれだけはレアの高いMNDをもってしても支配できなかったということだ。

MPの無駄な消費を避けるため、雑魚《ざこ》が全員砕かれたのを確認したレアは『死霊結界』を解除し

た。

「……ウゥォォォ……、ォォォ……ォォウ……」

ただ一人残ったスケルトンが何かうめいている。

人語ではないようだが、『死霊』か何かのスキルの効果か、システム的に補助された結果か、レアにはなんとなく言っていることが理解できた。

どうやら、自分たちをこの森へ送り込み全滅の原因を造った国の上層部が許せない、ということのようだ。

スケルトンが言うには、彼らはこの国の騎士団であったらしい。

その、この国、というのがどの国なのか全くわからないのだが、最寄りの街が所属している国のことだろうか。だとすると、例のウェインというプレイヤーによればヒルス王国ということになる。

しかし、それも何か違うようである。

このスケルトン自身、時間の感覚が曖昧で、どれほど過去のことなのかがいまいち伝わってこない。

もしかしたらすでに滅んだ国なのかもしれない。

スケルトンは当時大陸に国は一つしか無かったようなことも言っている。だとすると、このスケルトンたちはつまり亡国の騎士団で、何故《なぜ》かこの森でまとめて死体になっていた、ということになる。

六国家の成り立ちは公式サイトで簡単に説明されていたのを見たが、滅びた統一国家については触れられていなかった。

このスケルトンが言っていることが本当ならば、この大陸には公式で公表されていない過去の歴史があるということだ。

実に興味深い。

「それで結局君たちの、というか君の目的はなんだい？　ああ、すまないが君の部下のみなさんはたった今すべて粉砕してしまった。わたしは君の仇《かたき》ではないし、これ以上わたしには敵対の意志はないが、君の方には色々あるだろう。

部下のみなさんを粉砕してしまった負い目もあるし、君の要望を叶《かな》えてやるのは吝《やぶさ》かではない。まずは希望を聞こうじゃないか」

「……オォ……、ウゥオォオォ……ウゥオ……」


それからしばらく、スケルトンの長い、そして聞き取りづらい話を聞いた。

どうやら彼は部下の仇討《かたきう》ちをしたいようだ。

ただし、それはたった今部下を砕いたレアに対してではない。

彼にとっては、自分自身も含めてこの墓地に眠っていた騎士団はすでに死亡しているのだ。その後になんらかの原因で再び立ち上がり動き出しはしたが、自我を持っていたのは彼だけらしく、部下たちはむしろ静かに眠らせてやりたかったようだ。

ゆえに彼の仇討ちというのは、国を守る騎士団たる彼らを謀殺し、王を弑逆《しいぎゃく》し、国を割り、我が物顔で大陸を支配している恥知らずどもに対してだとのことだった。

その支配者たちが国を興したのだとしたら、それがおそらく現在の六国家なのだろう。

流石に当の本人たちは遥《はる》か昔に死んでいると思うのだが、その辺りは彼もいまいち理解できないらしく、彼にとってはその子孫＝仇という図式になっている。

「なるほど。見てわかる通り——かどうかはわからないが、わたしはいわゆる国家などには所属しない、そうだな、アウトローというやつでね。

具体的にはええと、盗賊団のようなものの頭《かしら》とでも言おうか、それと今はアリの王国の支配者でもあるが、まあそういう複数の組織を束ねる、そう取締役のようなものなんだ」

スケルトンもレアにことさら敵対する意志はないらしく、静かに話を聞いている。

「今、君がとれる選択肢としては、そうだね。まずはここでわたしに倒される。次に、わたしの眷《けん》属《ぞく》となる。最後に、森から出て好きなところへ行く。この三つのうちのどれかかな」

彼の話の続きには興味があるが、どうしても彼から聞かねばならない内容でもない。この広い大陸だ。どこかに他にも情報を持った者はいるだろう。それこそエルフなどの長寿種族の老人にでも聞けばいい。

それに彼を身内に引き入れるとなれば、必然的に人類種国家とは敵対関係になる。いやすでに現在友好的な関係とは言えない立ち位置であるし、それ自体は今とあまり変わらないのだが。採掘場とか奪っているし。

「そうだな。わたしの眷属になるならば、君に力を与えようじゃないか。人類種国家に復讐《ふくしゅう》する手伝いをするというのも面白い。その代わり普段はわたしの言うことを聞いてもらうことになるが」

別に強制的に『使役』してもいいのだが、たまにはこういった、悪の首領ムーブをしてみるのも悪くない。せっかくのゲームだ。楽しまなくては。

《ネームドエネミー【怨嗟《えんさ》のディアス】の討伐に成功しました》

そうして、システムのアナウンスとともに、ディアスはレアの眷属となった。

種族は「テラーナイト」となっている。能力値やスキルはかなり充実しており、レイドボスとまでは言わないが、かなり強力なユニークボスと言える。すでに破壊してしまった彼の配下のスケルトンたちも加えると、どうだろうか。おそらくアリたちには勝てないだろうが、レアと出会う前のケリーたちなら容易《たやす》く蹴散《けち》らせるだろう。

彼の強さは、現在のレアでさえ『使役』に成功しただけで少量の経験値を取得できたことからも分かる。

レアが直接参加した他の戦闘と比較する限り、先ほど砕いたスケルトンの大軍から取得できた経験値がほぼゼロであったことを考えると、破格の強さと言える。

スケルトン戦も、仮にレアはまったく手を出さずアリたちにのみ攻撃させていればなかなかの経験値になっていたかもしれない。しかしあの戦闘のメインの目的は『死霊結界』の性能試験でもあったため、仕方がなかった。

このようなニッチなスキルを実戦で試せる機会などそうそうない。実に運が良かったと言える。

ディアスを支配下に置いたレアは、墓地の後片付けをその場に残るアリたちに任せ、女王の間に戻ることにした。

あまりモタモタしていると夜が明けてしまう。

墓地に残る骨の残骸《ざんがい》や朽ちた武具をどうするかディアスに聞いてみたが、どのみち部下たちの魂はかけらも残っていないし、もはや供養する意義もないとのことだ。よくわからない宗教観だが、本人がそう言うのなら放置でいいだろう。そのうち、ゴブリンどもが有効活用するだろう。

しかしディアスの話が本当ならば、ではなぜディアスだけが自我を、魂を留《とど》めたままでいられたのだろうか。

そして魂がとうに霧散しているはずの騎士団が、なぜ今突然アンデッドとして起き上がったのか。

いずれにしろ、今考えてもわかることはない。

レアはライリーにフクロウ型の捜索の続きを指示し、ケリーとディアスを連れ地下へと帰っていった。

◆◆◆

《サービスへのユーザーの規定数の同時接続を確認》

《大規模イベント進行条件を満たしました》

《イベント担当AIは所定の手順に従ってシナリオを進行させてください》

《イベントプログラム実行コードを送信》

《……エラー。プログラムの実行を確認できません》

《イベントプログラム実行コードを送信》

《……エラー。プログラムの実行を確認できません》
《警告。一部のイベントキャラクターがアイドル状態にありません》
《コード送信を停止します》
《各セクションの担当責任者は対応を協議してください》

◆◆◆

《プレイヤーの皆様へ。

平素は弊社『Boot hour, shoot curse』をプレイしていただき誠にありがとうございます。

サービス開始を記念した大規模イベントを企画しておりましたが、ゲーム内の一部地域で当初企画しておりましたイベントの発生が困難な状況になっていることが判明いたしました。

予定を変更しまして、該当の時間、全プレイヤーの皆様を特別エリアに招待し、バトルロイヤル形式のPvPイベントを開催いたします。

この変更に伴いまして、当初イベント中はイベント不参加のプレイヤーの皆様のログインを制限させていただく予定でしたが、イベント不参加の皆様には通常通りログイン可能な状態でお楽しみいただき、またイベント特設エリアへの移動も制限なく行えるようにいたします。

バトルロイヤルへの参加登録はイベント前日の10：00までとさせていただきます。

また参加登録をいただいたプレイヤーの皆様以外は、イベント特設エリアへ移動の際はすべて観戦専用特設エリアに移動いたします。
※イベント特設エリアはバトルフィールド、観客席ともに通常の六倍の速度で時間が流れておりますのでご注意ください。
※安全のため、特設エリアへの不必要な入退室はお控えください。
※脳機能・精神保護法に基づき、特設エリア入室の際には「脳内処理加速に関する注意・警告」文書の閲覧、許諾が必要となる場合がございます。
他、イベントの詳しい内容については後日公式サイトにて発表いたします。

今後とも『Boot hour, shoot curse』をよろしくお願いいたします。》

◆◆◆

《よくあるご質問

お客様からお寄せいただいた「よくあるご質問」や「トラブルの解決方法」を掲載しております。

疑問や問題を解決できる可能性がございますので、お問い合わせの前に一度ご確認ください。

また、ゲームの内容に関するご質問や仕様の一部に関するご質問などお答えできかねるご質問もございますのでご了承ください。

Q：宿屋などに泊まってリスポーン場所を上書きしたあと、その宿屋が倒壊するなどしてリスポーンポイントが消えてしまったらどうなりますか？

A：一つ前のリスポーンポイントにリスポーンします。またそれが初期スポーンポイントだった場合、最初にお選びいただいた条件で再度抽選が行われ、ランダムにリスポーンいたします。

Q：パーティ機能とかクランとかみたいな機能はないのですか？

A：パーティ機能について

『Boot hour, shoot curse』にはパーティ機能はございません。他のプレイヤーの皆様やNPCの方々と自由に協力し、困難に立ち向かってください。経験値の分配に関しては、戦闘に何らかの影響を及ぼしたキャラクター全《すべ》てに獲得権利が発生し、戦闘への貢献度によって分配されます。なお貢献度は公開されません。

またドロップアイテムなどに関しましては当事者のキャラクターの皆様で十分に話し合っていただく必要があり、あらかじめ申し合わせておくことをお勧めいたします。

A：クランについて

明確にクランというシステムはございませんが、複数のキャラクターで行動を共にし、一つの物件を購入したり賃借することは可能です。それを拠点として何らかの集団を名乗るのは自由ですので、ぜひご利用ください。

Q：ペットなどのシステムはありますか？
A：お答えできません。

Q：持っている経験値をすべて使いきった状態で死んでしまった場合、デスペナルティによる経験値の減少はどうなりますか？
A：リスポーン時に、お持ちのスキルか能力値のうち、不必要と思われるものを選んで還元してください。還元した経験値のうち、ペナルティで差し引いて余った分はそのまま未使用経験値に残ります。選択できない場合は最も新しく取得したスキルか上昇させた能力値から自動的に還元され、支払いに当てられます。
※なおスキル・能力値の経験値への還元はリスポーン時にのみ専用の画面にて行えます。
※スキル取得条件の前提として本来必要なスキルを還元した場合、前提条件を失ったスキルも自動的に還元されます。

このページをご覧いただいても解決できない場合は、以下のお問い合わせフォームよりご投稿ください。》

第五章　バトルロイヤル

『眷属強化』や『空間魔法』などのために自身に経験値を大量に振ったレアは、もはや大森林周辺にいるどのエネミーと戦っても経験値を獲得できなくなっていた。

しかし無強化のアリの班や小隊でゴブリンの集団を狩るなどすれば、間接的にレアに経験値が入る。大量というほどでもないが、現在のように牧場を運営し、定期的に計画的に行えば一日当たりの収入としては悪くない稼ぎであった。

レアはこうして思索にふけっている間にも眷属たちの働きによって自動的に増えていく経験値を見ながら、以前より気になっていたスキルを本格的に開発してみることにした。

そのスキルとは『錬金』である。

いわゆる錬金術に通じるスキルツリーだと思われるが、ＳＮＳなど見てみても、初期スキルの『錬成』と『調薬』からの『錬精』以外に見つかっていないようだった。もちろんレアの『使役』のように秘匿しているプレイヤーもいるのかもしれないが、そうだとしてもやはり普通にやっていては見つけられない何かがあるのだろう。

レアが『錬金』に目をつけたのは、キャラクタークリエイトで選択できる種族「ホムンクルス」のせいだった。

ホムンクルスといえば、錬金術によって生み出される人造の生命体として有名だ。関係あると考えるほうが自然である。

クローズドテストでは、ホムンクルスは一回り小さいヒューマンといった外見で、その他のデータ的な差異ははヒューマンと比べＩＮＴが高めに設定されているくらいだった。そのせいで総合力でヒューマンを上回るが、にもかかわらず経験値の追加消費はなかった。

その理由として、ホムンクルスが人類種国家では魔物にカテゴライズされていることが挙げられる。普段人類種国家の街中で生活する分には問題ないが、一度その正体がホムンクルスと判明すれば、街のＮＰＣに魔物扱いを受け、討伐か捕獲をされてしまうという重すぎるデメリットがあるのだ。

このことからもホムンクルスが「人造の生命体」という考えは間違っていないように思える。理性を失った錬金術師が禁術によって生み出した魔物、というわけだ。

レアは『錬金』スキルを開放していくことでこのホムンクルスを製造できないかと考えていた。

とりあえずは『錬成』を取得してみるところからだ。

これで何もアンロックされない場合、『調薬』も取ってみるしかない。この際、経験値はどうせ余っているのだし、安く取得できる攻撃系でない魔法技能もいくつか取ってしまってもいい。『風魔法』の『乾燥』や『火魔法』の『加熱』など、戦闘では大して使えないが、『錬金』や他の生産系の行動で必要になるとしてもおかしくない魔法などである。

アリたちが稼いだ経験値を消費し、次々と魔法やスキルを取得していく。

『調薬』から始まり、『錬精』、『乾燥』、『加熱』、『水魔法』の『洗浄』、『雷魔法』の『通電』、『氷魔法』の『冷却』、『地魔法』の『粉砕』までを取った辺りで、『錬金』ツリーに『錬金』がアンロックされた。

ツリーと同じ名を冠するスキルだ。しかしこれほど多岐にわたる条件が必要になるとは、少々アンロックされる条件が厳しすぎる気がする。

『錬金』ツリーを育てるような生産職は普通は魔法など取得しないし、仮に取るとしてもどれかの属性に限って取得するくらいだろう。運営は生産職に『錬金』をやらせる気がないのだろうか。

この『錬金』を取得すると、すぐにその次に『哲学者の卵』、『アタノール』というスキルがアンロックされた。

『錬金』が開放されたから出た、というよりは、何らかの条件をレアがすでに満たしていたからだろうか。それがどのスキルなのかは今更わからないが。

しかし、これは。

「……これは……器具の名前では？」

ヘルプを見るとどちらのスキルにも「『大いなる業』の発動に必要。『錬金』スキルの判定にプラス補正」となっている。前提条件スキルだとしても、雑すぎる。

「まあこのあたりは、あまりつっこむと面倒な団体が湧《わ》いてきたりするから……」

気を取り直して『哲学者の卵』と『アタノール』を取得する。

この二つもただの前提条件にしては非常に高額だったが、きちんと次のスキルは現れた。

「『大いなる業』か……。名前出てたしね」

『大いなる業』というと、一般的には錬金術の究極とも言える工程だ。錬金術が一般的かどうかはともかくとして、『大いなる業』が十全に扱えるとなれば、一般的に考えれば秘奥である賢者の石も作製できるということになる。

そこまで可能かどうかは不明だし、必要経験値も一〇〇と桁違《けたちが》いの数値だが、せっかくここまで来たのだし取得する以外の選択肢はない。

「……そして効果は……なるほど。必要なのは材料だけだな。それと『哲学者の卵』、『アタノール』、『大いなる業』と連続で使用できるだけの膨大なMPか。今のわたしなら余裕だが」

必要な材料で本来のホムンクルスの材料を要求されたらどうしようかと思ったが、流石《さすが》に材料はゲーム的な魔物素材や魔法金属などで構成されていた。ただし、いくつか不明な材料もある。

これはおそらく、ゲーム内でレアが目にしたことがあるかどうかが材料判明のキーになっているのだろう。ホムンクルスの材料で明確になっているのは「魔物の心臓」と「魂」だけだった。

アイテムとしての「魂」など見たことがないが、これはもしかして『魂縛』によって奪える死者の魂のことだろうか。

「もしそうだとしたら、人造の生命といってもまるっきりゼロから生み出すことはできないってことかな」

レアはせっかく取得したこのスキルを使ってみたい衝動に駆られた。

レシピにあるホムンクルスと同程度の難易度のアイテムの中で、今材料が全て判明しているのはひとつだけだ。ただ、ホムンクルスと違いこちらはレシピの名前の部分だけが不明になっている。

材料が判明する鍵《かぎ》がレアがこれまで目にしたことがあること、で正しいのであれば、おそらく材料は目にしたことがあるが完成品は見たことがないからそうなっているのだろう。

「何のレシピなんだろうこれ。ホムンクルスとかと同じカテゴリーにあるってことは、人造生命系とかそういう冒瀆《ぼうとく》的な何かだと思うのだけど。でも材料が金属とかばっかりだな……。変わったものといえば、騎士の怨念《おんねん》とかいう……これ本当に何なんだろう。名前が見えてるってことは、わたしが見たことあるものなんだよねこれ」

騎士関連、あるいは怨念関連でレアに心当たりがあるとすれば、先日の騎士団の墓地くらいしかない。

「……墓地に落ちてた何かなのかな。まいったな、あそこ色々な物があったけど、朽ちかけた鎧《よろい》とか盾とか剣とか骨とかしか見てないぞ。そんな特殊なアイテムあったかな」

〈とりあえず、一通り拾ってきたらいかがでしょう？　どれかは当たるでしょうし、どれも駄目ならば、少なくとも普通の鎧や骨などを指しているわけではないことはわかります〉

レアの独り言にスガルがフレンドチャットで答えてくる。このように眷属《けんぞく》が時々反応してくれるせいで、最近のレアは独り言が増えていた。

「そうだね。そうしよう。悪いけど、哨戒《しょうかい》中のアリたちに頼んでもらっていいかい？」

〈おまかせください〉

「あとは、金属だね。単に、精錬された金属塊としか書いてないし、何を使ったらいいのかもわからないけど……。とりあえずうちの鉱床から出る金属で、一番いいものを使ってみようか。スガル、これも誰かに言って持ってこさせて」

〈はい、ボス〉

この大森林の鉱床は元は街のＮＰＣたちが掘っていたものだが、現在ではレアたちが制圧し、支配下に置いている。

工兵アリの酸は岩や鉱物を溶かすが、自分たちより高ランクの物は溶かせないという性質がある。これを利用して坑道を広げさせてみたところ、掘らせた坑道に溶け残った鉄鉱石や銀鉱石、それからよくわからないマジカル金属などが散乱しているという超高効率の採掘作業が可能になっていた。

現在はレミーが監督となり、大森林の中心部でこれらの酸と、石炭から作り出したコークスを使って金属の精錬作業を行わせていた。

「ああ、そういえばレミーにも覚えさせてない非戦闘魔法を覚えさせなくてはね。『錬金』だけでなく、『鍛冶《かじ》』や『裁縫』や『革細工』なんかでもスキルがアンロックされるかもしれないし」


それからしばらくして、歩兵アリたちが指定のものを持ってきた。

「ありがとう。さて、材料は集まったわけだけど」

レアの目の前には、うず高く積まれた、朽ちかけた武具と騎士たちの骨、そして光沢を放つ金属塊がある。

このうちのどれかが素材となるはずだ。

「魂を必要としないってことは、つまり魂のない存在が生み出されるってことだよね。単純に考えてアイテムとかそういったものかな……」

しかしホムンクルスのレシピと同じ列に並んでいたものだ。単純なアイテムならば違う列に並んでいるだろう。

事実、『大いなる業』によって開放されたレシピ群には違う列のものも大量にある。もっとも今はどのレシピも材料すらほとんど不明の状態だが。

「まぁ、とりあえずはやってみようか。では、『哲学者の卵』展開」

するとそれなりのＭＰと引き換えに、レアの前に巨大な水晶の卵のようなものが現れた。

説明によればこれはフラスコであるはずだが、中が空洞なのかどうかは一見しただけではわからない。

『大いなる業』のレシピに記されている手順の通り、レアはその卵に金属塊を近づけた。

「失敗したらもったいないし、まずはそうだね、五キロくらいかな」

卵に触れるかどうか、というところまで近づけると、卵の一部が変形し、穴を生じさせて金属塊を飲み込んだ。

「……なるほど、どうやって入れるのかと思ったら、そういうマジカルなやつか」

そもそも水晶の卵は宙に浮いているため、今更といえば今更であるが。

「問題は騎士の怨念なんだよな。ホムンクルスで言うところの魂の代わりだとすれば、堕《お》ちた騎士の魂的なニュアンスかな？　じゃあ……」

レアは朽ちかけた騎士の剣を手に取り、卵に飲ませた。騎士の魂として最もそれらしいものといえば、やはり剣ではないかという発想だ。

「駄目で元々的なとこあるし、これで行こう。よし、『アタノール』発動！」

すると宙に浮く卵の真下に、黄金のランプが現れ、卵を熱し始めた。

「アタノールって言ったら炉じゃないのかな。これじゃ炉っていうよりアルコールランプじゃないか。エタノールと間違えてないかな」

とは言うものの、レアも実物のアルコールランプは見たことがない。VRの学校の授業で、仮想空間上で扱ったことがあるだけだ。ある意味、今していることも変わらないが。

やがて卵の中身が虹色《にじいろ》に溶け、ぐるぐると渦を巻き始める。

「これでいいのかな？　『大いなる業』！」

現在のレアを以《もっ》てしても少なくない量のＭＰを持っていかれ、卵が金色の光を放つ。かなり眩《まぶ》しい。

「これ洞窟《どうくつ》内の照明に使えないかな」

そう思っている間に光は収まり、やがて卵の中には一振りの剣だけが残っていた。

「あれ？　金属塊が消えてしまった？　失敗かな？」

〈ボス、よくご覧ください。先ほど入れた騎士の剣ではございません〉

「あ、ほんとだ。デザインはあんまり変わってないけど綺麗《きれい》になってる。あと地味に卵の中で浮いてるな……」

ほどなく、『哲学者の卵』がひとりでに割れ、中の剣がゆっくりとレアの前に降りてきた。

「哲学者の卵使い捨てなのか……。あいつにもまあまあＭＰ食われたんだけど」

剣はレアの前に浮いたまま、微動だにしない。

「これは……。どう見てもただの武器じゃないよね……。もしかしてこういう魔物なのか？　ふむ……。使役状態、というわけでもないようだけど」

しかしなんとなく、目の前の剣とレア自身との間に、うっすらとした主従関係のようなものがあるように思える。

「まぁいいや。魔物だったら『使役』できるでしょう。『使役』」

剣には相変わらず変化はないが、たしかに剣が何の抵抗もなくレアの眷属となったことが感じられた。ステータスを覗《のぞ》いてみると、種族名は「リビングウェポン」となっている。

「なるほど！　リビングウェポンか！　言われてみればそんな感じだなきみ。しかし、なんというか、意思のようなものがほとんど感じられないな……。とりあえず……」

レアはインベントリから、いつ狩ったものか記憶にないが、何かの肉であろう塊を取り出す。

「これ斬ってみてくれるかい？」

すると、目にも留まらぬといっていい速度で剣が自ら半月を描くように振り抜かれ、音もなく肉が分かたれた。

「うわ、すごいな！　これたくさん作ったら色んなゴッコ遊びできそうだ！」

今回は実験する程度のつもりだったため、剣は一本しか拾わせていない。

「スガル」

〈すでに輜重兵《しちょう》を向かわせました。ご使用なさらない分は、そのまま輜重兵に持たせ、この部屋に控えさせておきましょう〉

「さすが優秀だねスガル」

大抵の歩兵や工兵にはローテーションで仕事がある。アリは眠らないが、とぎれとぎれでも構わないながら一日に合計数時間程度の休憩は必要となる。ローテーションはそのためだ。

輜重兵は数が少ないこともあり、班に編入していない。特に割り振ってある仕事もないため、普段は身の回りの世話などをさせたりしていた。

「もう一回くらいはできそうだし、今度は鎧で試してみよう。鎧だし、金属の量も多めに……五〇キロくらいかな」

レアは再び『哲学者の卵』を発動し、材料を投入すると『アタノール』で温めた。卵の中はすぐに前回と同様に虹色のマーブルに変わる。

「『大いなる業』」

そして金色の光が収まった後、卵の中には、全身鎧が一式佇《たたず》んでいた。今度は卵の底に脚をつけ、浮いてはいない。

「でも自立はしてるんだよなこれ」

見た目も剣のときとは違い、大幅に変わっている。

レアが生み出したからなのか、鎧はちょうどレアが着られそうなサイズになっている。デザインもバケツのようだった兜《かぶと》とは違い、全体的にシャープで、尖《とが》ったバイザーがついている。

胸当てと肩当て、ガントレット、グリーヴは特に変化しており、装飾とまではいかないが、それなりの芸術品と言ってもいい程度の彫刻が施され、厚みもかなり増しているようだ。

鎧の関節部や隙間《すきま》などにも鎖帷子《くさりかたびら》が仕込まれており、弱点を晒《さら》さないようになっている。そしてなにより、色だ。黒い。騎士の怨念の影響だろうか。

やがて卵が割れると、鎧はずしゃりと地面に降り立ち、レアの前に跪《ひざまず》いた。

「仮に鉄と同じくらいの重さだとしたら、わたしサイズの全身鎧なら三〇～四〇キロくらいかな？

材料五〇キロも入れたから色々ゴテゴテしてサービスしてくれたってことなのかな……」

　金属塊を持って卵に飲ませた時、だいたい五〇キロくらいか、と思われる程度の重さだった。本来であれば両手でも浮かせることさえできない重さであるが、現在のレアの能力値なら片手で持ち上げられる。

「きみ、立ち上がってみて」

　がしゃり、と鎧が立ち上がった。

「そこの金属塊を持ち上げてみて」

　鎧が金属塊をこともなげに持ち上げる。

「普通に人間にできるような行動はできそうだね。そうだ、『使役』」

　鎧を眷属にしたレアは、改めてその能力値を確認した。

「能力値は……ＳＴＲ《筋力》とＶＩＴ《体力》に偏ってるな。ＤＥＸ《器用》とＡＧＩ《素早さ》は人間並、おっと、ＩＮＴ《知性》とＭＮＤ《精神力》が超低いな！　これじゃ『精神魔法』に抵抗とか無理そうだけど……鎧に『精神魔法』って効くのかな？」

　本来、ホムンクルスやアンデッドなどに『精神魔法』は通じない。『魂縛』の説明によれば、ストックしてある魂があればそれも通じるということだが、つまり彼らには魂がないから『精神魔法』が通用しないのだろう。

　しかしホムンクルスは生み出すために「魂」を使用するにもかかわらず、魂がないのだろうか。

　魂を使用するホムンクルスと、使用しないこの——なんだろう。

「確認するの忘れてた。まぁ想像は付いてるけど。名前は——」

この「リビングメイル」との違いはなんだろうか。

「積極性とかかな……？　自我？」

リビングメイルもリビングウェポンも、自我が薄いように感じる。命令には忠実に従うようだが。

「なるほど……ホムンクルスはまた他の素材が見つかってから試すとして、リビングメイルとリビングウェポンは使えるな。

バトルロイヤルイベントはもうすぐだったね……。楽しみだよ」

レアは最終的に五本生み出したリビングウェポンにそれぞれ「剣崎一郎《けんざきいちろう》」から「剣崎五郎《ごろう》」、全身鎧に「鎧坂《よろいざか》さん」と名付け、バトルロイヤルの日が来るのを待った。

◆◆◆

大規模イベント当日。

レアは前日の締切までにすでにエントリーを済ませていた。

眷属もエントリーできないかと考えていたが、システムメッセージに返答する形でのエントリーだったため、プレイヤーしかエントリーできないようだった。おそらくイベント会場へ連れて行くことも難しいだろう。

レアは公式サイトに告知されていた、イベント会場へのアクセス場所へと向かっていた。

その場所は各街などのセーフティエリアごとに指定されていて、大森林の中のセーフティエリアは、中心から外縁までの、ちょうど中間あたりに全部で五か所あった。

今回レアが向かったセーフティエリアは、静かな泉と、その周りに咲き乱れる天然の花畑というロケーションの中にある。美しい場所だが、今は不似合いにアリとアンデッドの騎士が佇んでいた。ディアスは普段は女王の間の隅に静かに控えているが、女王の間から外に出るときは必ずこうして付いてくる。まさに忠義に篤《あつ》い騎士、といった感じだ。

そのセーフティエリアの隅に、淡く光る魔法陣のようなものがある。プレイヤーにしか反応しないのか、ときおりアリがその上を何の気なしに通るが、特に変化はない。

〈姫、本当にひとりで行かれるおつもりですか?〉

さっそくディアスがそう諫言《かんげん》してくる。彼はレアを姫と呼ぶが、スガルを女王と呼ぶのにその上役であるレアが姫とかどういうことなのか。もしかしたら生前は姫に仕えていたか、あるいは仕えたかったのかもしれない。

「そうだよ。たぶん、わたししか行くことはできないからね。試してみてもいいけど、無理だと思う。それにひとりではないよ」

レアはその全身を、先日『大いなる業』で生み出した黒い鎧《よろい》で覆っていた。さらにその上からフード付きマントを羽織っている。

日中、このような日当たりのよい場所にレアが出てこられた理由がこれだった。

マントの下には、背中や腰に合計で五本もの剣を佩《は》いている。これもすべてリビングウェポンだ。この状態ならば、リビング系魔物も「装備状態」と認識され、共にイベント会場へ入れるかもしれない。

「さて、そろそろ時間だ。行ってくるよ。ディアスは女王の間に戻って、スガルの護衛をしておいてくれ。おそらく、わたしは二時間ほどで戻るから」

〈……御意〉

「ではね」

そう告げるとレアはセーフティエリアの隅の魔法陣に乗った。公示されていた通り、警告と注意が表示されたが、流し読みして許諾の意思表示をする。

瞬間、レアの視界が切り替わり、泉のほとりから彼女の姿は消えた。

◆◆◆

おそらく転移だと思われるが、移動した先はまるでローマのコロッセオのような場所だった。参加人数を考えれば、これではとても狭いはずであるが、不思議と闘技場からあふれてはいないようだ。

明らかに場内の許容量を超える人数が入っているにもかかわらず、ひしめき合っている、という感覚もない。

見た目よりも遥《はる》かに広い空間が作られているのだろう。このイベントのために作られた特設エリアであるからか、それともゲーム内システムで普通に作製できる物なのかはわからない。

今の転移もそうだ。

これもイベント限定なのか、それともゲーム内のどこかにはそういう設備が存在しているのか。

また遠く見える観客席にも多くの人影がある。あれがおそらく参加を見送ったプレイヤーたちなのだろう。

運営によれば、バトルロイヤルに敗れたプレイヤーもその時点であの観客席へ飛ばされるようだ。もちろん、観客席から出たければいつでも出ていくことができる。


しばらくすると、開始時刻になったのか、システムメッセージらしき声が聞こえてきた。ようやくか、と感じたが、現在このエリアは通常の六倍の速度で時間が流れているはずだ。仮に五分前行動で会場入りをした場合、体感時間では三〇分も待つ羽目になる。

ここはあくまでイベント開始と閉会、観戦用のエリアであり、この後すぐにバトルフィールドへと転送されるらしい。そのバトルフィールドは相応に広く、三二のブロックに分けられていて、プレイヤーも抽選で三二組に分けられ、それぞれそのフィールドへ送られるようだ。

その後、勝ち残った三二人のプレイヤーで最終決戦を行うという流れだ。

レアが割り当てられたのはブロック一六だった。フィールドはほとんどが森だ。普段、大森林の中を眷属《けんぞく》の目を借りて探索しているレアには有利なフィールドと言える。

参加プレイヤーたちが各ブロックに振り分けられると、すぐに転送が始まった。

転送されたレアは、早速森の中の探索を始めた。ときおり見かけるプレイヤーはリビングウェポンに命じて即座に切り捨てた。サービス開始から二週間程度では、金属製の鎧を着ているものはいても大したランクの金属ではないようで、レアの剣の前では布の服同然だった。

（そういえばよく知らないのだけど、結局この子たちに使った金属はなんだったのかな）

レアは薙刀《なぎなた》の嗜《たしな》みはあったが、西洋の直剣の扱いには明るくなかった。

ならば生まれながらに剣である本人たちに任せたほうがよかろうと思い、斬撃はリビングウェポンに任せてあった。レアは鎧に覆われた手で剣の柄《つか》を握ってはいるが、実際は剣がひとりでに斬っている。


適当に歩いて見かけたプレイヤーを片っ端から片付けていけば、ブロック制覇くらいはできるだろうと考え、とりあえずは何も考えずにブラブラと歩く。

しばらくすると不意に、背中に括《くく》り付けてあった剣崎（おそらく三郎）が突然抜剣し、飛来した矢を切り払った。

（なるほど、指示とか出さなくても危険が迫ったら自動で迎撃したりはしてくれるのか）

リビングウェポンの有用性がさらに一段上がった。

連続して矢が飛来するが、どちらの方角から飛んでくるのかわかっていれば躱《かわ》すのも、また矢をその手で掴《つか》み取るのも難しくない。

「――っな！」

遠くからそんな押し殺した声が聞こえた。このような時のため、鎧坂さんには各種感覚強化系のスキルも取得してあり、現在レアはその鎧坂さんの五感をまるごとジャックしていた。

そのため、今や鎧坂さんは消費した経験値の量だけで言えばレア、スガルに次ぐＮｏ．３の実力者である。

（この矢の鏃《やじり》は鉄製かな？　指先で簡単に曲げれるな……って指に傷ひとつつかないな！　マジで何でできてるんだ鎧坂さんは。この程度ならそもそも躱す必要もなかったかも）

何にしても、矢が通用しないならば警戒する必要も薄い。レアは飛来する矢を無視し、矢が放たれてくるほうへ悠々と歩き始めた。

（なんかちょっと楽しくなってきたな。ふふふ！　効かん！　効かんぞ！　虫けらめ！）

かなり近づくまで無駄な抵抗をしていたようだが、ようやく勝ち目がないと悟ったのか、木の上に居たと思われるプレイヤーが茂みを揺らしながら逃げていった。

（無駄だ！　鎧坂さんからは逃げられない！）

ＡＧＩも伸ばし、『敏捷《びんしょう》』スキルも取得している鎧坂さんは、並のプレイヤーより脚が速い。

鈍重そうな見た目に思えるが、実際は鎧だけで五〇キロ、剣を入れても八〇キロにも満たない。競技場を疾走するラグビー選手よりよほど軽いのだ。そして筋力――筋肉はないが――は人間の比ではない。

大森林深部の木々に比べ、まるで麩《ふ》菓子のように脆《もろ》い木を鎧の形に削り取りながら、レアはまっすぐに獲物のもとに走る。その音に感づいてか、獲物が振り返り、叫び声を上げた。

「――なんだそりゃ！　そんなんありかよ！」

しかし、この弓士はやけに確信を持って逃げているように思える。まるで初めて来た森ではないかのようだ。となればもしかしたら、この先には。

木々を抜け、少し開けた場所に出ると、四方から無数の矢が飛んできた。

（やっぱり罠《わな》か！）

おそらく何人かの弓系スキルの保有者で一時的に徒党を組んで、ここをキルゾーンにして囮《おとり》のようなことをしていたのだろう。レアが無策で散歩をしている間にプレイヤーたちはプレイヤーたちでこのような同盟を組んでいたというわけだ。

今回のルールでは、制限時間近くまで生き残ったプレイヤーが複数いる場合、強制的に闘技場に転移させられ、そこで決着をつけることになる。いわゆるサドンデスだ。

このように弓士ばかりで組んで他のすべてのプレイヤーを狩ることができれば、闘技場には弓士ばかりが転移させられることになる。そこに近接特化の戦士がいれば弓は不利だが、同じ弓士なら条件は五分となるだろう。うまいやり方だ。

（これ最初に持ちかけたやつは絶対近接スキル取ってるだろうな。まあでも……）

自分だけが有利になるような切札を持っているからこそ、そんな提案をしたのだろう。少なくともレアならそうする。

無数に飛んできた矢だが、どれ一つとして鎧坂さんに傷をつけたものはなかった。

ゆえにレアは矢には全く頓着《とんちゃく》せず、スピードも落とさずにそのまま迫り、逃げていく囮のプレイヤーの首根っこを後ろから捕まえた。

しかし長時間全力を出して走っていたことと、普段の感覚と微妙に違ったことで力加減を誤り、そのまま首を握りつぶしてしまい、プレイヤーは死体になった。

（ああ、しまった。ま、いいか）

「なあっ⁉　ジーンズ！」

「あ、握力だけでプレイヤー倒したってのか！」

「うろたえるな！　どうせＳＴＲ極振りだ！　捕まんなきゃ殺《や》られることはない！」

（極振りさんならそもそも走って捕まえられないと思うんだけど）

あまりにもたくさんの矢が飛来したため、どこから撃ってきているのか先程はわからなかったが、強化された聴覚が今の会話からおおよその場所を割り出した。

（というか、せっかく弓矢という遠距離攻撃で固めてるのに、会話できる程度の近距離に固まってるってどうなんだ……）

フレンドチャットを使っていないことからも、彼らがこのイベントだけの急造チームであることが窺《うかが》える。

レアは腰から剣崎一郎を抜き放ち、抜いた勢いそのままに声のした辺りに投げつけた。

放たれた剣崎一郎は回転しながら木々を切り倒し、その木の陰にいたプレイヤーをも切り裂いた。

「いくら何でも極振り過ぎんだろ⁉　なんだそりゃ！」

「やべえ、逃げろ！　やってられっか！」

しかし剣崎からも逃げられない。

投げられた剣崎一郎はそのまま自力で飛び、レアの命令に従って木を切り倒しながら他のプレイヤーに迫る。大半のプレイヤーは、まさか投げ放った剣が弧を描いて自分たちを斬りに来るとは思いもしていなかった。そのため、そのほとんどがなぜ死んだのかもわからずにリタイアしていった。


ここに何人居たのかはわからないが、鎧坂さんの耳によれば、この周辺に逃げようとしている物音はもうない。

ひとまず片付いたようだ。剣崎一郎は一一人斬ったと報告しているので、最初に握りつぶしたものも含めて一二人。散歩の間に斬り捨てたものも入れると一四人キルしたことになる。

（さて。早く終わらせるためにも、さっさと次を探しに行こう）

レアはできればこのブロックを制限時間よりも早く終わらせ、観客席で他の試合を見てみたかった。

他のブロックで勝ち上がってくるようなプレイヤーがどの程度のレベルなのかを確認したかったのだ。

レアは耳と鼻を頼りにプレイヤーを探して走り始めた。しかしすぐ、自分の立てる音がうるさすぎて周りの音がかき消されてしまうことに気づき、走るのをやめた。獲物を発見するまで走るのは控えたほうがいいだろう。

それからも、レアはプレイヤーを見つけるなり剣崎をけしかけてキルした。

（ていうかこれ、鎧坂さんの『剣』スキルが完全に死に設定になってるな！）

勝手に動いて勝手に斬ってくれる便利な剣崎のおかげである。

しかし鎧坂さんにせっかく振った経験値も勿体《もったい》ないし、レアは次に見つけたプレイヤーはこの手で斬ろうと決心した。

リビングメイルである鎧坂さんを装備している場合、中身のレアが動かなくとも鎧坂さんに行動を任せることができる。この時、動いているのは鎧坂さんなので、レアが取得している武術系スキルは当然使用できない。もっともレアはその手のスキルは取得していなかったが。

そのためせっかくなので、鎧坂さんに『剣』スキルや『敏捷』のスキルなどを取得させておいたのだ。

自分の体でない鎧が、中にいる自分の体ごと動くというのはどういう感覚なのか、若干の不安もあったが恐れていたほどの違和感は無かった。案外、肉体系スキルを利用している他のプレイヤーたちは常にこのような感覚であるのかもしれない。


全神経を耳に集中させて静かに森を進んでいると、やがてかすかに金属音が聞こえてきた。不規則に鳴る金属音と、それに紛れるような微《かす》かな足音。これはおそらく何者かが戦闘をしているのだろう。

レアはその音に集中しすぎないよう周囲に気を配りながらも、慎重に音に近づいていった。


音の先では、二人のプレイヤーが剣を交えていた。

近接戦闘のスキルに絞って相当経験値をつぎ込んでいるのだろう。加えて持ち前のプレイヤースキルもなかなかのもののようで、二人ともかなりの腕前だ。

そう、鎧坂さんのスキルを試すには丁度いいくらいの。

レアはあえて音を出しながら、二人の前に姿を現した。

「――何⁉　他のプレイヤーか！」

「ちっ！　慌てなくてもこいつの後に片付けてやるから、邪魔すんなよ！」

二人はレアに気づいたが、戦闘を止める気配はない。

レアは無造作に二人に近寄り、斬りかかった。

「こいつ⁉」

「てめぇ！　おもしれえ！　ならてめぇから……」

（戦闘中におしゃべりとは、余裕があるようでけっこうだな）

鎧坂さんのスキル、『スラッシュ』を発動させ横薙《よこな》ぎに剣崎を振るう。『スラッシュ』は斬撃をお見舞いするスキルだが、発動の瞬間の刃の立て方によって縦斬りか横斬りかが変化する。

どちらを狙《ねら》ったというよりも、右手で振るったために右手側に居たおしゃべりを斬撃が襲った。

自分の剣で受けようとしたようだが、その反応速度はともかく、剣の質が悪かった。何の抵抗もなく剣ごと身体《からだ》を断ち切った。さすがは鎧坂さんと剣崎くんのコンビネーションである。

「バカな⁉」

斬られたプレイヤーは即死したため、叫んだのは生き残っているほうだ。レアを警戒して後ろに飛び退《しさ》り、距離をとって剣を構えている。

しかし、鎧坂さんと剣崎くんの前では多少の距離などないも同じだ。

『敏捷』ツリー、そのかなり先で取得できる『縮地』を発動させ、一瞬で距離を詰めると、縦斬りの『スラッシュ』で真っ二つにした。

（なかなかの強キャラムーブだったけど、雰囲気だけだったな……）

レアは若干拍子抜けした。

あと何人残っているかはわからないが、制限時間までに狩り尽くすのはやはり難しいかもしれない。もし隠れてやり過ごそうとするプレイヤーがいれば、見つけ出すのは困難だ。

今回のことを教訓に、探査、探知系のスキルを少し探してみるべきかもしれない。

（いや、待てよ）

ふいに剣崎くんたちを見る。彼らは単独で飛行が可能だ。

〈剣崎二郎《じろう》、剣崎三郎《さぶろう》、剣崎四郎《しろう》、剣崎五郎、ちょっと森の上空を飛んでプレイヤーを探してきてくれないか。もし見つけたら報告を……あ、いやもうそのまま斬り捨ててくれ〉

フレンドチャットでそう命じる。鎧坂さんの性能試験はもう終わりでいいだろう。これだけできれば十分と言える。

飛び立つ四本の剣崎を見送り、レアは自分でもまたプレイヤーを探し始めた。

しかしその後レアがプレイヤーに遭遇することはなく、やがてレアのいるブロックの予選終了の通知がもたらされた。

転移で戻された観客席には多くのプレイヤーがおり、立ち見ができそうな最外周に現れたレアを気にするプレイヤーは居ないようだった。目立っていないうちに、外套《がいとう》を羽織って鎧坂さんの見事な鎧を隠す。

闘技場内を見てみると、いくつものモニターが宙に浮かび、どの席からでもどのブロックの戦闘でも見ることができるようになっていた。ただしすべての戦闘を見られるわけではなく、どこにあったのか不明だが、カメラがフォーカスしている戦闘しか見られないようだ。

それも、見る限りでは本当に戦闘のみを映しており、あの弓のプレイヤーたちが同盟を組むところのような、そういう裏方作業が映されているモニターはない。

周りにいるプレイヤーの話題は一つだけ黒くなっているモニターのことで持ちきりだった。あれがレアのいたブロックだろう。

「……あの黒い鎧の騎士、何者なんだろうな」

「……いくらなんでも強すぎる。運営の用意したイベント専用ボスとかじゃないのか？」

「……さすがにそれはないだろ。もしそうだとしたら、ブロック一六に割り振られたプレイヤーが抗議するんじゃないか？」

「……イベントだからって張り切ってエントリーしたら、ボスの噛《か》ませ犬でしたってことだもんな。そりゃないよな」

「……じゃああれ、プレイヤーなのか……？　何やったら二週間で全身鎧なんて買えるんだよ」

「……どっかの商会でも襲ったんじゃないかな？　かなり躊躇《ちゅうちょ》なくプレイヤーを真っ二つにしてたし、そのへん割り切ったプレイヤーなのかもしれないぜ」

「……てか、それもおかしいよな。構えた剣ごと真っ二つって、どんなＳＴＲがあったらそんなことできんだよ」

やはり目立ってしまっているようだ。

これまでに取得した経験値からすれば、レアの強さがトップクラスであることは疑いようがないが、事によっては鎧坂さんとまともに戦えるくらいのプレイヤーはいるかもしれないと思っていた。

仮にそうしたプレイヤーと当たったならば、鎧坂さんが倒された後、満を持して中から登場し、ラスボス二段変身ごっこのようなことをしようと思っていたのだが、どうやらそれは無理らしい。

モニターの中では色々なところで色々なプレイヤーが戦いを繰り広げている。中には罠《わな》などで相手を追い詰めるプレイヤーもいるようで、レアにとってもかなり勉強になった。

◆◆◆

ヨーイチは、ナースが好きである。


病気がちだったヨーイチは、幼い頃《ころ》はよくVR診療所の世話になっていた。

そこにはいつも優しげな看護師のお姉さんがいて、診察の前に不安がるヨーイチを構ってくれた。

あれはおそらく専用のAIで、現実にはそんな看護師はいないのだろうが、というか今や看護師という職業自体、事実上存在しないが、それでもなお、ヨーイチはナースが好きだった。

あまりにナースが好きすぎて、ファッションが自由に選べるようなゲームをプレイする時はだいたいナース服を選んでいるほどだった。今となってはもはや文献に残るのみとなったその衣装だが、そうであればこそ、ゲームや創作物での人気は高かった。

しかし自分を偽ることをよしとしないヨーイチは、性別や名前、容姿を変更してまでプレイをするつもりはなかった。

ゆえに常に男アバター、そして本名である「ヨーイチ」を使ってゲームをプレイしていた。

現実では身体が弱かったヨーイチだが、VRの世界でならその限りではない。

また愛するナース服を着ている以上、無様な姿は晒《さら》せない。

ヨーイチはあらゆるゲームで尋常ならざる鍛錬をし、いつしかそのナース服には何人《なんぴと》たりとも汚れひとつ付けることができないと言われるほどに、その動きを昇華していった。

そんなヨーイチに敬意を表し、人は彼をこう呼んだ。

「ナースのヨーイチ」と。

その呼び名を自分でも気に入っているヨーイチは、その名に恥じぬよう、ゲームでは特に弓に関するプレイングを好んだ。そのゲームでたとえ弓がどれほどの不遇武器であったとしても、トップ層に食い込むほどの成績を見せた。

現実でも弓道をたしなみ、病気がちだった子供時代も今は見る影もない。


最近サービスが始まったこのゲームでは、特に弓は不遇だとか言われているわけではなかった。ならば、このイベントでも優勝が十分狙えるはずだ。

ヨーイチはゲームを始めてからこれまで、ストイックに弓だけを伸ばしてきた。

そのスキルの習熟度と関連する能力値の高さ、そしてリアルスキルまで含めれば、弓だけでなく広く『武器』スキルまで範囲に入れても、ヨーイチに並ぶレベルの者はそういない。

そんなヨーイチだから、予選を突破したのも当然だった。

しかもサドンデスまでかなりの時間を残してだ。

しかし観客席に転送されたヨーイチが見たのは、予選を映す三〇のモニターと、ブラックアウトした二つのモニターだった。

ブラックアウトしているということは、すでにそのモニターが映すべき予選は終了していることを意味している。

それが二つ。

(俺より早く予選を突破した者がいるだと……!?)

ヨーイチは驚いた。弓を最大限に生かすため、彼は『視覚強化』も『聴覚強化』も、『嗅覚強化《きゅうかく》』さえ取得していた。

それらのスキルを最大限に活用し、とにかく誰《だれ》より早く敵を見つけ、射殺《いころ》してきた。

戦闘中の敵あらば、その音を察知して遠距離から二人とも殺す。

隠れて動かぬ敵あらば、その匂《にお》いを嗅《か》ぎ取りわずかな隙間《すきま》に矢を通し殺す。

自分に向かう敵あらば、堂々とその姿を晒したうえで正面から殺す。

ゆえにヨーイチのいたブロック一四で最もキルスコアを稼いだのはヨーイチだった。

そんなヨーイチが最大効率でプレイヤーを殺し続けたのだから、当然最も早いと思っていたのだ。

(いったいどんなプレイヤーが……)

自分に匹敵するプレイヤーがいる。

それはつまり、自分と並ぶほどに何かを愛してやまないプレイヤーがいるという証明に他ならない。

ヨーイチは決勝が楽しみになった。


やがてすべての予選が終わり、決勝進出者のみが再び中央の闘技場に転送された。

この中の誰かがあのブロック一六を制した猛者《もさ》なのだ。

なかなかいい面構えをした者たちばかりだが、そのうちの何人かは慄《おのの》くような視線をヨーイチに向けている。しかしそのような視線に慣れているヨーイチはどこ吹く風だ。

ほどなく、システムによる決勝戦開始の宣言とともに、闘技場にいる三二人が転送される。

転送された先は草原だ。弓特化のヨーイチにとっては不利なフィールドだが、少し離れた場所には林のようなものも見える。あそこまで行けば隠れる場所も多いだろう。正々堂々と正面からやり合うのもいいが、弓という武器のポテンシャルを最大限に引き出すのなら敵の認識外からの狙撃が最も効率がいい。

ヨーイチは林を目指して歩き出した。

しばし林を目指して歩いていたヨーイチだったが、強化された聴力が足音を捉《とら》えた。

ヨーイチがそちらを見やると、短剣を二本携えた、妙に気配の薄い青年が近づいてきていた。

「――この距離でもう気付くのかよ。こっちはスキルも発動してるってのによ。噂《うわさ》通りっちゃ噂通りだが」

ヨーイチは油断なく、弓を構えながら相手を観察する。

全身黒タイツのプレイヤーだ。両手の得物《えもの》を見る限りではスピード重視の近接戦士だろうか。いや、この妙な気配の薄さが発動しているというスキルの効果だとしたら、忍者やシーフなどのような戦い方を常としているのかもしれない。

「俺の噂だと？　噂されるほど、まだこのゲームで何かを成したことはないが」

慎重に相手の出方を窺う。どのゲームでの噂なのか知らないが、相手だけがこちらの情報を持っているというのは危険だ。

ヨーイチは様々なゲームで似たプレイスタイルを貫いているため、別のゲームで彼を知っていたならば、戦い方も容易に想像がつくだろう。

「なに、それほど知ってるわけじゃねえさ。だが相当なプレイヤースキルを持ってるってことくらいは聞いたことがあるぜ。ま、それなりに事実みたいだけどな」

言いながらわずかにすり寄る黒タイツに、弓を構え牽制《けんせい》するヨーイチ。

「これでも、弓一筋でストイックにやってきているものでな。お前のような軽戦士を、そう簡単に近寄らせるわけにはいかないな」

すると、黒タイツはあっけにとられたような顔をした後、激昂《げきこう》した。

「……ストイック？　ストイックだと！　ふざけてんのか！　てめえはいっぺん禁欲的《ストイック》の意味を辞書で引いてみやがれ！　そんな格好し」


その瞬間、かどうかは不明だが、ヨーイチは気がついたら観客席にいた。

つまり、死んだということだ。

（あの黒タイツのプレイヤーがなにかしたのか……？）

それが勘違いだと気づいたのはそのすぐ後だった。

よく見れば、隣で呆然《ぼうぜん》としているのはあの黒タイツだった。彼も死んだのだ。あの瞬間におそらく。

「――てめっ……も死んだ……のか？　いつだ……？　いつの間に……」

黒タイツも呆然としている。おそらくヨーイチと全く同じ心境なのだろう。

油断など全くせずに対峙《たいじ》していた、決勝に残るほどのプレイヤーを、決勝開始からさほど時間も経ずに同時にキルしたプレイヤーが居る。

二人は示し合わせたように同時にモニターを見た。しかしヨーイチたちがいたらしい草原には何も映っておらず、ただ風が草花を撫《な》でていた。

◆◆◆

レアは予選と同じく、鎧坂さんの中に入った状態で決勝のフィールドに転送された。外套は羽織ったままだ。

他に頭からすっぽりと外套で隠されたプレイヤーは居ないため、予選から観《み》ていた観客には外套の中が鎧坂さんであることはバレバレだろうが、参加者たちはその限りではない。レアは最速で予選を突破したため、レアの、というか鎧坂さんの戦闘を目撃した参加者は存在しないからだ。

転送された先は泉だった。背後には林、泉の向こうには草原が風で波打っているのが見える。

レアはこの状態で『視覚召喚』、『聴覚召喚』、『嗅覚召喚』を発動している。各種感覚は鎧坂さんのそれと同調しているため、草原の様子もよく見えた。

あたりを見回すと、林の中になにか動くものが見えた気がする。その場にしゃがみ、耳を澄ます。

何かが動く音がする。プレイヤーだろう。

中腰でそろりそろりと近づいていく。

スキル『縮地』を含めて鎧坂さんの射程距離に入った。すぐさま、鎧坂さんが『縮地』を発動する。

獲物であるプレイヤーはどうやらレアが狙《ねら》っていることに気づいていたようだ。魔法を放とうと準備をしていた。

「かかった！『フレ――』」

しかし『縮地』というスキルを知らないのか、あるいは全身鎧が使うとは考えなかったのか、本人が思っていたより早くレアが到達し、魔法の発動キーを言い終わる前にその身を左右に分かたれてしまった。

圧倒的な実力差によって一方的に殺害したが、レアは一つ失念していたことを思い出した。そういえば、鎧坂さんの耐久テストをしていない。それは剣崎たちもそうであるし、レア自身もそうだ。

現在の能力値や装備で、どのくらいの攻撃でどのくらいのダメージを受けるのか。

可能であれば、ついでにここで検証しておくべきだ。レア自身の耐久については、あまり表に出るつもりがない、というか、鎧坂さんという装備を手に入れた以上、直接的な攻撃に曝《さら》されることは無いだろうから別にかまわないが、鎧坂さんはその分矢面に立つことも多いだろう。

幸い鉄の鏃《やじり》では何のダメージも受けることはなかったが、剣や斧《おの》、あるいはメイスなどの打撃武器、それに魔法に対する防御力は検証しておく必要がある。また物理攻撃と一口に言っても、確かシステム上は刺突と斬撃と打撃ではダメージ計算が別々だったはずだ。

今の魔法を受けておけばよかったかもしれない。

仮にダメージを受けたとしても、インベントリの中にはポーションも入っている。ポーションは『錬金』を取得したことによっていくらでも自作できるため、その気になれば流れるポーションプールが作れるほどに持っている。

原料となる薬草類やキノコ類も大森林の一角で栽培が行われており、低品質のポーションならば『錬金』を取得した工兵アリたちがローテーションで収穫して調合し、自動的に輜重兵アリのインベントリに入れられるようになっている。

当初は使い道があまりないと思われた輜重兵たちだが、仕事がないことを利用してメイド兼倉庫キャラとして活用されていた。


レアは今度は、攻撃を受けることを目的として獲物を探し始めた。であれば隠れる場所が多いところより、目立つところのほうがいい。林から出て草原に向かうことにした。

草原に出てすぐ、遠くにプレイヤーが見えた。見たくはなかったが、鎧坂さんの視力によってよく見えてしまった。

それはナース服のスカートから誇らしげにスネ毛がのぞく変態と、その変態とおしゃべりしている全身黒タイツの変態だった。

さすがの聴力強化でも何を話しているかはわからなかったが、一刻も早くこの世から消えたほうがいい存在だということは見ればわかった。

あれに攻撃を受けるというのはできれば避けたい。特にナース服だが、どのみちあれが構えているのは弓だ。もう検証の必要はない。

剣崎三郎と四郎を上空へ飛ばし、空から一直線に二人を貫いた。

これで残りのプレイヤーは二八人だ。それだけ居ればサンプルとしては十分だろう。他のプレイヤーたちが潰《つぶ》し合う前にできれば攻撃を加えてもらいたい。

レアは林に沿って草原を歩き始めた。ここならば、林からも草原からもよく見えるだろう。


レアの目論見《もくろみ》は当たり、目立つ鎧坂さんを狙って何度か林の中から魔法や矢が飛んできた。

金属鎧の弱点を突《つ》いてか『サンダーボルト』が多い。しかし鎧坂さんの魔法防御を抜けてレアまで届いたものはひとつもなかった。矢は言うまでもない。

鎧坂さんのＬＰも減っていない。減っても自然回復で回復する程度だったのか、そもそもダメージが通っていないのかはわからないが、とにかくこの程度の攻撃では鎧坂さんに有効打を与えられないことは判明した。これは収穫だ。

攻撃してきたプレイヤーは自動的に三郎と四郎が斬っている。彼らは変態を貫いた後、回収せずにそのまま上空で様子を窺《うかが》っている。見つけたプレイヤーがレアを攻撃するのを待って、何の効果も与えていないとわかれば即座に始末する役目だ。


レアは五人ほどから攻撃を受けたところで、もうこれ以上の検証は無意味だと感じた。おそらく現段階のプレイヤーの中には敵はいない。これなら、イベント後もしばらくは引きこもってゆっくりと色々な検証ができるだろう。

となるとせっかく作ったコネクションだが、イベント以降、ウェインはもう必要なくなる。どのみち彼のレベルでは、このイベントで決勝に残ったプレイヤーの域にすら達していない。何の参考にもならなかった。

ダメージを受けることができそうにないなら、それを目的に無為に歩き回ることもないだろう。

林が邪魔で視界が悪いが、どうせイベントのために用意されたであろうエリアだ。なら今日が終わればひとまず用無しのはずだ。別に、全《すべ》て焼き払っても構うまい。

「『ヘルフレイム』」

『火魔法』の範囲魔法、そのさらに先にある上位の魔法だ。おそらく何か別の魔法スキルが取得条件になっているのだろうが、どの魔法もまんべんなく上げてしまったため、何がキーだったのかはもうわからない。

レアのＩＮＴの高さ、加えて『魔法適性：火』と『属性支配：火』のパッシブ効果。これらがただでさえ強力な魔法をさらに強化する。

鎧坂さんは魔法を取得していないため使えないのだが、現在はレアが鎧坂さんを着ているだけである。身体《からだ》は鎧坂さんに動いてもらうことができるし、中のレアは魔法が使いたい放題だ。騎馬状態で、馬と騎士が同時に攻撃ができるようなものである。単騎戦力として考えるなら、この形態が最も強い。

レアが生み出した魔法の炎は一息に燃え上がり、林を飲み込んで荒れ狂う。飲み込まれた木々は一瞬で蒸発し、炭さえ残さない。

想像以上の威力だ。レアも初めて使った魔法であったため、びっくりしていた。なにしろこんな魔法、大森林や洞窟《どうくつ》内で使えるわけがない。

林が邪魔だからというのも確かに理由の一つではあるが、本音はこの魔法で木々を焼き払ってみたいという欲求のためだった。別に緑に恨みはないが、絶対にやってはいけないことというのは不思議な魅力があるものだ。人には必ず、それをしたくて仕方がない衝動に駆られる瞬間がある。

レアにとって今がまさにそれだった。

森の木々はレアたちに恵みをもたらしてくれる重要な環境資源だ。それを焼き尽くすなんてとんでもない。

しかし自分の森でないのなら心置きなく燃やすことができる。

レアはたいへん満足した。


そうして林は消え去った。文字通り。

もともとたった三二人のためのフィールドだ。予選会場ほど広くはない。

林があった、今は焼けた空き地になってしまった空間には、もうプレイヤーの姿はない。

レアは草原を振り返り、次はどうやって炙《あぶ》り出そうか考えた。

が、しかし冷静に考えれば今の林への攻撃は何者も炙り出せてはいない。もろともに焼き払っただけだ。炙るにしては火力が高すぎた。

であれば草原は水攻めがよいだろう。全てを洗い流してしまえばプレイヤーも出てくるはずだ。

「では『タイダ――』、おや?」

魔法を放とうとしたその時、草原からいくつもの影が向かってくるのが見えた。

林を消し去ることによって、結果的に草原のプレイヤーの炙り出しには成功したようだ。

「フードかぶっていかにも魔法使いって風体かと思いきや、そんなゴッツい鎧着てるとはな。いや行動自体はいかにも魔法使いだけどよ。鎧はブラフか？」

「炎特化の魔法使いみたいね……。にしても威力が強すぎだけど。それにさえ気をつければ、何人かがかりならいける……かな」

「何に焦ってるのか知らないけど、切り札切るのが早すぎなんじゃない？　あんま目立つと、他のプレイヤーに寄ってたかって真っ先に攻撃されることになるよ。こんなふうにね！」

先程の魔法を見てレアを危険度の高いプレイヤーだと判断したらしく、即興の同盟を組んでレアを狙《ねら》いに来たようだ。言ってる間に攻撃すればいいのでは、と思わないでもないが、彼らなりの何らかのポリシーでもあるのだろう。

『ヘルフレイム』発動前に他のプレイヤーをキルしていた姿は見ていないようで、レアを完全な魔法特化プレイヤーだと考えているようだ。

せっかくの機会であるし、彼らの攻撃を受けてみようと思った。この先、徒党を組んで殺しに来るプレイヤーと戦うことがあるかもしれない。その予行演習だ。

「『サンダーボルト』！」

「『サンダーボルト』！」

「はあっ！」

魔法特化らしい二名が牽制《けんせい》の『サンダーボルト』を撃ち、剣を構えたプレイヤーが腰を低く落として突っ込んでくる。その後ろにはメイスと盾を持った戦士が続き、その戦士の陰に身体を隠して槍《やり》を構えているらしい者もいる。

牽制のつもりだろう『サンダーボルト』は、先ほどまでの攻撃と同様、鎧坂さんには全く通じていないように見えた。なので無視して剣を持つプレイヤーに正面から向き合い、その刃《やいば》を受ける。

そのプレイヤーもさすがにフルプレートに刃を打ち付けるような愚は犯さず、関節を狙って攻撃して来たが、実際はどこを狙われても大差ない。ぎゃりり、という嫌な音を立てて刃が滑っていく。ノーダメージである。やはり相手にならないようだ。次のメイスを持った戦士を待つ。

「嘘《うそ》!?　魔法が効いてない！　金属鎧じゃないの!?　それとも何かのスキル!?」

「剣も歯が立たない！　たぶん鎧の効果だ！　スキルじゃない！」

「俺に任せろ！　うおおおおお！」

雄叫《おたけ》びを上げてメイスが振るわれる。

そう、こういうのが大事だ。とくに彼のような重戦士は、基本的に攻撃する時は相手にすでに気付かれている。ならば静かに攻撃するよりは、雄叫びを上げるなどして瞬間火力を少しでも上げたほうがいい。

一般的に声を出すことで、随意筋だけでなく不随意筋をも動員させ、筋力の生理的限界に近い力を出すことができるようになると言われている。

このゲームでそういう仕様が採用されているかどうかはわからないが、採用されていないとも言い切れない。ならばやらないよりはやったほうがいい。この一行の中で重戦士の彼が最も合理的なプレイヤーだなとレアは思った。

だが哀しいかな、全力を出してもそれが結果につながるとは限らない。

簡単に鎧《よろい》に弾《はじ》き返され、衝撃をそのままメイスを持つ手に返された重戦士は、メイスを取り落としてしまった。致命的なミスだ。

「硬《か》ってえ！　何だこりゃあ！」

落ちたメイスを見てみると、ゴツゴツとして碌《ろく》に成形されていないように見える。精錬だけ終わらせてなんとか棒状にした、という感じだ。

おそらくかなりの上位陣と思われるプレイヤーの群れでもこの程度だ。もっと大人数の、いわゆる他ゲームで言うところのレイドクラスの人数を連れてきたとしても結果は変わらないだろう。

ならばこれ以上攻撃を受けてやる意味はない。彼らのターンはもう終わりだ。

鎧坂さんが落ちているメイスを拾い上げ、投げた。

回転しながら高速で飛ぶメイスは魔法使いの頭部を吹き飛ばし、そのままどこかへ消えていった。

鎧坂さんは『投擲《とうてき》』も伸ばしている。遠距離攻撃も隙はない。

「──や」

おしゃべりに付き合うつもりももう無かった。話したり聞いたりしている間に殺したほうがいい。そのほうが効率的だ。何かを言いかけた剣士の頭部を握って潰した。

腰の一郎を抜き放ち、メイスを落とした重戦士を叩《たた》き斬る。盾を構えるのを待ってやろうか一瞬迷ったが、あのメイスと同程度の素材だとしたらあってもなくても一緒だろう。

槍を構えていたプレイヤーはそれでも冷静にこちらを攻撃してきた。レアは感心した。彼は鎧坂さんのバイザーの隙間《すきま》を狙《ねら》ったようで、たしかにレアから見てもはや勝機はそこにしかないように思える。

ただ鎧坂さんがそれを許すかどうかは別問題だった。一郎を持っていないほうの手でごく普通に穂先を摘《つま》んで、くしゃりと潰した。鎧坂さんが『スラッシュ』を発動し、槍使いの首が飛んだ。

残るは少し離れてしゃがみ込んでしまった魔法使いがひとりだけだ。完全に戦意を喪失している。

レアは他になにか試しておくことがあったか考えた。防御力のテストもできたし、攻撃性能も十分に試せた。なかなか放てない魔法も使えた。とりあえず、今回はこんなところだろう。あとの検証は大森林でもできるはずだ。

最後にレアは『タイダルウェイブ』を放ち、草原を魔法使いもろとも洗い流した。


どうやら、それで決勝まで残っていたプレイヤーは全員死んだらしい。システムメッセージから勝利への祝辞が送られてきた。

続けて、この後行われるエキシビションへの参加の要請もあった。

そのような予定は無かったはずだが、たしかに予定時間よりも大幅に早い。おそらく大半はレアのせいだろうが、今もとの時間に戻されても一時間と少しくらいしか経過していないだろう。

エキシビションの内容は、事前登録なしの、この場で参加を募っての希望者でのバトルロイヤルらしい。

〈わたしに何のメリットが?〉

もう、自分と鎧坂さん、剣崎たちの性能試験はあらかた済んでいる。参加したところで、雑魚《ざこ》プレイヤーどもを気が済むまで殺しまくれるという程度の爽快感《そうかいかん》くらいしか得られまい。

このPvPイベントではデスペナルティはないが、優勝者の名前は大々的に公表するであろうし――たしかイベント参加時にそのような確認があった気がする――「レア」という名前を頼りにPKがぞろぞろ大森林に集まって来ないとも限らない。あの名前はウェインにすでに名乗っている。偽名としてだが。

もっとも、集まってきたところで大森林に潜むアリの軍隊をプレイヤーが突破できるとは到底思えない。なにせ自分たちの庭でゲリラ戦ができる、重火器を持った統率された軍隊だ。しかも地面の下から突然現れる。

プレイヤーなど控えめに言って経験値袋にしかなるまい。それも何度殺しても立ち上がる、言ってみればドMのエコ資源だ。

おかしい。メリットしかないように感じられてきた。

もうこの時点でかなりやってもいい方向に傾きつつあったが、交渉の際のメリットとは自分で見つけるものではなく、相手に提示させるものだ。ゆえに運営の返事を待った。

《運営からの提案をお伝えします。「エキシビションマッチでプレイヤー名【レア】様がプレイヤーをキルした際の経験値の取得」です。いかがでしょうか》

これは悪くはない。なにしろこのイベントではデスペナルティがない代わりに経験値の取得もない。

とはいえ、経験値であれば大森林でプレイヤーを待っていても同じだ。

ならばもっと別の、運営からしか得られないような、特別な何かを引き出すべきだ。現状自分では手詰まりな何かを。

〈経験値は要らないからひとつだけ攻略情報を教えてほしい〉

《検討中。……内容によります》

〈わたしのいる大森林……国名で言えばヒルス王国だったかな？　あの周辺の地図がほしい〉

あれだけの広さのフィールドだ。確かにレアならば、アリたちを使った人海戦術で時間をかければ精密な地図も作製できるかもしれない。が、やらずに済むなら済ませたい。

現状、あの大森林で得られる素材はおおよそ頭打ちと言っていいだろう。

これ以上素材の種類を増やしたければ採集場所を変えるしかない。

《検討中。……少々お待ち下さい……。運営からの提案をお伝えします。「その条件でお願いします。イベント終了後のメンテナンス後に【レア】様のインベントリに優勝賞品と共にお送りします。また先程の経験値の件もそのまま条件に加えさせていただきます」》

〈すばらしい。そういうことなら、エキシビションマッチへの参加を了承しよう。ではせっかくの報酬なので、エキシビションでは可能な限りプレイヤーを殺すとしよう――〉

◆◆◆

ウェインはわけがわからなかった。

一緒に森に入ったあの日から、レアには会えていなかった。

何かリアルで用事でもあるのか、あるいは単に時間が合わないだけなのかと思いながらも、フレンド登録をしていないためウェインからは連絡の取りようもなかった。

そうこうしているうち、大規模イベントの日を迎えてしまった。もし彼女も参加するつもりならば現地で会えるだろうかなどと考えていた。

結局イベント会場でもそれらしき人物は見かけることなく、残念ながらウェインもブロック二で予選敗退してしまったため、観客席でひとりで決勝を見ていた。

予選と比べても、決勝戦は圧倒的な速さで勝負がついた。黒い全身鎧を着た謎のプレイヤーが、まさに鎧袖一触《がいしゅういっしょく》に他のプレイヤーを屠《ほふ》っていった。

ウェインが混乱したのはその後だ。

《お疲れ様でした。第一回公式イベント：バトルロイヤルの優勝者は【レア】様です。おめでとうございます》
《予定の時間を大幅に残してイベントが終了しましたので、優勝者の【レア】様のご協力を得まして、参加自由のエキシビションマッチを開催したいと思います》
《ルールは同様のバトルロイヤルですが、優勝者である【レア】様を打倒されたプレイヤーの皆様には特別賞をご用意しております》
《参加をご希望の方は中央の闘技場の中へ――》

（レアだって？　今レアと言ったのかシステムは……）

このゲームではプレイヤーの名前被《かぶ》りはできない。ゆえに「レア」という名前のプレイヤーはウェインの知るあのレアしか居ないはずだ。

ではモニターに映る黒鎧はあのレアなのか。

ウェインと会わずにいた二週間で何があったのか。

初めて会った時は初期装備を着た、ただの初心者だったはずだ。魔法も初めて見るようなことを言っていた。それが、あんな。

とにかく、本人に会わなければならない。会って確かめなければ。

ウェインはエキシビションに参加するため、闘技場へ降りていった。


エキシビション参加締め切りのアナウンスが流れ、それから程なくして、参加者たちはフィールドへ転送された。

ウェインが降り立ったのは草原だ。とにかくレアを探さなければならない。

システムのアナウンスによれば、優勝者であるレアを倒せば特別賞とやらがもらえるらしい。ならば参加者たちのほとんどの目的はレアだろう。

「打倒されたプレイヤーの皆様」というからには、複数人で倒しても全員が賞をもらえるはずだ。つまり、通常の戦闘でパーティに分配される経験値と同じということだ。

それなら、ひとまずは参加者同士の競合は考えなくていい。

ウェインは警戒されない程度に気をつけながら、林の近くに固まっているプレイヤーたちに近づいていった。

「やあ。目的は優勝者か？」

会話ができる程度まで近づくと、向こうのほうから話しかけてきた。

「ああ、そうだね。君たちも？」

「もちろん。バトルロイヤルとはいっても、あの様子だと普通にやっても勝つのはあの優勝者だろうし、一般のプレイヤーが結果を残そうと思ったら徒党を組んでラスボスを倒すしかない」

「ラスボスか……」

「ぴったりだろう？　それが叶《かな》わないにしても、せめてあの兜《かぶと》の中を見てみたいところだけど」

ウェインは、ウェインだけはそこに垢抜《あかぬ》けない猫獣人の少女の顔があるということを知っている。

「そうだね……」

ウェインは彼らに同行することにした。闇雲に探すにしても、人数が多いほうが見つけやすいだろう。

他にも林の奥へ向かっていくプレイヤーがちらほら見える。

「あのプレイヤーたちも目的は同じかな？」

「フレンドか何かがボスを発見して、それで連絡をとったりしているのかも」

「よし、ついていってみよう」

林を抜けると、そこには多くのプレイヤーたちがいた。

彼らの視線の先に、おそらくレアが居るのだろう。会いたい。

「よおし！　これだけ集まればいけるだろう！　行くぞ！　レイド戦だ！」

誰かが音頭をとり、戦端が開かれた。

ウェインは近接でも遠距離でも戦えるが、目的はレアに会うことなので前へと走る。人混みで碌に動けないかとも思っていたが、戦闘が始まってみれば、自然と皆が自分のポジションと射線を確保するためにバラけ、動きやすくなってくる。

そうして辿《たど》り着《つ》いた最前線では、盾を持ち、金属の胸当てなどで防御を固めたプレイヤー数人が、黒い全身鎧を取り囲んでいた。

遠距離からは魔法や矢が飛び、それをうまく避《よ》けつつ剣や槍《やり》を持ったプレイヤーが盾役の脇《わき》から黒い鎧に攻撃を仕掛けている。

そこへウェインも交ざりに行く。

そして攻撃を仕掛けながら、黒い鎧に呼びかけた。

「レア！」

レアがウェインのほうを向いた。今浴びせられている攻撃はどれもまったく効果が無いようで、ウェインを気にしたところでレアに致命打が入ることはない。

「レア！　どういうことなんだ！　なぜ君が！」

「なんだあんた！　チャンピオンの知り合いか⁉」

「あんた、あとで話聞かせてくれよ！　何やったらあんな強くなれんのか、ヒントだけでも！」

その様子を見て話しかけてくるプレイヤーもいたが、今は他のプレイヤーの相手をしている場合ではない。

「レア！」

しかしウェインの声にも他のプレイヤーの声にも答えず、レアはおもむろに片手を掲げると何かを呟《つぶや》いた。

瞬間、レアの手からおびただしい数の雷撃が放たれ、渦を巻いて周囲を荒れ狂い、周辺のプレイヤーをまとめて薙《な》ぎ払《はら》った。

戦闘はそこまでだった。

ウェインは一瞬で戻された観客席で呆然《ぼうぜん》としていた。

「――あんた、さっきチャンピオンに話しかけてたよな。フレンドなのか？」

そんなウェインに話しかけてきたのは、先程フィールドの最前線で盾を構えていたプレイヤーだ。

「……いや、何度か一緒に狩りに行ったことがあるくらいだ」

「なんだ、そうなのか。しかし、今のところだれもあのプレイヤーを知らないからよ、あんたが唯一の情報源なんだ。なんとか、彼にコンタクトを取れないかな？」

「……もし、会うことができたら、今日のことを聞いてみる。俺が知っている限り、彼女はあんなに強いプレイヤーじゃなかったはずなんだ」

「おっと、チャンピオンは女性だったのか。ふうむ。じゃあ短時間で一気に強くなれる方法があるってことなのかもな。ますます気になるぜ。あんた、よかったら俺とフレンドになってくれないか？　何かわかったら連絡してくれよ」

そう言ってフレンドカードを差し出してくる。ウェインはのろのろとそれを受け取ると、インベントリに入れた。

《キャラクター【ギノレガメッシュ】とフレンドになりました》

「俺のことはギルって呼んでくれ。本当はギルガメッシュがよかったんだが、名前が取れなくてよ」

そうであれば「ギル」では略称にさえなっていない。しかしこうして実際にフレンドになったりさえしなければ、どうせ彼の本名などわかりはしない。別にギルと呼ぼうが誰《だれ》も困らないだろう

――

「……名前……」

一瞬、ウェインは何かがひっかかった。しかし今は考えがまとまらない。

ギルとは一旦《いったん》そこで別れ、ウェインはもう今日は戻ってログアウトしてしまうことにした。

◆◆◆

《プレイヤーの皆様へ。

平素は弊社『Boot hour, shoot curse』をプレイしていただき誠にありがとうございます。

第一回公式大規模イベント「バトルロイヤル」は皆様のおかげをもちまして、大盛況の中終えることができました。たくさんのご参加、誠にありがとうございます。

今後もプレイヤーの皆様が楽しめる、さまざまなイベントを企画してまいります。

ぜひ、次回以降も奮ってご参加ください。

今後とも『Boot hour, shoot curse』をよろしくお願いいたします。》

◆◆◆

《メンテナンスのお知らせ
平素は弊社『Boot hour, shoot curse』をプレイしていただき誠にありがとうございます。
以下の日程で大規模イベント終了後のシステムメンテナンスを行います。
また今回のメンテナンスにおいて、一部プレイヤーの皆様からの要望の強かった以下の仕様変更を行います。

・魔法・アクティブスキルなどの「発動キーが発声を必要とする行動」のスキル名のセンスが悪い。
率直なご意見ありがとうございます。社内において深く検討しました結果、魔法やスキルの発動キーをキャラクター側で自由に設定できるよう変更いたします。

また特に変更を設定しない場合、従来通りのセンスが悪い発動キーにて発動が可能です。

今後とも『Boot hour, shoot curse』をよろしくお願いいたします。

メンテナンスの日程
某月某日　10：00～19：00　（※延長の可能性あり）》

◆◆◆

《よくあるご質問

お客様からお寄せいただいた「よくあるご質問」や「トラブルの解決方法」を掲載しております。疑問や問題を解決できる可能性がございますので、お問い合わせの前に一度ご確認ください。
また、ゲームの内容に関するご質問や仕様の一部に関するご質問などお答えできかねるご質問もございますのでご了承ください。

Q：異常に強いプレイヤーが居るのですが、彼女はたとえば運営側が用意したプレイヤーだとか、何か不正な行為をしているだとかの可能性はありますか。
A：そういった事例は確認されておりません。
また、当ゲームサービスにおきましては攻略情報などによるアドバンテージが非常に大きいため、弊社関係者はこのゲームをプレイする資格を持ちません。

ご存知《ぞんじ》の通り、第五世代以降のVRシステムにおいてはクライアント側からの不正行為は構造上できません。また、システムAIにバグフィックス機能が内蔵されているため、バグなどによるシステムの不正利用も事実上できません。

プレイヤー間でゲームの進捗《しんちょく》に大きな差がある状況は把握しておりますが、仕様です。

今後とも『Boot hour, shoot curse』をよろしくお願いいたします。》

◆◆◆

《プレイヤー名【レア】様
平素は弊社『Boot hour, shoot curse』をプレイしていただき誠にありがとうございます。

第一回公式大規模イベント「バトルロイヤル」はおかげさまで運営の想定を超える盛り上がりを見せ、多くのプレイヤーの皆様に楽しんでいただけたことと開発者一同たいへん感謝しております。

そこで、一般公開用のコマーシャル映像にイベント時の【レア】様の戦闘シーンを盛り込みたく、ご許可いただけないかとご連絡差し上げました。

使用予定のシーンは――》

第六章　リーベ大森林グランドオープン

メンテナンスが終わりレアがログインすると、お知らせが何通か来ていた。メンテナンス自体のお知らせもあったが、これはメンテナンス前に来ていた物をタイトルだけ見て無視していたものだ。

「――戦闘シーンの映像か。まあ顔も出てないし、別に許可しても問題ないかな。あ、そうだ……」

ひとつ思いつき、それを提案として書き添えておく。うまくいけば、面白いことになるかもしれない。

「さて、あとはあのウェインとかいうプレイヤーか」

「ウェインが何かありましたか？」

そばに控えたケリーがそう尋ねる。

ケリーはウェインと森を散策したあの日以来、ほとんどずっと女王の間に控えていた。どうやら、弱い振りをしたり仲間である工兵アリを攻撃したりといった行動がかなりストレスになっていたらしい。レアが指示を出さない限りはウェインに関わるつもりはないようだった。

「先日のイベント、わたしが二時間ほど留守にしたアレだけど、そこでちょっとね」

〈姫の障害になるようならば、儂《わし》が斬り捨てて参りましょうか？〉

「いや、それには及ばない……うん。よし、こうしよう。ケリーに街へ行ってもらい、そこでわたしが『術者召喚：精神』でケリーに憑依《ひょうい》する。その状態でウェインに接触して――大森林に誘い込み、キルして経験値にしよう」

◆◆◆

『空間魔法』やさまざまなスキルによって『召喚』ツリーにアンロックされたスキル『術者召喚』。

すでにあまりに色々なスキルを取得していたため、果たして取得条件がなんだったのかはもはや検証しようもないが、このスキルの効果は「眷属《けんぞく》のいる場所に自身を召喚する」というもの。

召喚対象が「自身」と限定されているにもかかわらず、発動させると通常の『召喚』と同じく召喚可能リストが表示される。その中に「自身」に属するものが個別に並べられており、現在装備中の武具なども対象にできる。装備可能なもの限定だが、物資の仕送りができるというわけだ。

このリストの中には「精神」という項目もあり、これは術者の精神を召喚し、眷属の肉体に宿らせるというものだった。眷属の視覚を召喚し、自分の視覚に宿らせるスキルと逆のプロセスと言えるかもしれない。

この効果によって眷属に精神を宿らせた場合、『眷属強化』などのスキルとは別に、憑依した眷属に術者のすべての能力値の一割が加算される。

また憑依していられる時間は術者のＭＮＤに依存しており、現在のレアのＭＮＤならば数日憑依させたままでも活動できる。

ただしあくまで動いているのは眷属のため、たとえ術者が取得していても眷属が取得していないスキルは使えない。

この『術者召喚：精神』を初めて発動させてみた時など、レアはケリーの視界を通して玉座で眠る自分のアバターを見て、まるでVRゲームの中でVRゲームをしているようだとおかしくなってしまったものだ。

しかし大昔のMMOでもゲーム内で麻雀《マージャン》ゲームが大流行しただとかのニュースを図書館で見かけたことがあった。人のやることなどそうは変わらないのかもしれない。


最寄りの街についたとケリーから連絡を受けると、レアは『術者召喚：精神』を発動し、ケリーに憑依した。

ケリーの身体《からだ》を借りるのはスキルの検証で一回だけやって以来だが、なんとなく違和感というか、やはり自分の身体ではない感じがする。まさにその通りなので当然なのかもしれないが。

これが鎧坂さんだと、完全マスタースレイブ方式のロボットに乗っている感じというか、そもそも体型に差がありすぎて逆に気にならなくなるのだが。

「……もともとのキャラクターの自我が強い、つまり行動に本人の癖があるとしたら、それが違和感になるとかかもしれないけど」

現実の人間で言えば、一人ひとりに、たとえば歩容認証などに利用される行動の癖のようなものがある。まさかゲームでそこまで再現されているとは思わないが、一方でこのゲームならばやっていても不思議はないとも感じる。

「高度に発達した科学は魔法と区別がつかない、ってやつかな」

つぶやきながら、傭兵《ようへい》組合へ向かう。独り言を漏らす癖が増えてしまった。女王の間などに居る時はいいだろうが、こういう時は気をつけなければならない。

傭兵組合には傭兵はあまりいない——かと思いきや、いつもよりは多かった。よくよく観察してみると、どうやらプレイヤーのようだ。

この街に根ざして生活しているもの特有の必死さが感じられないというか、悪く言えばたまの休みに暇つぶしに田舎《いなか》に遊びに来た、近所の老人の孫というような雰囲気を感じる。

レアは現実ではほとんど田舎で育ってきたのでそうした雰囲気には敏感だった。

VRが発達し外に出る機会が減っても、いや、だからこそ田舎と都会の溝は深まってきた。田舎特有の閉塞感《へいそくかん》のようなものは薄れたが、地元のことを知ってもらいたいというような積極性もまた薄れていった。

「で、ウェインは——いたいた」

組合のロビーの隅に置かれた椅子に腰掛け、床を見ていた。一瞬ここはゲームの中なのか、それともVR職業安定所と間違えたか、レアが混乱してしまうほどの沈んだ雰囲気だった。VR職業安定所になど行ったことはないのだが。

「やあ、ウェイン。待たせたかな」

「ッ！　レア……。ああいや……会いに来てくれたのか」

「まあね。なにやら、色々と聞きたそうな顔をしていたし、森から戻って以来、会ってなかったのもあるし」

言いながらレアは心中で舌打ちした。今のウェインの反応でロビーのプレイヤーと思《おぼ》しき何人かがこちらを見ている。

そういう配慮ができないから友達がいないのだ。まあ彼も友達がいないレアには言われたくなかろうが。

「お話するのはやぶさかでないけど……ちょっと目立ってしまったね。静かに話したいし、あの森へ行こうか。外縁部なら、たしか魔物も人もほとんどいなかったよね」

ウェインは立ち上がり、緊張した面持ちで頷《うなず》いた。レアはウェインと連れ立って傭兵組合を出た。

さすがについてくるようなプレイヤーはいないようだ。いたところで別に構わないが。


森へ向かって歩きながら、レアはなるべく違和感を覚えないように歩く努力をした。この身体で違和感を覚えないということは、それはケリーの癖をトレースできているということだ。

ウェインがどれだけケリーの行動を注意深く見ていたか定かではないが、レアにしてみれば、変装して本来知らない人物と会談をするというミッションをしているようなものである。そう考えればなかなか楽しい気持ちも湧《わ》いてくる。せっかくならば最後までバレずに行動してみたい。

森へ到着すると、とりあえず二〇分ほど奥へ入ることにした。二〇分も歩けば森の外からは全く捕捉《ほそく》できない。

森の中はもともとケリーのテリトリーでもあるし、この行動はむしろレアにとっていい訓練になった。違和感を避けて行動しようとすると、非常に歩きやすいのだ。

ライリーなどにやってもらっている定期的な哨戒《しょうかい》行動も、たまにはレアも憑依して交ぜてもらうといいかもしれない。

「さて、このあたりでいいかな。それでウェイン、何が聞きたいんだい？」

「……君は……本当にレアなのか？」

「そりゃ、そうだよ。わたしはレアだ。間違いないよ」

今はケリーの身体に憑依しているため、話しているのは間違いなくレアである。むしろ前回までのほうがレアではなかった。

「俺の……知っているレアは……。君じゃない気がする」

ウェインの言葉に、レアは驚いて息を呑《の》んだ。

何がいけなかったのだろうか。早速バレている。このウェインとかいうプレイヤーは、レアの想定している以上にカンがいいというか、鋭いのだろうか。

「――そんなこと言ったって、ゲームのログインは脳波認証だよ。入れ替りは絶対にできない。一昔前みたいに指紋認証や虹彩《こうさい》認証だけなら、まあごまかしようがなくもないだろうけど」

そしてアバターは間違いなく前回ウェインが会ったケリーのものだ。

今ウェインが会っているのはウェインの知るレア――つまりケリーの身体――であり、同時に正真正銘のプレイヤー名【レア】でもある。

ウェイン史上では最高純度のレアと言えるはずだ。

「ところでそれが君の聞きたいことなのかい？　じゃあそれで終わりでいいのかな？」

「待ってくれ、まだ今の質問は終わってない！」

質問には答えただろう。なのにまだ続けるのか。納得がいっていないのか。

しかし面倒ではあるが、ウェインが違和感を持っているというのなら、今後の参考としてそれを聞いておくのは悪くない。

「わかった。じゃあ聞いてあげよう。どうしてわたしがレアじゃないと思ったんだ」

「まずは……その話し方だ。レアは、ロールプレイを重視して、それっぽい、なんというか、いかにも女傭兵というような話し方をしていた」

そういえばケリーは敬語を覚える前は少し蓮《はす》っ葉《ぱ》な口調で話していた。ウェインと会ったときもそんな話し方をしていたような気がする。これは素直にレアのミスだ。

「ああ、まあ、今更かと思ってさ。そこは許しておくれよ。これでいいだろ？」

なんとなくそれっぽい口調に変える。最近はもうケリーもずっと敬語のため、細部まで覚えていない。

「それから、森の歩き方だ。前に来た時は、俺の後ろをついて……おっかなびっくりという感じだったのに、今日なんて俺の前をスタスタ行ってしまうくらいだ。あれから確かに二週間くらいは経《た》っているけど、いくらゲームとは言え、たった二週間でそんなに森歩きがうまくなるとは思えない」

まさしくそのとおりである。今レアは、言うなれば本来のケリーの歩き方を模倣するように森を歩いた。

前回のケリーはそういえばウェインの後をモタモタと付いていっていた。ストレスが溜《た》まる弱いフリというのは、戦闘だけでなくこういうところもだったのだろう。これもレアのミスだ。

「もうひとつ、今さっきのログイン認証の件だけど、前に話した感じだと、レアはあまりハードウェアにもソフトウェアにも明るくない印象を受けた。そのイメージのレアが、一昔前の生体認証についてわざわざ説明するのは不自然だ」

当然だ。この世界の住人――NPCであるケリーがVR機器のシステム周りについて詳しいわけがない。

ケリーの話しぶりから、ウェインはケリーを機械に弱いタイプのプレイヤーだと判断していたのだろう。ついクセで余計な語りをしてしまったが、それがアダとなった。これもレアのミスだ。

なんということだ。間抜けはレアのほうだった。

「君は……あの時レアが時々フレンドチャットで話していた、フレンドなんじゃないのか？　そして俺の知っているレアは、実はプレイヤー名【レア】じゃない。俺はレアとフレンド登録をしていないから、あの時会った彼女がレアと名乗ったなら、それが本名かどうか確かめるすべは俺にはない」

レアは確かに間抜けだったが、ウェインが鋭いのもまた確かなのだろう。まさかここまでピンポイントで推理されるとは思ってもみなかった。

すばらしい。まさかこのゲームで、ミステリ物の追い詰められる犯人の気分を味わえるとは。

「なるほど……。つまりきみの結論としては、全く同じ容姿のプレイヤーが二人いて、片方がわたしで、もう片方が君が出会ったレアだと、そういうことかな？」

さり気なく、ふたりともプレイヤーであり、同じ容姿であることを強調しておく。

レアにしてみれば、究極的にはレア自身の容姿が実は全く違うということと、NPCがインベントリやフレンドチャットなどの機能を使用できるという事実さえ明るみに出なければ問題ない。

レアの容姿が違うことがバレてしまうと、必然的にどうやってケリーの身体を操っていたのかということに繋《つな》がり、秘匿したいスキルが知られてしまう恐れがある。

「やはり、そうなのか……」

今のレアの言葉が自白に聞こえたらしく、ウェインはうなだれている。どうやら望んだ通りに誘導できたらしい。鋭い割にちょろかった。

「どうしてそんなことをしたのかって言えば、特に理由はないんだけど……」

理由としてはレアが街に出たくなかったからで、主にアルビニズムや弱視という行動制限が関わっている。

しかしこれを話すとレアの本当の容姿に繋がってしまうため、言うわけにはいかない。

「美人局《つつもたせ》っていうか、まぁつまりは油断したプレイヤーを狩りたかったからなんだけど。NPCは狩ったら終わりだけどプレイヤーなら何度でも狩れるし、その判別も含めてというか。

こう見えてもわたしはクローズドテスターだったんだけど、その頃《ころ》にもNPCのフリをして、釣れた間抜けなプレイヤーをキルしたことがあって――」

「……なんだって？　クローズドテストで……NPCのふりをしてPKをした……？　そう言ったのか？　今お前は」

「そうだよ。あれは傑作だった。何度かやったけど、同じ街でやってると足がつくからね。すぐにやめて別の――」

「――その時！」

ウェインが急に大声を出す。びっくりした。

「狩られた間抜けなプレイヤーが、この俺だ！」

なるほど、と思った。

「そうだったのか！　運命的だね！　あの時はなんて間抜けなプレイヤーなんだろうって笑ったものだったけど、こうしてわたしの企《たくら》みを見抜いて追い詰めるだなんて、ものすごい成長じゃないか！　なんだか嬉《うれ》しいよ」

「ぐぐっ……お前ぇ……！」

ウェインはレアを睨《にら》みつけ腰の剣の柄に手をやった。

「ああ、剣を抜くのか。全然構わないよ。こちらはそのつもりだったし」

「……美人局とか言っていたな……！　なんで自分でやらない!?　同じ顔なら、どうしてレア……彼女を巻き込んだんだ！」

本当は同じ顔ではないからだし、そもそも美人局というのも出任せなのだが。

「話してわかったと思うけど、わたしそういうの苦手なんだよ。彼女なら、根が素直だからそういうこともできるかと思って。実際君は性懲りもなくまた釣られたでしょう？　でも結構ストレスが溜まるみたいだし、もうやらせるつもりもないけどね」

「ストレス源はお前だろうが！」

（いや、どちらかといえばウェインなんだけど）

しかしこれも言っても仕方がない。最後に宣伝だけして、ウェインには一時退場してもらおう。

「わたしは今はこの森を拠点にしていてね。細かい手段はこれから考えるけど、これからもどしどしＰＫをしていくつもりなんだ。君にはその第一号になってもらうわけなんだけど」

「そんな！　ことが許されると思って——」

「許されないならどうするんだい？　みんなで徒党を組んでわたしをキルしにくるのかな？　それもいいだろう。何度もキルされれば、いつかはわたしも他のプレイヤーに全く勝てないくらいに弱体化するだろうしね」

デスペナルティで失われる経験値は一割だが、いかにレアの保有経験値が膨大とはいえ、三〇回もキルされれば現状の五％未満まで弱体化されてしまうだろう。

もっともあのエキシビションに出ていた者たち程度が相手では、一度たりともやられてやるつもりはないが。

話しながら、レアは手を空に向ける。するとあらかじめ上空に待機していた剣崎一郎がその手に降りてくる。

「その剣は、あのイベントの……」

「それじゃ、ひとまずさよならだ。君たちの挑戦を待っているよ」

ウェインが反応できない速度で『縮地』で迫り、『スラッシュ』で首を飛ばした。

◆◆◆

どうやら、運営はレアの提案を全面的に飲んでくれたようだ。

レアの提案はこうだった。

ウェイン

とあるプレイヤーが、偶然劇的に強くなる方法を見つけ出し、それを見せつけるために公式イベントに参加した。運営としてはそれは想定の範囲内の手段だったので、これはいい宣伝になるとばかりに動画を編集して公開した。しかしそのプレイヤーはその方法を誰かに教える気はなく、ただ大森林に籠《こも》っている。

そういうふうに邪推ができそうな構成とか、動画外コメントなどをつけたらどうか。

運営としても内容的に間違ってないからか、公開されたコマーシャル映像は提案通りの内容に仕上がっていた。

強いて言うなら、レアがイベントに参加したのは他のプレイヤーの程度を確認するためなのだが、それはレアしか知らないことだ。

加えて、あのウェインもSNSでレアについてわかっていることを広めてくれた。動画にも出ている黒い全身鎧《よろい》のプレイヤーがリーベ大森林でPK行為を繰り返している、とか。ケリーについても、同じ容姿の罪もないプレイヤーが付き従っているといった説明をしていたが、もう何もかも間違っているため逆に問題ないような気がしてそのままにしてある。

もっとも訂正したくても、下手《へた》にレアが直接SNSに声を出せばせっかくのウェインの努力が無駄になってしまう恐れもある。黒幕は無言でいいのだ。ペラペラ喋《しゃべ》るのは追い詰められてすべてを明るみに出されるときだけだ。そう、先日のレアのような。

そうした地道、といってもレアはほとんど何もしていないが、とにかくそうした活動を始めて早一週間。

現在、このリーベ大森林——最近知ったこの森の名前——には続々とプレイヤーたちが集まってきていた。

最寄りの街であるエアファーレン——これも最近知った——は今空前の好景気に沸いている。言わば大森林特需だ。

プレイヤー諸君が、レアが強いのはこのダンジョン化した森で稼いでいるせいだと勘違いしているせいである。運営のコマーシャルやウェインのステルスマーケティングのおかげで大成功だ。

この状況の中、レアは現在別のゲームでいうダンジョンのような運営方式で大森林を経営していた。

鉱脈から産出される低ランクの金属などで武器や防具を工兵たちに作製させ、それを大森林浅層の至るところに散りばめておく。プレイヤーの誰かがそれを見つけて持ち去れば、しばらくして別の場所に同ランクの物を忍ばせる。

武器や防具だけでなく、同じく低ランクのポーションや、大森林中層あたりで伐採可能な木材や、木の実、魔物の毛皮など、有用な素材も適当にバラ撒《ま》いておく。今となっては中層で採れるような素材は余り気味で、女王の間にいる輜重兵アリにわざわざ保管させるのが面倒なため、回収した歩兵などにそのまま持たせているほどだ。

バラ撒いたアイテムの様子や侵入してきたプレイヤーの動向などは常にスカウトアントに監視させている。プレイヤーはかなりの数なので急遽《きゅうきょ》スカウトアントを増産し、監視専門の偵察部隊を設立した。

大森林に侵入してきたプレイヤーの皆様には、モンスター（ほぼアリ）を気持ちよく倒し、武器やアイテムなどの成果にご満足していただいたのち、騎兵アリや狙撃兵アリなどの殺意高めのアリに適度にキルしてもらっている。

レアは気づいたのだ。

アリにアリを倒させたところで一ポイントも経験値は入らないが、アリを倒して経験値を得たプレイヤーをアリが倒せば、得られる経験値が増えるということに。

しかしプレイヤーたちも、いくらアイテムが手に入るからと言ってデスペナルティで経験値を失ってしまうとわかっていればいずれは誰《だれ》も入ってくれなくなる。

そうした悪評が立たないよう、おおよそ侵入した時と死に戻りした後とで所持経験値が同じ程度になるか、ややプレイヤーが成長したくらいになるように調整してキルしていた。

これはプレイヤーの強さを測る段階から相当緻密《ちみつ》に計算しなければなし得ないことだが、それを行わせるためだけにスガルのＩＮＴを相当量引き上げていた。すると結果的に『眷属《けんぞく》強化』によってすべてのアリたちのＩＮＴも少し上がり、より連携などが洗練された。

さらに副次効果で工兵アリの出す酸の威力が上がった。具体的には、金属で言えば青銅まで溶かしてしまうようになった。弱い魔物の骨装備や青銅装備のプレイヤー相手なら、一番弱い工兵アリだけで事足りてしまう。

また、レアたちに占拠されたことで供給がストップしていたリーベ大森林の鉱脈の金属が、プレイヤーたちの手によって間接的に街にもたらされるようになり、街での鉄の相場が下がることになった。

ただし、プレイヤーが持ち帰るのは精錬済み――どころか成型済みの武具であり、鍛冶屋《かじや》の仕事が戻ったわけではないため、去っていった職人が戻ってくることはないし、残った職人ももうしばらくは不遇の時代が続くだろう。もっとも金属製品のメンテナンスもあるため、鍛冶屋の需要が完全になくなっているわけではない。

それらの情報を誰から聞いたのかと言えば、レミーである。

大森林内の生産体制が確立された今、レミーが常に監督している必要はなくなった。そのため彼女の総監督の任を解き、流れの錬金術師と称して街で低ランクのポーションやアイテムなどを売らせるようにしたのだ。

プレイヤーたちが大森林でポーションを獲得できるとは言え、さすがに最初から何も持たずに出かけていくバカは居ないし、逆に獲得した余剰分のポーションを売りたいプレイヤーもいる。

もともとこの街にいた薬師や錬金術師もポーションは販売していたが、彼らはプレイヤーから買い取りなどはしていなかった。消耗品だし供給元が店だけなのだから買い取らないのは当たり前なのだが、今は違う。出所不明とはいえ効果は確かなポーションが森でいくらでも採れるのだ。

レミーのところは買取品を扱うかどうかで既存のポーション店とうまく差別化ができ、そこそこ繁盛しているようだ。

ダンジョンアトラクション「リーベ大森林」が稼働を始めてから、レアの懐に入る経験値の量はうなぎのぼりだ。あまりに効率がいいために、ゴブリン牧場や魔物牧場で間引くのが疎《おろそ》かになり、数が増えてきてしまったほどだった。

ちょうどいいので、ゴブリンや魔物をアリたちで追い立て、プレイヤーにぶつけて戦わせるＭＰＫ《モンスタープレイヤーキル》めいたこともやっている。アリたちばかりではプレイヤーも飽きてしまうだろうし、マンネリ化による客離れ予防の意味もある。

ゴブリンなどは工兵アリ並の雑魚《ざこ》にすぎないが、牧場で飼育されている獣型の魔物はかなり強力だ。いつもはアリたちの数の暴力で一方的に狩られているが、プレイヤー数人のパーティなら無策でも蹴散《けち》らせる強さを持っている。プレイヤーの皆様にはぜひ中ボスか何かだと思って楽しんでもらいたい。

ＩＮＴを大幅に上げたおかげで、アトラクションの運営はスガル一人に任せておけば問題ない。サポートとして輜重兵アリをつけてあるので、多少の不測の事態にも対応ができるだろう。突出した戦闘力が必要ならばディアスを駆り出してもいい。

ケリーにも鎧坂さんの妹を着せ、たまにレアの代わりに森に入ったプレイヤーをＰＫしてもらったりもしている。アトラクションが盛況なのはいいことなのだが、レアもいつも相手ができるわけではない。

ゲームを開始したあの時。

レアがこのリーベ大森林に初期スポーンしたのは偶然であり、しかも当時はまだオープンβ仕様で難易度調整前であったため、いくつもの幸運に恵まれなければここまで来ることはできなかった。

しかし、やり遂げた。

レアにとってこのゲーム世界での故郷とも呼べる大森林。

周辺に住む多くの動物や魔物、そして街の人間たちに恵みを齎《もたら》していたその森は、今や恵みを餌にし近付く者から経験値を搾りとる魔境と成り果てている。

これこそ、レアがこの世界で目指した道の果て——というわけでも何でもなかったのだが、まあ結果的にそうなってしまったので、もう開き直ってこの路線で行くしかない。

すでにプレイヤーたちに対して悪役ムーブをかまして宣伝を打ってしまったことであるし。

◆◆◆

「——はいこれ。貴族だか大富豪だかのお嬢様の古着と、領主に仕える騎士とやらの制服。騎士服とか言ってたかな」

「ご苦労様、レミー。お金は大丈夫だったかい？」

「うん。私のお店もそれなりに収入はあるからね。このくらいの服を買うお金ならあるよ」

「そう。じゃあ使った分は後で輜重兵アリから受け取っておくといい。今後の活動資金もね」

「わかった」

ケリーはレミーから風呂敷包《ふろしきづつ》みを受け取ると、それを近くにいた工兵アリに渡した。

ここ最近、情報収集と情報操作を兼ねて街で店を開いているレミーが大森林に帰ってきた。資金や物資の補充と定時連絡、そして定例会議のためだ。ついでに、街で目についたデザインの良い古着を何着か買ってきてもらっている。完全にレミーのセンスに任せた形だが、レミーは街へ出る前は大森林で生産関係のリーダーをしていたくらいだ。他の誰よりもセンスは良いはずだ。

　本来ならばボスであるレアに決めてもらいたかったのだが、それは本人に断られてしまった。曰《いわ》く、自分は美術的なセンスが無いから、だそうだ。何でもできるボスに限ってそのようなことはないとは思うが、頑《かたく》なに断られてしまったので諦《あきら》めた。


〈ほお。そいつが新しい服か。新しいっつっても、別の人間の匂《にお》いが染み付いてるみてえだが……〉

　でかいだけが取り柄の犬、白魔《はくま》が早速文句をつけてきた。この犬は猫獣人であるケリーたちにライバル心のようなものを抱いているらしく、何かというとどうでもいいことで文句をつけてくる。

　この定例会議は初めはケリーたち元盗賊団の四人だけだったのだが、いつの間にか興味を持った白魔たち犬組やアリの女王スガル、死霊騎士ディアスも参加するようになっていた。会議の目的はなるべくボスの手を煩わせることのないよう大森林を運営することなので、もちろん彼らもいたほうがいいのだが、いたらいたでうるさいのがこの犬だった。

　ちなみに現在、ボスは就寝中である。

「仕方ないだろ。服っていうのはね。作るのに手間もお金もかかるんだ。お金はいいとしても、作ってもらうにはそれなりの立場とかコネみたいなものがいる。私らじゃあ古着を買うので精一杯なんだよ。なあレミー?」

「ケリーの言う通り。それに、これをそのままボスに着てもらうってわけじゃないからね。これはあくまでデザインの見本。これを元に、大森林の魔物素材を使ってアリたちにもっと良い物を作ってもらうんだよ」

〈ふうん。大変だな。毛皮がねえ奴《やつ》らはよ〉

「おっと、聞き捨てならないね。そいつはボスを馬鹿にしてるってことかい？」

〈あ、いや、そんなつもりは！　確かに、今のは俺の失言だったな……。ボスも、あれで毛皮さえありゃあ非の打ち所がない完全生物なんだがなぁ。四本脚ならなおいいが〉

鼻で笑った白魔を窘《たしな》めておく。

買ってきた貴族令嬢の着るドレスの古着は、レミーが言った通りボスの服のための見本だ。このデザインを元に傭兵《ようへい》用のブーツや小物を組み合わせ、全《すべ》て大森林素材で作り直してボスに着てもらうのである。

ボスは人前に出るつもりがないからと、有り合わせの毛皮を紐《ひも》でまとめただけの簡素な服で普段過ごしている。せっかく美しい容姿をしているのに、オシャレにはあまり興味がないらしい。いべんとの時でさえそうだった。鎧坂さんが倒されたら中から出て行くとか言っていたが、あの格好で出るつもりだったのだろうか。

そんなことはとてもさせられないので、ケリーたちで気を利かせ、大森林を統べる者として相応《ふさわ》しい装備を一式揃《そろ》えることにしたのだ。

ついでに、ケリーたちも統一した装備があったほうがよかろうと、その参考にするために主君に仕える騎士という身分の者たちの服も買ってきてもらっていた。

騎士とは男性が多いようで古着屋には男性のものしか無かったらしいが、これに女性の傭兵のボトムスなどを上手《うま》く組み合わせれば、なかなか良いものができそうな気がしている。

「――まあ、とにかく頼んだよ。工兵アリたち。それでどうか、ボスや私たちが身に着けるに相応しい装備を生み出してくれ」

アリたちには人間の職人ほどの技術を持つものはいないが、全員が全く同じレベルで作業をすることができ、作業内容を全員に同時に共有できて、しかも人間ほど休む必要がない。服を作るというのは大層時間がかかる作業だそうだが、アリたちにかかればほんの数時間で完成してしまう。


後は軽く報告会をしながら出来上がりを待つだけだ、といったところで、ボスであるレアが起きてきた。

「……おはよう。ああ、レミー、戻っていたのか。お帰り」

「おはようございます、ボス。レミー、食事の用意を……」

「――あっ」

しまった、という表情を浮かべ、レミーが固まった。

「レミー、まさか……」

「……すみません。古着のことで頭がいっぱいで……」

「いや、気にしなくてもいいよ。別に、どうしても街の料理でなければいけないというわけでもないのだしね。調理済みのものがないのなら、これから調理すればいい。森で得られた食材は沢山あるでしょう?」

言い逃れのしようがないミスだったが、ボスは快く許してくれた。

「ええ、それはもちろん。普段、わたしやアリたちが食べているものでよければ……」

「なんだ、君たちが普段食べているのはわたしとは別だったのか。まあわたしは生活リズムが不規則だからね。よし、この機会に君たちの食べている食事をわたしも食べてみよう」

そういうわけで、一番器用で慣れているレミーが手の空いているアリを助手にボスのために料理を作ることになった。

しかしせっかくボスのために作るのだ。料理は普段ケリーたちが食べているものと同じだが、その供し方や給仕についてはレミーが街で学んできた技術を活用することにした。

これにはかつてはやんごとなき方に仕えたことがあるというディアスも手を貸してくれることになった。ちょうどいい機会なので、ケリーもやんごとなきボスに仕える訓練のつもりで同席させてもらうことにした。


〈姫。まずはオードブルです〉

執事のような服を着た骸骨《がいこつ》顔のディアスがボスのテーブルに前菜の皿を出した。執事服などどこにあったのか、と思ったが、レミーが調理をしている間にアリたちが騎士服を参考に作製したらしい。特に防御力や特殊効果は付いていない服なので、すぐに作製できたそうだ。

「すごいな。本格的じゃないか。これは、ええと……なんという料理なのかな」

〈シェフによれば……その、ポイズンクロウラーとゼンマイのマリネ、だそうです〉

「ポイズン……何だって?」

〈ポイズンクロウラーです、姫。大森林に生息する毒を持つ大型の芋虫です〉

「芋虫⁉　いやそこじゃないな。問題なのは毒のほうだ。大丈夫なのこれ……」

ボスは皿を見て眉《まゆ》をひそめている。ゼンマイの緑とクロウラーの紫が色鮮やかに絡み合い、普段食べているケリーから見ても実に美味《おい》しそうだが、見た目に惑わされずに毒を警戒するとはさすがはボスだ。

〈毒腺《どくせん》さえ取り除けば問題ありません。街でも高級食材としてごく少数が流通しています。調理には専用の資格が必要なようですが〉

「……フグみたいなものかな……？　でも、芋虫か……。ううん……。あ、資格がいるって言ってたけど、シェフのレミーは持ってるの？」

〈……おそらくは持っておりませんが……まあ大丈夫でしょう。私たちはいつも大丈夫ですし〉

普段はもっと適当に調理されているが、少なくともケリーは腹を下したことはない。

「いやいや、そういう素人《しろうと》判断が一番危ないんだよ。キノコとかだってそうでしょう？　別にレミーの腕を疑うわけじゃあないんだけど、今回はその、アレということにして、また今度正式に資格を取ってから食べさせてもらうよ」

なるほど、確かにボスの言う通りだ。

毒腺が危険だから取り除けばいい、というのはケリーたちの経験則に過ぎない。あるいは獣人は平気だがエルフは体調を崩すという弱毒もあったりするかもしれない。

〈……まあ、儂《わし》が人間だった頃《ころ》はこういうものを食する文化はありませんでしたので、姫の気持ちもわからないではありませんが……。仕方ありますまい。ケリーよ、すまないが、この料理はお前たちで食べてくれ〉

「わかった。後でいただくよ」

〈次は、スープでございます〉

「わあ……。なにこれ。木の皮が浮いてるんだけど」

〈シェフによりますと、山ゴボウの冷製スープということです〉

「ゴボウ⁉ な、あれは人間の食べ物じゃないでしょ！ 根っこじゃん！ 土の味するし！」

〈姫！ 言い過ぎですぞ！〉

「うっ……。ご、ごめんなさい……。でも、ゴボウは無理！ ゲームの中であんなもの食べさせられたくない！」

一旦《いったん》はしゅんとしてしまったものの、ボスはそれでも頑なに食べようとせず、両手を交差しバッテンを作って完全に拒否の姿勢を見せていた。

その姿には、苦手な料理を提供してしまった申し訳なさを感じつつも、なるほどボスの可愛《かわい》らしい姿を見たければゴボウを出せばいいのかとひとつ学習することができた。またレミーに頼もうと厨房《ちゅうぼう》のほうを見ると、そのレミーと目が合った。こっそり親指を立てると、レミーも親指を立ててきた。これがチームワークである。

〈魚料理でございます。ヤマメのムニエルです〉

「おお、やっと普通の料理が来たね！ ……でかっ！ ヤマメってこんな大きかったっけ？」

〈この森で取れるヤマメはだいたいこのサイズですね。人の指のような寄生虫がいます〉

「……う、寄生虫か。いや、まあ火が通してあるし大丈夫だろうけど……」

ボスはナイフとフォークを使って丁寧に魚を切り分けた。その所作は実に美しく、ケリーは見たことがないが、おそらく街の貴族などよりよほど洗練されているはずだと確信できるほどだった。

「――うわあ！　指！　指が入ってるよ！　誰《だれ》の指!?　まさかレミーの!?」

〈あ、それが寄生虫ですね〉

「寄生ちゅ――あ、もしかして人の指のようなってサイズじゃなくて見た目のことだったのか！　どうなってるんだこの森は！」

〈姫。まだ肉料理が二種類とデザート、それに食後のドリンクが残っておりますがどうされますかな〉

「……今日はちょっとその、申し訳ないけど食欲が……。わたしは少し休むから、みんなで食べてくれ……」

◆◆◆

ボスが玉座に戻り、その間にレミーが作ってくれた料理をみんなで食べた。やはりアリが作るものよりも数段美味しい。ボスのためにと腕によりをかけたからかもしれないが。

ディアスにも勧めてみたが、彼には「アンデッドだから食べられないな残念だないや本当に」とやんわりと断られてしまった。

レミー

色々あったが、ようやくまとまった時間が作れた。何かを試すための経験値もある。出張しているマリオンからの報告を待ちつつ、レアはこの時間を使って錬金術でも弄《いじ》ることにした。

まずは例の金属と騎士の怨念《おんねん》で新しいリビング何たらを造る。

鎧《よろい》、剣はもうたくさん造ったので、今度は骨だ。非常に冒涜《ぼうとく》的な作業になるが、技術の発展には常に犠牲がつきものである。そのような批判を恐れるレアではない。

「では、やろうか。『哲学者の卵』」

現れた水晶の卵に金属塊と騎士の遺骨を飲み込ませる。金属塊は奮発して多めにぶち込んでおく。剣崎を量産していた時に気づいたのだが、投入する素材が多すぎる場合、余った分は消費されずに残される。入れたら入れただけ使われるということはないようだった。

ちなみに少ない場合は失敗し、素材はそのままだが卵は割れる。MPの使い損だ。

遺骨は再び入手できる算段がつかないため、少しでも消費を抑えるためにまずは肋骨《ろっこつ》と思われる骨一本だけにしておく。

続けて『アタノール』を発動してやれば、卵の中は問題なく虹《にじ》のマーブル模様になった。ということは、なんらかの魔物が生み出されるということだ。

「よし、『大いなる業』発動だ」

そういえば、公式のアナウンスで、発声キーのスキル名を変えられるとか何とか言っていた気がする。何かかっこいい名前に変えてみるべきだろうか。

このような生産系のスキルの名前を変える必要性は感じられないが、戦闘中に発動する魔法名を変更するのは戦術的に大きな価値がある。至近距離に敵が居たとしても、こちらの発動キーからスキルの内容を推察されるのを防げる可能性がある。

例えば『フレアアロー』の発動キーを『スラッシュ』と差し替えたりできれば、近接物理攻撃だと見せかけて炎の矢を放つことができる。既存の名前を付けられるのかどうかは調べる必要があるが。

考え事をしているうちに、卵の光が収まった。

卵の中には、黒い鎧を着込んだ、鎧と同じ色の骸骨が立っていた。

「スケルトンナイト……とかそういうのかな？」

それにしては黒い。骨と言えば白いイメージなので、なんとも表現しづらい微妙な違和感がある。

卵を割って出てきた骸骨に、早速『使役』をかける。この作業も慣れたもので、どうやら自ら生み出した魔物は『使役』にそもそも抵抗しないようだということがわかっている。スガルがアリを産み出してすぐに命令できているのはそういう部分もあるのだろう。

「種族名は……アダマン……ナイト？」

ダジャレのようだが、思わぬところで鎧坂さんたちを構成している金属の名前が知れた。マジカル金属代表その一、アダマンタイトとかそういうものだったようだ。アダマンタイトなのかアダマンチウムなのか別の名前なのかは不明だが、とにかくアダマン何たらだ。大抵のゲームでは硬いことで有名である。確かに鎧坂さんも剣崎たちも非常に硬かった。

余剰分で余った素材はないので、投入した金属素材は全《すべ》て使われてしまったようだが、遺骨は一本しか使っていない。であればこのアダマンナイトは量産できるということだ。

騎士の怨念がこもった遺骨を再び入手するのは難しいが、今持っている分だけでも元の切り捨てられた騎士団を超える規模のアダマン騎士団を生み出せるだろう。騎士一人分の骨から何人ものアダマンナイトが生成できる。

これは非常に強力な戦力だ。

構成している金属は鎧坂さんと同じものだし、ステータスもほぼ同じだ。鎧坂さんと比べてSTRとVITが若干低いが、代わりにINTが気持ち高めになっている。

レアは輜重兵アリからMPポーションを受け取り、それをがぶ飲みしながらひたすらアダマンナイトを生産することにした。


騎士たちの遺骨が無くなるまで同じことを繰り返した結果、わかったことがある。

肋骨などの胴体に関わる骨を使った場合、アダマンナイトが生まれる。

大腿骨《だいたいこつ》などの脚に関わる骨を使った場合、アダマンスカウトが生まれる。

上腕骨などの腕に関わる骨を使った場合、アダマンメイジが生まれる。

そして頭骨を使った場合、アダマンリーダーが生まれる。

指の骨など、あまり小さい骨だと素材として不足らしく、スキルは失敗する。そういった場合は複数の骨を入れてやる必要があるのだが、この時に脚と腕など部位が混ざって入ってしまうと、たとえ胴体の骨を使っていなかったとしても何故《なぜ》かアダマンナイトが生まれた。

そのためアダマンナイトの数が最も多い。頑張って骨を選別したためにアダマンスカウトとアダマンメイジもそれなりにいるが、アダマンリーダーに使う頭骨だけはどうしようもないため、かなり数が少ない。

しかし、希少なアダマンリーダーは先日配下になったディアスと同程度の強さがあった。戦闘経験などを加味すれば、同じ強さだったとしてもディアスには到底勝てまいが、プレイヤーを相手にする分にはどちらでも変わらない。等しく一蹴《いっしゅう》だ。


作業も終盤になり、どこの骨なのかわからない部分ばかりになってしまった頃には、こつこつ溜《た》め込んでいたアダマン塊も少なくなってきてしまった。

そのため、もっと数の多い金属を使うことになった。

そして生まれたのが「カーナイト」だ。一瞬何のことを言っているのかわからなかったが、もしかしてこれはカーバイド——つまり炭素化合物から取った名前なのだろうか。全然マジカルではないし、単に炭化物というだけでは何のことかわからない。

ただ色々と検証をしてみたところ、このカーナイトも硬さという意味ではアダマンナイトに匹敵する性能を持っていた。ただのカーバイドではなく、タングステンカーバイドのような超硬合金であったようだ。

しかし数値的にはＶＩＴが低いので、硬いわりに防御や耐久が低いということになる。金属であることを考えると、欠けやすいとかそういう特性を表しているのではないかと思われる。つまり、硬いが脆《もろ》いのだろう。鎧坂さんやアダマンナイトと同様『物理耐性』なるスキルを持っているので、これが有効な限りにおいては非常に硬く、耐性を抜かれた瞬間砕け散る、という認識でもいいかもしれない。

またＳＴＲはアダマンナイトと同程度はあるので、その重さもあってか攻撃力は非常に高いようだ。そしてその分、ＡＧＩは若干低めだった。

これも残りの遺骨を全部使う勢いで創造したので、相当な数がいる。結果的にアダマンナイトより多くなってしまったほどだ。脆くて欠けやすいのだが、それもアダマンナイトと比べればの話であり、鉄の剣で斬りかかっても手がしびれて弾かれ、剣のほうは刃が潰《つぶ》れる。ただメイスのような重量武器で攻撃すれば当たりどころによってはかなりのダメージを受けるので、打撃には弱いと言える。

超硬のためか熱には強いようで、生半可な『火魔法』は効かない。『水魔法』も効かないが、たとえば『火魔法』と『氷魔法』を交互に使われると『物理耐性』が消えてしまうという脆弱《ぜいじゃく》性を持っていた。また『雷魔法』にも特に耐性はないようで、普通にダメージを受ける。

スケルトンと同じく打撃には弱いので、打撃が得意な戦士は苦手と言えるだろうが、それも相性程度の話だ。相性が重要になってくるレベルのプレイヤーがそうそう居るとも思えない。

しかしやってみなければわからないし、イベントの時同様、性能試験は必要だ。アダマンシリーズは鎧坂さんの廉価版だとして性能試験はパスするとしても、カーナイトが戦う様子は見てみたい。

なのでレアはカーナイトを一体、プレイヤーの集団にけしかけてみることにした。

つまり、新しいおもちゃで遊んでみたかっただけなのだが。

カーナイトの相手にちょうどいい、適当に強いプレイヤーでも来てくれないかと思っていたが、そう都合良くはいかないようだ。

レアはライリーに捕獲してもらいテイムしたフクロウ型の魔物、フォレストオウルのオミナス君の目を借りて、獲物のプレイヤーを探していた。

大森林の中にはイベントの決勝で戦った程度のパーティが居た。

欲を言えばもっと強いほうが色々試せていいのだが、居ないようだし仕方がない。

彼らには少し負担をかけてしまうが、テストに付き合ってもらうことだし、感謝を込めてボーナスとして少しいい装備を持って帰ってもらえばいいだろう。

レアはアリに命じてさり気なく彼らの進路上に鍛造品のテストで作った剣や鎧を用意させた。いつもの鋳造品や街で売っている量産品よりは性能が高いはずだ。

彼らは装備を見つけると喜び、さっそく装備した。そしてさらなる成果を求めて森を奥へと進んでいく。最近では、誘導の意味も含めてだが、歩きやすいように踏み固めた人工的な獣道も用意している。

だいたいのプレイヤーなら、そろそろ引き返す判断をするだろう、というくらいのところで、満を持してカーナイトを投入した。

突然現れた、これまでに見たことのない魔物に、パーティは動揺している。

「なんかやべえのが！」

「このあたりのボスか⁉」

「いやいや、これまでアリとかゴブリンくらいしか出てこなかったのに、いきなりアンデッドのボスとか不自然だろ！」

「不自然でもなんでも、逃げられそうにないなら戦うしかない！　さっき手に入れた装備なら、相手が多少強くても勝負になるはずだ！」

覚悟を決めるのが早いのはいいことだし、確かに逃がすつもりはないので賢明な判断とも言える。しかしあの程度の装備をいいものだと言っている程度の実力ではどういう判断をしたところでカーナイトの相手にはならない。

ボーナスのつもりで与えた剣だが、カーナイトと戦ったらすぐに駄目になってしまうかもしれない。彼らが欲しがりそうなアイテムを与えてやったつもりだったのだが、今後は臨時ボーナスの中身はもっと吟味すべきだろうか。

今後の課題はおいておいて、まずは目の前のテストだ。

これまでの教訓を踏まえ、カーナイトにはまず相手の攻撃を受けさせてみることにした。このレベルのプレイヤーたちの攻撃に耐えきることができるなら、十分な戦力と言えるだろう。なにしろカーナイトはたくさんいる。

何もせずに佇《たたず》んでいるカーナイトに、プレイヤーの一人が先ほど拾った剣で斬りかかった。

「はぁっ！　『くらえ』！」

スキルを使用したようだが、何のスキルかは不明だ。

普段、攻撃時に自分が言いそうな掛け声を発動キーにしたのだろう。なかなか優れたやり方だ。ただ発動の瞬間はたしかに何を発動したのかわからないが、その後の動きを見ていれば『スラッシュ』であろうとわかる。

今後、こうしたプレイヤーが増えていくとしたら、プレイヤーが使いそうなあらゆるスキルを直《じか》に見て覚えておかなければ、ハイエンドなPvPにはついていけなくなるだろう。

幸い、アダマンシリーズは色々なタイプがいる。タイプごとに別々の系統のスキルを取得させていけば、レア自身が取得せずともスキルの予習はできるはずだ。

とはいえ冷静に考えたら、アダマンシリーズは軍隊規模で存在するので莫大《ばくだい》な経験値が必要になる。これはプレイヤーの皆様にはぜひどしどしご来店いただかなければ。


そのようなことを考えている間にも、オミナス君の眼前で行われている戦闘は続いている。おそらく『スラッシュ』だろうスキルによる攻撃は全くの無傷に終わり、スキルを放ったプレイヤーは、いつかの重戦士のようにその手の得物《えもの》を取り落としていた。

パーティには魔法使いは居ないようで、他のメンバーも武器による攻撃を浴びせてくる。メイスによる攻撃は特によく観察してみたが、カーナイトのどこかが欠けたりといったことはないようだった。


しばらく戦闘を眺めていたが、もうこれ以上このパーティから得られるものはなさそうだった。

イベントでレアがしたように、カーナイトにプレイヤーの頭を握って潰させた。ＳＴＲが数値通りの性能を発揮しているようでなによりである。

逃げようとしたプレイヤーも追いかけて同様に殺す。カーナイトのＡＧＩはたしかに低いが、ＡＧＩに優先的に振っているわけでもないプレイヤーくらいは捕まえられる。これに懲りたら、次は是非パーティ全体の対応力を上げてから挑戦してきてほしい。

プレイヤーたちを倒して得られた経験値は大したものではないが、これほどの実力差でも経験値がもらえているということがまず素晴らしい。プレイヤーはやはり実入りがいい。


戦力としては満足という意味ではテストの結果は上々と言えるが、大森林の新しいバリエーションのモンスターという意味では失格だろう。

このようなモンスターという意味ではモンスターばかり徘徊《はいかい》していては、誰《だれ》も挑戦しなくなる。もっと適度に弱いモンスターが必要だ。あるいは、訪れるプレイヤーのレベルを上げていくかだ。

アリたちにはしばらくは接待プレイを命じ、プレイヤーの成長を促してやるべきだろうか。

アダマンシリーズたちに、スガルからの出動要請にはレアの許可なく応じていいと指示を出し、とりあえず後はスガルに丸投げした。

アリたちの総力、それにアダマンシリーズの戦力まで加えれば、プレイヤーが多少成長したところで大森林を突破することなどできない。というかおそらく現在のレアでも大森林を単体で突破するのは困難だ。

レアはふと、しかしそれは問題があるのでは、と思った。

この戦力がそのまま敵に回ることはありえないだろうが、レアができるのなら、NPCやモンスターがすでに同様のことをやっていてもおかしくはない。あるいは、そうした結果生まれたのが六国家などなのかもしれない。

現状は小康状態というか、表立って敵と見做《みな》されているわけではないが、少なくとも人類種国家と仲良くできる要素はない。であれば、いつかは彼らが敵に回ることを想定して戦力を増強していくべきだ。

それにまだ確認しておかなければならないこともある。

主君が死んだ場合、眷属《けんぞく》たちがどうなるのかは定かではない。

もし共に死んでしまうとか、そのような仕様である場合、レアが倒されるのは致命的だ。

プレイヤーは真の意味では死ぬことはないので、NPCが主君である場合とはまた違うのかもしれない。だが最悪の想定として、レアが死んでいる間は眷属も死亡状態になる可能性も考えておくべきだろう。


ならば、レア自身が滅多なことでは死なないような強化が必要だ。

レアの能力値の向上は『眷属強化』によって全体の戦力の底上げにつながるため、得た経験値のうちの何割かは常にレアの能力値の上昇に使うようにしてルーチン化している。しかしもっと別の手段での成長も考えてみるべきかもしれない。もっと突拍子もないスキルだとか、隠し玉が欲しい。

そう考えた時、レアの脳裏に浮かぶのは「転生」というシステムだ。

公式アナウンスによれば、吸血鬼の支配下に入れば「吸血鬼の従者《スクワイア・ゾンビ》」とやらに転生できるらしい。

これはあくまで一例であり、公式のアナウンスの本文は「特定条件を満たしたキャラクターが特定のイベントを起こすことで」というような言い方だった。ならば、他にもあるはずだ。

ひとつ、レアの手札に可能性がありそうなものがある。

『錬金』の秘奥、『大いなる業』によって作製できるであろう「賢者の石」。

このゲームではどうかはわからないが、賢者の石といえば、たいていは人を不老不死にするだとか、卑しきものを貴きものに変化させるだとか、そういう伝承のあるものである。

だとしたら、何らかの条件を満たした状態でこれを使用すれば、キャラクターの種族などを変化させたりできるのではないだろうか。

仮にそこまでは無理だとしても、何かが何かには変化するだろう。

もともと、『大いなる業』とは賢者の石を創造する作業のことを意味しているとされているのだ。

ならば、賢者の石さえ創り出すことができれば。

キャラクターの種族をより高みへと導くことができるはずだ。

レアは『大いなる業』のレシピを眺めた。

レシピの中で最も怪しいのは、必要とされる素材が最も多く、またレシピが並んでいるツリーの中でどこにも属さず、ただ一つだけでツリーが存在しているものだ。これを暫定賢者の石として製作を目指す。

そのレシピにおいて必要とされている素材は六つ。

現在アンロックされているのは水銀、硫黄《いおう》、鉄、魔物の心臓、そして強酸である。あとの一つは不明だ。

強酸がアンロックされているということは、レアが見たことがあるということだ。これまで見たことがある酸といえば主に工兵アリの出す酸だけなので、おそらくあれでいいのだろう。

強くて困るということもないだろうし、実験の際には「賢者の石素材専用」の工兵アリを用意し、できるだけ経験値をつぎ込んで成長させてから酸を出させてみるつもりである。もしこのレシピが賢者の石でなかった場合、専用工兵はいきなり職を失うことになるが、高スペックなのでどこでも活躍できるだろう。一芸に秀でた者は再就職でも潰しがきくのだ。

水銀と硫黄は鉱脈から採取できている。硫黄については鉄などの硫化鉱物が採掘されているので、それを『錬精』した際に得られたものだ。

この素材の水銀と硫黄というのは、まとめて辰砂《しんしゃ》では駄目なのだろうか。通常の硫化ではなく『錬金』によるマジカルな結合が必要だということなら仕方がないが。

辰砂と言えば、かつて文献によってはそれ単体で賢者の石と呼ばれることもあった物だ。

レアは『錬金』を取得してからというもの、ログアウト中などにＶＲ図書館で古代錬金術についての文献を読み漁《あさ》ってきた。

辰砂は西洋の錬金術だけでなく、古代中国でも神丹などの霊薬の材料とされたとして有名だ。といっても結局は硫化水銀なので毒性が強いため、薬として摂取するとたいていは死ぬが。

もし仮に、水銀と硫黄が「賢者の石」とされる辰砂を作るための材料として挙げられているとしたら。

その場合、では他の材料は何のために必要なのかということになる。

まずは素材の中でひときわランクの低い鉄の存在が気になる。

水銀の保存用だろうか。水銀は多くの金属と合金を造るが、たしか鉄では合金はできなかったはずだ。それとも別の理由が何かあるのだろうか。

鉄になにか特別な理由があるのならば、残る一つの不明な素材も推理できそうな気がする。

例えば、先程の辰砂を賢者の石と仮定したとする。

そして他の材料もまた賢者の石を造る素材だと考えた時。

辰砂以外で賢者の石と呼ばれていたようなものといえば、有名どころでは黄血塩だ。

黄血塩はフェロシアン化カリウムのことだが、中世では確か家畜の内臓などの窒素の多い有機物に、鉄と炭酸カリウムを——

「あ、そのための鉄か」

ならば、魔物の心臓は家畜の内臓の代わりか。だとすれば、炭酸カリウムの代わりになるのが最後の一つであるはずだ。

適度にマジカルで、それでいて炭酸カリウムを含む何か。

純度を無視すれば、もっとも簡単に炭酸カリウムを得る方法はそこらの植物を灰にして水にさらすことだ。

しかしこれはレアが公式イベントの際に似たようなことをやっている。火力が高すぎてほとんどの木は灰を通り越して蒸発してしまったが、全く灰が存在していなかったということもあるまい。

すぐ側《そば》には湯気を立てる泉もあったことだし、少量の炭酸カリウムならあの場にあってもおかしくはない。つまり、レアも目にしていたはずだ。しかし素材名はアンロックされていない。

ならば必要なのは炭酸カリウムそのものではなくて、それに絡んだマジカル物質ということだろうか。

「適当な……陸上植物の灰……で、なんかマジカルな……」

これがたとえば「世界樹の灰」などと言われたらかなりお手上げである。

仮に存在するとしても世界樹の場所がわからない。少なくとも運営にもらった地図には書いていない。

リビングメイルのときのように、何を入れても完成品のランクや種類が変わるだけで、反応自体は何かしら起こるのであれば、「マジカル植物の灰」という大雑把なくくりでもとりあえず成功はしそうな気がする。

「てことは、さしあたってはマジカル木材の入手を検討すべきだな」

このリーベ大森林に生えている木々は、普通の植物ではない。異常に生育が早いものもあるし、鉄より硬い木などもある。

それらの木材から木炭を製作したりもしているが未《いま》だアンロックされていないということは、これらの木材でもまだマジカル度が足りないということなのだろう。納得がいかないが。

この大森林で入手ができそうにないのであれば、外からの入手を考えるしかない。

街にありふれている素材はどうせ周囲の草原やこの森からの恵みが主であろうし、城壁内の農場でマジカルな作物を育てているとも思えない。

「出張中のマリオンの報告を待つしかないか……」

地図を入手したことで、闇雲に大森林の周囲を探索する必要が減った。そのためマリオンと銀花《ぎんか》に命じ、大森林から一番近い魔物の領域に偵察に行かせていた。

定時連絡では順調に行程を消化しているようだし、『座標把握』などと地図を照らし合わせてみても方角も間違っていない。このペースならば、ほどなくお隣の魔物の領域に接触するはずだ。

その魔物の領域も気候や環境が近いためか森タイプのため、可能なら制圧してしまいたい。

制圧可能かどうかは見てみないとなんとも言えないが、マリオンが到着したならばその座標にレア自身を『術者召喚』し、アダマンシリーズを『召喚』していけば制圧に必要な戦力は整うだろう。

その森がリーベ大森林とは違う生態系で、かつマジカル木材が生えていれば一番いい。

レアはマリオンの報告を待ちつつ、それまではプレイヤーたちに理不尽ボスをけしかけて暇つぶしをすることにした。

なお接待プレイのことは忘れていた。

◆◆◆

【序盤稼ぎ場所】リーベ大森林を攻略するスレ【なお序盤から進まん模様】

521：NOエッチ
やばいなー

そろそろ別のエリアとかも開拓しないとなとは思いつつ、なかなか抜け出せない

522：円のキンゼル
そんなに美味《おい》しいの？

523：タンスにポン酢
いや、実際はそこまで効率いいってわけじゃないと思うんだけど、絶妙なんだよ
毎回、もうちょっと、ってとこでだいたいキルされる
あれで死なずに帰れればめっちゃ旨《うま》いんだけどな

524：ドラ太郎
リーベ大森林はうまあじ
まあある程度稼ぐとバカ強アンデッド出てくるようになるからまずあじになるけど
でも多分だけどあれ、いや、いいや

525：ジーンズ
いやよくねえよ。なんだよ言えよ

526：ドラ太郎

言ったらもっと人来ちゃうだろ
もし上位の連中が集まって来ちゃって、あのアンデッド倒されでもしたら、さらに格差が広がることになる

527：タンスにポン酢
あーまあそれはあるな
クソ強アンデッドの件ならまあ、多分そうなんだろうなあって予想はある

528：ジーンズ
だから何なんだよ！

529：アマテイン
あそこはアリが有名なんじゃなかったか？
装備破壊をしてくるとかなんとか。それでもうまいのか？

530：アントギー
確かに装備破壊してくるやつもいるが、単体での戦闘力は一番弱いやつだからな
初心者レベルにはきついけど、ある程度慣れると余裕で処せるようになる
装備破壊攻撃する個体も見分けられるようになるし

531：その手が暖か
すごいです。アリ博士《はかせ》ですね

532：アントギー
暖かさんに褒められちゃった！

533：タンスにポン酢
これ褒められてるの……？
いや本人が良きゃいいんだけどさ

534：おりんきー
アリとかアンデッドはいいんだけど、もふもふは？
もふもふも出るって言ってなかった？

535：NOエッチ
出るよ。たまに小さいのも見かける。小さいっつっても大型犬くらいあるけど
まあ癒やし枠だよね。エンカしたら死ぬんだけどね

536：ジーンズ
いいですねえ癒やし枠。いいんですけど、それでアンデッドは？

537：タンスにポン酢
多分ていうかもしかしたらなんだけど、あのアンデッド倒したら第一回イベントの優勝者の着てた鎧《よろい》ゲットできるかもしれない。何か質感が似てるんだよね。あと異常な防御力とかも。

538：ドラ太郎
言いやがった。まあいずれは知られることか

539：ジーンズ
まじか
俺の首ねっこ握《にぎ》り潰《つぶ》したあの鎧か！

540：その手が暖か
あの、グロい話題はやめてもらっていいですか

541：アントギー
おいやめろよ！　嫌がってるだろ！

542：ジーンズ
え、ひどくない……？

543：NOエッチ
アンデッドどころか、たまに本人らしきキャラも徘徊《はいかい》してるしな
なおエンカすると躊躇《ちゅうちょ》なくＰＫされる模様

544：ドラ太郎
やっぱリーベ大森林で稼いでるって噂《うわさ》はガチか。俺会ったことねえけど

545：タンスにポン酢
うーん……どうなんかなあ
何か別人、て感じもしなくもない。公式動画の動きと微妙に違う気がするし。喋《しゃべ》らんし

546：ギノレガメッシュ
喋らねえのは最初からだろ。となるとやっぱ、実は公式が用意したイベントキャラ説が有力か……？

第七章　世界樹とハイ・エルフ

ついにマリオンから魔物の領域に到着したとの連絡があった。

夜を待ち、リーべ大森林をスガルとライリーに任せると、ケリーとディアスを伴って一路マリオンのもとへ飛んだ。例の鎧坂《よろいざか》さんを着込んでいるため昼間を避ける必要はないが、もう習慣になっていた。

「直接会うのは久しぶりだね。マリオン、銀花《ぎんか》。元気そうで何より」

「ようこそおいで下さいました、ボス」

〈ご無沙汰《ぶさた》してますボス。あれがお隣さんの森です〉

お隣さんの森はリーべ大森林とは若干雰囲気が違うように感じられた。

地図によれば、森の中に境界線があるとされているリーべ大森林と違い、こちらの森はその木々が乱立する境目からすでに魔物の領域として人類に認識されているようだ。

領域に対する最前線、つまりリーべ大森林に対してのエアファーレンの街のような辺境都市がこの辺りにもあるという。

ただし、その街は現在レアたちのいる位置からはかなり離れている。

その街へ向かう街道が魔物の領域の森を避けるように敷かれており、マリオンたちがここへ来るのに利用したのはその街道だそうだ。

森を遠巻きにするように街道と街が存在している、と言えばいいだろうか。これと比べれば、リーベ大森林とエアファーレンの街はほとんど隣接しているようなものだろう。

リーベ大森林とエアファーレンの街の距離が近めなのは、これまでリーベ大森林に強力な魔物がいなかったためだと思われる。白魔《はくま》たち氷狼《ひょうろう》が逃げ込む先をリーベ大森林に選んだのも同様の理由だろう。

リーベ大森林がこれまでどうやってその平和な状態を維持していたのかは不明だが、レアが思うに、おそらくあの森はスガルの揺《ゆ》り籠《かご》だったのだろう。あるいはディアスの揺り籠かもしれないが、とにかく、レイドボスとなりうるモンスターを育成するためにあの森はあったのではないだろうか。

いずれプレイヤーがあの街に増えてくるにつれて、スガルたちアリの軍団はその経験値を喰《く》らい成長していくように調整されていたのかもしれない。

それを考えると、街の建設や街道の敷設の時点で大げさに避けられているあの森はリーベ大森林より魔物の領域としては格が上である可能性が高い。ゲーム開始時点ですでに人類に脅威と見做《みな》されている、と言えるからだ。

そういう意味では、魔物の領域としては大先輩である。

「まあ、楽しみではあるよね。いまのわたしたちが先輩方相手にどれだけやれるのか」

〈先鋒《せんぽう》は儂《わし》が務めましょう。姫は万が一にも死亡するわけにはいきませぬので、最前線にはおいでになりませんよう〉

「……少し残念だが、それは仕方がないか。もともと、死なないための戦力増強案でもあるわけだし、それで死んでしまっては本末転倒というものだ」

ディアスも十分以上に強力な個体であるし、ここはまず彼に任せてみるべきだろう。レアはディアスの戦うところを見たことがないため、実際はどのくらい強いのかを確認する意味もある。

「ディアス、アダマンシリーズをいくらか召喚しようかと思うのだけど、どのくらい居たらいいかな？」

〈必要ありませぬ。と言いたいところですが、姫は儂の指揮能力も確認したいのですな？　では、一小隊ほどお願いできますかな。それ以上は、この森の攻略には過剰になりますゆえ〉

「この森は我らがリーべより格上の領域だと思ったんだけど、ディアスがそう言うならそうするよ。もし足りなかったらいつでも言ってね」

そしてレアはアダマンリーダー一体、アダマンメイジ九体、アダマンスカウト六体、アダマンナイト一四体からなる一小隊を召喚した。たかが一小隊だが、狭く見通しの悪い森の中で行動すると考えると大人数に感じる。

「このゲームにはそういうシステムはないけど、レイドパーティってこのくらいかな？　まぁ現実的に考えてプレイヤー三〇人以上も集めるのって相当大変だけど」

この程度の数ならば、仮にすべてがアダマンリーダーだったとしてもレアの敵ではない。それは鎧坂さんを着ていなくても変わらない。昼間でなければだが。

「基本的にアダマンシリーズとカーナイトたちは、わたし以外だとスガルとディアスの命令に従うように言ってある。そのどちらも居ない時はケリーたちが最優先かな。その全員が居ない時は自己判断で行動すると思うけど、リビング系モンスターだから自我も薄いし、自己判断だと敵を効率よく殺すとかそういうことしかしないと思うけど」

〈十分でしょう。ではこやつらの性能試験も合わせ、儂の能力もとくとご覧にいれましょう〉

ディアスはそう言い、アダマンたちに短く指示を出した。その指示に従い、スカウト六体が森に散っていく。全身アダマンでできているとは思えないほどの身軽さで、あっという間に木々の中へと消えていった。

アダマンとはいえ、スカウトの彼らは鎧は軽装だし、筋肉や内臓、脂肪が全く無いため、イメージほど重くはない。普通の人類種と同程度の体重ではないだろうか。

しかも恒温動物と違い発熱もしないため、蛇系の魔物が持つ赤外線を利用した暗視にもひっかからない。隠密《おんみつ》行動をする者として必要なものはすべて与えられていると言っていい。

ちなみにアダマンシリーズやカーナイトたちには武装も与えてある。

しかし彼らは数が多いため、どうしても低ランクの数打ち品になってしまう。与えてある武装は大抵が刃物で、素手とは種類の違うダメージを期待してのことだ。あるいは単純なダメージ量なら体当たりがもっとも効率がいいのかもしれない。

できることなら一体に対して一本のリビングウェポンを与えたいところだが、騎士の怨念《おんねん》が籠《こ》もった剣がない。

この森に進軍したのは、あわよくばディアスがかつて任されていた軍団以外の、亡国の騎士団の者たちがこの森で果てていないか期待したという面もあった。ディアスたちの遺骨は大陸唯一の国家の騎士団としては少なすぎる。騎士団の残骸《ざんがい》は大陸中に散っていると見るべきだろう。

アダマンスカウトが姿を消すと同時に、ディアスも隊を進めていく。こちらはスカウトと違い慎重にだ。藪《やぶ》を払い、戦闘可能な空間を広げながら漸進《ぜんしん》している。指揮能力とは本来は部隊の掌握をするところから評価すべきだが、今後その工程が必要になることはないだろうし、現場の純粋な指揮のみを見ることにする。それで言えば、慎重だが実に合理的で無駄のない指揮と言えよう。

ディアスやアダマンたちを見ながらレアは満足していた。この戦闘単位がいくつも作れるほどの戦力がリーベ大森林には控えている。今回の進軍で他勢力との戦闘能力の比較ができれば、リーベ大森林の客観的な戦力評価ができるだろう。

ディアスたちの切り開いた行軍路をレアもゆっくりと進む。

両脇にはケリーとマリオン、殿《しんがり》に銀花がついている。鎧坂さんたちも含めれば、この全員が感覚強化系のスキルを取得している。よほどの実力差でもない限り、奇襲されることはない。

偵察のためならフォレストオウルのオミナス君を連れてきてもよかったが、彼はそう強くない。飛行可能な強いモンスターがいた場合、太刀《たち》打ちできない可能性がある。

少し進むと、前方のディアスたちがふいに停止した。どうやら、スカウトが何かモンスターを発見したようだ。スカウトから報告を受けて、ディアスがフレンドチャットを飛ばしてくる。

〈姫、敵を発見しました。この森は、どうやら単一の勢力によってすでに制圧されているようです〉

〈なんだ、そうなのか。それなら、その勢力を駆逐するか屈服させるかすれば、森の支配権は奪え

るということかな？　それで、どんなモンスターなんだい？　まさか人類種ではないよね？〉

〈……はい。この森を制圧しているのはアンデッドです。鎧《よろい》を見るに、おそらくは……かつての我が同胞ですな〉

ということは、この森もリーベ大森林と同じく、原因不明のアンデッドの大量発生が起きたということだ。

〈あわよくば、くらいに考えていたけど……ふふ、ついているな〉

何者かが意図的に発生させたとしか思えない状況だが、ここのアンデッドの中にもディアスのような特殊個体はいるのだろうか。もしいるのなら、ぜひとも配下に加えたい。ディアスに同僚を作ってやりたいということもあるし、なぜ一体だけ自我を持っているのかの調査のためのサンプルは多いほうがありがたい。

〈ねえ、ディアス……〉

〈お優しいですな、姫。おおかた、ここのボスを穏便に支配しようとおっしゃるのでしょうが、儂を慮《おもんぱか》ってのことでしたら無用ですぞ〉

〈ううん、まぁ結果だけ見たらそうなるのかもしれないけど、別にそういうつもりではないんだ。純粋に戦力としても欲しいところだし、うちの森もアンデッドのボスが出るって噂が広がりつつあるから、それ系の弱めの駒《こま》もあったらいいなって〉

その場合は騎士の怨念は諦《あきら》めるしかない。ディアスたちのケースからすると、一度アンデッドとして復活してしまうと骨や装備に残されていた怨念は失われ、ただの素材アイテムになってしまうからだ。しかしアンデッド兵団という形で戦力が手に入るのなら、それに越したことはない。

〈そんなわけで、わたしはできればアンデッド兵団が欲しいのさ。ディアス、わたしにそれを献上してくれないか?〉

〈……仰せのままに〉

するとそれまではほぼ直進していたディアス隊だったが、微妙に蛇行して進み始めた。敵の哨戒《しょうかい》ラインを避けながら行軍しているらしい。どうしても避けられない見張りは、スカウトが静かに仕留めている。

『死霊結界』でレアがまとめて支配下に置いてもいいが、すでに別のキャラクターの支配下に置かれているアンデッドは『支配』状態にはできても『使役』はできない。アリと初めて邂逅《かいこう》し、『使役』を放った時と同じエラーが出てしまう。

かつてディアスとともに現れたアンデッドたちは野良《のら》扱いだったが、ディアスには『死霊』系スキルと『使役』スキルがはじめからあったため、あのまま放っておけばアンデッドたちをすべて眷《けん》属《ぞく》にして森を制圧していただろう。

そうなっていれば、スガルと同じレイドボスの誕生だ。

リーベ大森林という揺り籠になぜスガルとディアスという二つの勢力のレイドボスがいたのだろうと思っていたが、もしかしたら片方が片方の餌《経験値》となるべく配置されていたのかもしれない。

この森も同じ状況だとしたら、勢力争いに勝ったのはアンデッドということだ。ならば、それは完成されたレイドボスということになる。

「楽しみだね……」

この森も相当な広さだ。中心部にたどり着くまで、かなりの時間を要する。ディアスもアダマンシリーズも疲労を感じないし休む必要のない種族だが、レアやケリーたちは別だ。どこかで野宿する必要があるだろう。

レアが寝《ログアウトし》ている間は経験値の収入がストップするため、休憩中はなるべく戦闘して欲しくない。

〈というわけで、戦闘はなるべくわたしが起きている間にするよう調整してくれると助かる〉

〈奇襲などを受けなければ可能でしょうが……〉

〈相手次第な部分は仕方がないと諦めよう。あくまで努力目標ということで〉

それからはディアスは少しペースを上げ、慎重さはある程度残しつつも、大胆に行軍するようになった。ときおり遭遇するアンデッドは、一見するとスケルトンナイトか何かのようだ。スカウトが見逃したというより、暗殺に適さない部隊規模だったためスルーしたようだ。たいていはアダマンナイトが一刀のもとに斬り捨て、死体と言っていいのか不明だが、残骸を回収していた。

その日の野営地を設営した場所は、地図によれば中心までのおよそ三分の一ほど進んだところだった。

森の広さを考えれば異常な進行ペースだ。休憩をほとんど取っていないのが理由と言えるだろう。ちなみに野営ではあるが、夜営ではない。レアは基本的に夜行動し、昼眠るからだ。

「それでは、わたしは少しばかり眠るとしよう。そうだな、五時間弱くらいで起きるだろうから、それまでこの野営地を守っておいてくれ。進んでおいてくれてもいいが、未知のモンスターや未知の素材などがあったらわたしも見てみたいから待っていてくれ」

〈それは難しいですな。おとなしく、野営地を守っておるとしましょう〉

「じゃ、わたしはリーベに帰って寝るよ。ケリーたちはどうする？　一緒に一旦《いったん》帰るかい？」

「はい、ボス。お供します」

「わかった。じゃお先に」

レアはスガルを『座標指定』し『術者召喚』を発動した。

女王の間に戻ると、今度はケリーたちを『召喚』する。

レアはいつも通り、玉座に深く座り込み、ログアウトの準備をした。ケリーたちも鎧坂さんの妹たちを脱ぎ、女王の間の奥のパーティションの向こうへ消えていく。そこにはベッドが設《しつら》えてあり、レアの側仕《そばづか》えがレアと共にこの部屋で休む際に使用する仮眠スペースがある。

銀花はレアの足元に丸くなる。氷狼である彼女は、巨大な熊の毛皮が敷いてあるこの床で十分快適に眠ることができる。

「ではね。また後で。おやすみ」


数時間後、ゲーム内では翌日だが、およそ時間通りにディアスたちのもとに戻ったレアは昼の不在の間のことを尋ねた。

「それで、わたしたちが眠っていた昼の間に襲撃とかはあったのかい？」

〈は。申し訳ありませぬ。未知の魔物の襲撃を受けましたゆえ、撃退してしまいました〉

「申し訳ないってことはないけど。じゃあアンデッド以外が現れたのか。夜はアンデッド、昼は別の魔物が現れるということかな？　この森は」

〈かもしれませぬ。現れたのは木の魔物、倒した骸《むくろ》はいんべんとりの中に収納してございます〉

「植物系モンスターだから、日中は光合成して活発になるということか……？　しかしわざわざ襲ってくるということは、光合成のみでは栄養が足りてない？　まあ動き回れるほど下半身が発達してるなら、それだけ根としては退化しているってことだし、そりゃ栄養は吸収しづらかろうけど……。進化の方向間違えてるよね絶対」

しかしこれは朗報だ。植物系モンスターなど、これほどマジカルな植物はあるまい。これを捕獲するなどして、リーベ大森林に一大農場を建設しよう。

「とりあえず、次に見つけたら捕まえよう。まだ来ると思うかい？」

〈どうでしょうな。まだ日は落ちてませんので、くるやもしれませんが……〉

「ふむ。まあ進みながら考えようか。昼間アンデッドが出てこないなら、距離を稼ぐ機会でもあるし。野営中に襲ってくるくらいなら、移動中にも襲ってくるでしょう」


その、レアの言葉がフラグになったかどうか。

移動をはじめてすぐ、奇襲があった。

「なるほど！　まさにそこらに生えている木に擬態しているのか！　それでスカウトの警戒網にかからなかったんだな！」

野営中ならば向こうから動いて来るしかないため絶対に察知できるが、こちらから移動している場合は向こうはただ待っていればいいだけのため、見つけようがないというわけだ。

しかし突然木がモンスターに変貌《へんぼう》して襲いかかってくるという状況でも、ディアスの指揮するアダマン隊は冷静だった。そもそも冷静でない状態になるのか不明だが。

三〇体からなるアダマン隊だ。周囲を囲まれていたとしても、物の数ではない。戦闘はすぐに終結し、辺りには木材が散乱するばかりになった。

「こいつらは……アンデッドとは別の勢力で、アンデッドと共存しているのかな？　それとも同一の存在が両方支配しているのか……」

いずれにしても、このまま進めばわかるだろう。レアたちは木材を回収すると、歩みを進めた。


一行はそのまましばらく森を進軍した。

それでわかったのは、やはり昼間は植物、夜はアンデッドが襲ってくるということだった。

しかしディアスを見る限り、昼間だからと言ってアンデッドが活動しない理由になっていないように思える。ディアスの格が高いために特別に日中の活動が可能なだけなのかもしれないが。

逆のことが植物モンスターにも言える。つまり彼らはやはり光合成しないと活発に行動できないということなのだろうか。

どちらにしても今のところ襲ってきているのは格の低めと思われる雑魚《ざこ》ばかりだ。リーベ大森林のアリと同程度だろう。

さすがに工兵や歩兵と比べれば強いが、騎兵や突撃兵などと大きな差はない。

リーベ大森林よりも長く成長していると思われる森にしては控えめな戦力だ。この程度の魔物しかいないのなら、わざわざ街道や街を遠ざける必要はないように思える。

それに植物系モンスターはわからないが、アンデッドたちに関しては、ディアスの例を考えると発生したのはここ最近のはずである。街や街道の建設計画の頃《ころ》にはまだ居なかったと思われる。

この森にはまだ何か、隠し玉があるのかもしれない。

「この様子ならさほど警戒は必要なさそうなんだけどね。うちでプレイヤー相手にやっているのと同じく、接待されているという可能性も無きにしもあらずだし、それは頭の片隅においておこう」


その日も予定通りの行程を進み、日が昇る頃に野営地を作った。これで全行程の三分の二を進んだと言えるだろう。

仮にレアがこの森の主《あるじ》で、接待プレイをしていたとしても、ここまで侵入されればさすがに黙ってはいない。レアの基準で言えば侵入者絶対殺すラインはとうに越えている。しかしこの日の昼も前日同様の襲撃しかなかったようだ。もしこの森に支配者階級がいるのだとしても、統制はできていないのかもしれない。

もはやこの規模の部隊でのディアスの指揮能力は疑いようもない。これ以上様子を見る必要はないだろう。余計なデモンストレーションなど考えず、無駄なくクリアするように言いつけ、まっすぐ中心部に向かうことにした。

これまでこの森で遭遇したモンスターの中にアダマンシリーズにダメージを通せるようなモンスターはいない。ならばそのまま進んで、触れるものを適当に殴るだけで十分侵略となる。

そのおかげか、予定より少々早め、その日の日の出も間近になる頃、ちょうど中心部あたりに到

うか。

着した。

「しかし、特に何かあるわけでもないな。ただの森の中だ」

ディアスたちの墓地も中心部からは少し外れていたことだし、森の形もきれいな円形というわけでもない。さしあたっては、ここを仮の拠点として、徐々に周囲に捜索範囲を広げていくべきだろうか。

工兵アリを呼んで周囲の木々から仮設拠点などを建てたいところだが、工兵アリはスガルの配下のため、レアでは狙《ねら》って『召喚』はできない。

「騎士の怨念《おんねん》とかじゃなくて、大工の怨念とか、コックの怨念とかがあれば、アダマン生産職を生み出したりできるのかな……」

できるのかもしれないが、今言っても仕方がない。

しかしどうであれ、この森を支配するなら森を管理運営できる人材が必要だ。レアが『召喚』でこちらに運べる人手は重金属骸骨《がいこつ》たちだけであり、基本的に彼らは戦闘しかできない。

「この森を掌握して管理するなら、やっぱり土着の魔物たちがいいよね。アンデッドや植物モンスターのボスは支配下に入れたいな」

とりあえず、そろそろログアウトの時間だ。一旦ここで戻ることにする。ディアスたちには仮拠点の設営を命じておいた。

ディアスが遠征などもする騎士団の長《おさ》だったのなら、こういう仮設拠点の建造でもある程度指示は出せるはずだ。

レアが戻ったのはゲーム内での翌日の昼過ぎくらいだが、ディアスたちは木材と戦闘中だった。

「おはよう。お疲れ様だね」

〈おはよう御座います、姫。いえ、疲れるというほどのことでもありませぬ〉

「しかし日の高いうちはかなり積極的に襲ってきているようだね」

周囲を見れば多くの木材が転がっている。すでに収納されている分もあるのだろうし、相当な数だ。

「これだけ倒しても襲ってくるってことは、生育サイクルが早いのか、それとも何者かの眷属になっているからリスポーンしてるのか」

どちらだったとしても、制圧できた後の利益は大きい。経験値農場を作るか、テーマパークの二号店を作るか、どちらにも応用できるだろう。

「とりあえずこの木材で木炭でも作ってみたいところだけど、まずは目の前の目的を片付けてからにしよう。楽しみはとっておかなくてはね」

レアは追加でリーベ大森林からアダマンスカウトを『召喚』し、ディアスの下につけた。

「まずは探索を優先だ。スカウトたちの報告を待とう。その間、わたしもこのモンスターたちを伐採してみることにしよう。アダマンたちに傷をつけられない程度の攻撃力しか持たないのなら、わたしにも傷をつけることはできないからね」

〈御意〉

着ていた鎧坂さんが剣崎一郎《けんざきいちろう》を抜き放ち、前線を支えるアダマンナイトに交ざる。アダマンナイト以上の冴《さ》え渡る技量で大木を斬り捨てていく。スキルを発動することさえない。

レアもなにか魔法で援護でも、と考え、思い直した。

「ああ、そういえば。最近あまり使用してなかったから忘れていたけど、こいつらに『使役』をかけてみればテイムされているかどうかはわかるか」

ついでに、植物モンスターに『精神魔法』が通じるかどうかのテストもしておく。

「それ『自失』。……変化なし、かな？　『睡眠』、『混乱』……効かないか。『恐怖』、『魅了』お？　『魅了』は効くのか。なぜだろう。植物系モンスターにも精神はあるけど、一般的な精神構造ではないってことかな？」

効いたのならば話は早い。続けて『支配』にかけ、成功したようなので『使役』を発動する。

これも大した抵抗もなく通り、その植物系モンスター「カンファートレント」は動きを止めた。

そして主君であるレアを見て──いるのかはわからないが、とにかくレアに意識を向けている。

「テイムできるなら話が早い。片っ端からテイムしていこう」

ほどなく、と言ってもただ斬り倒すよりは多少時間がかかったが、襲撃してきていたカンファートレントたちはすべて支配下に入れることができた。

「テイムできた、ということはこの子らは野良《のら》ってことか。じゃあすごい数がいるのか、すごい早さで成長するのかのどちらかってことかな」

彼らのスキルを見てみると、『株分け』や『光合成』などが内包されているツリー『繁茂』というものがあった。植物の成長や繁殖に関わるスキルをすべてこれに集約してあるようだ。アンロックされているスキルを確認すると、たしかに生育サイクルは早そうである。

「変な条件がついてるな。一定範囲で一定以上の密度に同種が増えると枯れていくとか……。たしかにこの能力値でこのスピードで増えていくなら、人間の領域なんてあっという間に森に飲み込まれるだろうけど」

　間引きというか、効率よく面積あたりの最大限の栄養を得られるように、という進化の知恵である可能性も否めないが、それよりは運営のテコ入れのほうが近い気がする。

「この子たちはリーベ大森林でも根付くのかな？　まあ自走できるくらいだし根付くってのも微妙な言い方だけど」

　黙って立っていれば完全に木にしか見えないが、それも人間で言えば足首から下を地面に突き刺しているだけの状態だ。動こうと思えば、足首たる根を引き抜いて歩き出すことができる。

「一番大きな子を連れて帰って植えてみよう。『繁茂』の中の根っこ関係のスキルを伸ばしていけば木として落ち着くかもしれないし。他の子はこの森に置いていこう。こちらで繁殖してもらって、うちの子じゃない連中を駆逐させよう」

『使役』した個体が繁殖した場合はどういう扱いになるのかも気になる。種子から生まれるならまったく別の個体になるのだろうが、アリと違って社会性魔物というわけではなかろうし、ならば別途テイムせねばならないだろう。では『株分け』で増えた場合はどうなるのか。同じ個体が増えるという認識でいいのか。その場合は増えた個体もレアの眷属《けんぞく》なのだろうか。

「それはおいおい調べていこうか」

　あとはアンデッドだ。昼間は姿を見かけないが、特別に強力な個体は昼間でも活動できる可能性がある。その個体が目的なのだから、探索は昼夜関係ない。

スカウトたちにはトレント系はもう無視して構わないから、とにかくアンデッドを探すよう指示を変更した。ボスが森の中心付近にいるのだとするなら、捜索範囲を考えればそろそろ見つかってもいい頃合いだ。

どのみち、直に日が暮れる。アンデッドたちが活発になる時間帯だ。昼でも動いているアンデッドを探すのは大変になるかもしれないが、アンデッドたち全体の行動の傾向を掴《つか》むのはやりやすくなるだろう。

やがて日が翳《かげ》ってきた。『使役』したトレントたちの動きが鈍るような様子はないが、とりあえず木になって休んでおくように命じ、アンデッドの出現を待つ。

〈姫〉

「うん。わかった。行ってみよう」

スカウトからの報告で、すでにアンデッドが活性化している場所があることがわかった。

アンデッドたち全体の活動がまだ本格的に始まっていない今、そこだけ活性化しているならば、そこがアンデッド発生の中心地点か、そうでなくても何らかのキーポイントであることは間違いないだろう。

〈部隊を分けるのはお勧めしませぬが、こちらにいくらか残していかれますか？〉

「いや。全員で行こう。仮設拠点と言っても特に何かあるわけでもないし、トレントたちが寝ているだけだしね。ここを守っても仕方がない」

ここからその場所までのおおよその地形や距離はスカウトからの報告でわかっている。この辺はアンデッドもまだ発生していないし、ここらのトレントは配下にしたため敵が居ない。ゆえに速度優先で移動を開始した。

同じく中心部付近とはいえ、この広さの森だ。移動するにしてもそれなりの時間は要した。

いつの間にか日はとっぷりと暮れ、移動中にもアンデッドが動き始めている。奴《やつ》らは地面の中から這《は》い出してくるため、普通なら奇襲を受けているところなのだろうが、レアとディアスにはどこからくるのか大体わかる。『死霊』にかなり経験値を振っているせいだろうか。見えているモグラ叩《たた》きのようなものである。進路上や隊列の内側など、邪魔になるものだけ踏《ふ》み潰《つぶ》させて先を急いだ。

歩行は鎧坂さんが勝手にやってくれるため考え事をしながら歩いていても特に問題は起きない。アンデッドが湧《わ》いてきそうなときだけそう伝えれば自動的にモグラ叩きもしてくれる。実に快適だ。

〈あれですな、姫〉

森の一角、ひときわ大きな樹《き》の根本に、淀《よど》んだ空気が滞留していた。

視覚的にわかるほどの何らかのエネルギーがあるのか、それとも『死霊』のスキルのおかげで不可視のものが見えているのか不明だが、レアにはそれがはっきりと見えていた。

その中に、ディアスと似た格好をした黒い骸骨騎士が佇《たたず》んでおり、周囲に次々とスケルトンが生まれている。ここが中心地で間違いないだろう。

「知り合いかい？　ディアス」

〈はて……。鎧を見る限りでは同僚である可能性が高そうですが、そうとう風貌《ふうぼう》も変わっています

ので、一概にはなんとも〉

「それはお互い様だろうけどね」

何しろ二人とも骨の顔だ。

ここはレアが行って、さっさとテイムしてくることにする。アンデッドである彼には『精神魔法』は効きづらいため、戦闘力にて屈服させ、無理やり『使役』をしてみることにした。かつてスガルをテイムしたときはそれが可能なほどの戦闘力は無かったが、今なら余裕である。

それにディアスのおかげで、あの彼がどんな攻撃をしてくるか、おおよそはわかっている。意表を突《つ》かれるようなことはない。

「じゃ、わたしに任せて下がって……いや、周りのスケルトンを抑えておいてくれ。できればたくさん支配下に置きたいから、なるべく壊さないようにね」

〈御意。お気をつけて〉

そして黙って頭を下げるディアスやケリーたちを残し、レアはアンデッドのボスのもとへ向かった。近づくとよりはっきりとその異様な空気が感じられる。心なしか、足取りも重い。心なしかというか、実際歩いているのはレアではなく鎧坂さんなので、気の所為《せい》とかでなく本当に重くなっているのだろう。

「……周囲のエネミーにデバフをかけるフィールドを発生させているのか。ディアスより格上だな」

レアがこれまで出会ったことのあるどのキャラクターより強烈な気配だ。

ディアスと同じ時期に発生したのなら、と考えていたのだが、この様子ではディアスよりも遥《はる》か以前にアンデッドとして再誕していたのかもしれない。

「よし、じゃ行こうか鎧坂さん」

『縮地』でボスに一瞬で接敵し、剣崎で斬りかかった。『スラッシュ』も併用している。今のところ、鎧坂さんのこの攻撃を躱《かわ》されたり防がれたりしたことはない。わかっていても対処できない速度の攻撃というやつだ。

「——おお！」

しかし眼前のボスはこれをいなした。躱しきれないと瞬時に判断し、しかも防いでも自分の剣では負けてしまうこともわかって、いなすという行動に出たのだ。

回避を選んでも防御を選んでも対処不可能な攻撃をやり過ごすとは、まさにステータスに表れない強さがあると言えるだろう。やはりディアスの同僚の騎士団長か何かなのかもしれない。

鎧坂さんはその後も攻撃を続けるが、敵も致命打だけは受けないようにうまく立ち回った。

振り下ろしなどの攻撃は大抵いなされ、あるいは躱され、躱しにくい横薙《よこな》ぎも、盾を犠牲にしつつバックステップをして最小限の被害にとどめてみせた。突き攻撃も紙一重の動きで躱し、鎧の一部やマントなどに穴は空いたが、本体の骨部分にはノーダメージだ。

「『フレアアロー』」

その合間に、レアは魔法で牽制《けんせい》する。殺すつもりはないため、足元や肩などを狙《ねら》って行動不能にするのが目的だ。

ボスアンデッドはこの魔法に対応してみせた。しかし直撃はないが、完全に躱せているわけでもない。肩の一部やグリーヴを焦がすことには成功している。動きも精彩が欠けてきているようにも見える。

「『サンダーボルト』」

そこで、速度の違うこの魔法で膝《ひざ》を撃ち抜いた。

鎧坂さんの攻撃を躱しつつ、『フレアアロー』の速度に慣れた目でこれを躱すことは流石《さすが》にできなかったようで、ボスアンデッドはついに地面に膝をついた。

レアは一歩下がり、立ち上がれるのかどうかを観察する。

ボスは手に持っていた剣を杖《つえ》代わりに立ち上がろうとしているが、片膝は完全に破壊されているため、立膝の姿勢を維持するので精一杯のようだ。ＳＴＲやＤＥＸなどの能力値を考えれば片脚でも十分立って戦えるだろうと思えるが、蓄積されたダメージがそれも許さないのだろう。

レアはアンデッドの目を見つめた。とはいえ眼球はすでにないので骸骨《がいこつ》の眼窩《がんか》を見つめるだけだ。

それを見る限りでは、覚悟を決めたと言うか、彼にはもはや敵意は薄いように感じられた。レアの前に屈したと見ていいだろう。

「なら、受け入れてくれるね。『使役』」

何の抵抗もなく、アンデッド——テラーナイト【ジーク】が眷属となった。

「ていうか、今の戦闘が抵抗代わりと言えるのかな」

殴って言うことをきかせた、という意味ではケリーたちの時もそうだったし。

ジークを支配したことで、取り巻きのアンデッドの発生は止まったようだ。

これはジークの持つスキルツリー『死霊将軍』の『徴兵』の効果によるものらしい。一時的にアンデッドを生み出し、意のままに操れるが、日の光を受けると消滅するというスキルだ。コストはLPとMPだった。

〈……そうか、ジークだったか……。久しぶりだな〉

「ォ……ア……アア……アアア、オォォゥ……」

何を言っているのかわからないが、お元気そうで何より、というニュアンスを感じる。この姿のディアスを見てお元気そうと言えるあたり、かなり柔軟な脳を持っているらしい。あるいは逆に、脳がスカスカのため反射的に定型文を返しているだけかもしれない。

とりあえず話が進まないので、何よりも先にインベントリを無理やり教え、フレンドチャットを開通させた。

「これでよし。さて、やっぱり知り合いだったみたいだね。君はディアスの後輩か何かかな?」

〈は、はい。私は第三騎士団長のジークであります。ディアス殿の後輩にあたります〉

かつての彼らの国には六つの騎士団があり、それぞれ職務に違いがあったという。

ディアスの第一騎士団は近衛《このえ》騎士団として、ジークの第三騎士団から第六騎士団は純粋な軍事力として機能していたようだ。そのためジーク率いる第三騎士団は、ディアスたちよりも一兵一兵の質は低いものの、総数は比べ物にならないほど多かった。

ただかつてこの森に遠征したのは第三騎士団の全《すべ》てではなく第一部隊のみのようで、一国の軍事力の四分の一がここに眠っているというわけではないそうだが。

「それだとジークたちがここに眠っていたのはわからないでもないけど、なんで近衛のディアスたちがリーベ大森林まで遠征に来てたの？」

〈姫、近衛が動くということは、理由は一つしかありませぬ〉

「まさか、王族があの森に行ったから……」

〈左様でございます……〉

国家運営の上層部に謀《たばか》られて遠征するはめになったようなことを聞いたが、王族ごと陰謀で葬られたということらしい。

なるほど、それでは近衛騎士団長としては恨み骨髄に徹したとしても不思議はない。当事者がもはや居なかったとしても、その陰謀によって興った国ならば全て滅ぼしてしまいたいというのも頷《うなず》ける。

レアとしても、ゲーム内での目的を定めるに際していいモチベーションになるというものだ。

昨今のＶＲＭＭＯの傾向として、プレイヤーキャラの成長に重きを置いて楽しませていく方向にシフトして来たためか、メインストーリーのようなものはあまり好まれなくなって久しい。

その代わりＡＩなどによって自動生成されたショートクエストのようなものが星の数ほどちりばめられていたりするのだが、基本的には明確な目的を持たないゲームが多い。

このゲームもその系統で、シナリオ上明確に決まった目的は一切無い。

しかし、自身の成長のみを楽しみにプレイするプレイヤーが多いのは確かだが、やはりゲームに何らかの目的を求めるプレイヤーもいる。

連続性のあるクエストをクリアしていくことに楽しみを見出《みいだ》す者もいれば、運営が用意したレイドボスなどの「人類の敵」となるようなモンスターを倒すことを目的とする者もいるのだ。

ジークやディアスの話を聞いて、レアもそういったことをしてみたいと考えた。

これは言うなれば、眷属《けんぞく》となったＮＰＣに発注されたクエスト「人類種国家を滅ぼそう！」を受けたと考えることもできる。最終目的は国家というレイドボスだ。

レアはワクワクしてくるのを感じた。

「それじゃ、ジークも今大陸を支配している六国家を恨んでいるのかな？」

〈私は……ディアス殿のように、守るべき方が謀殺されるのをその目で見ざるを得なかったというわけではありませんので、ディアス殿と同じ感情なのかはわかりませんが……。

ただ少なくとも、私が国に忠誠を誓っていたのは確かであり、ここで果てていった部下たちに責任を感じているのも確かです。その想《おも》いを昇華させる方法がその六国家とやらの滅亡にしかないならば、私はディアス殿と共にレア様のもとで剣を取りましょう〉

「そうか。ではそうしよう。と言っても、わたしもずっと森の中に引きこもっていたからね。実際のところ六国家ってのがどういう国なのか伝聞でしか知らないんだ。滅亡条件てのをどこに定めるかも大事だけど……」

今のところ、国家滅亡を悲願にしているのはこのアンデッド二人である。つまり魔物だ。ならば、今回のように魔物の領域を手中に収めていき、いずれはその領域を広げ、人類種の住むエリアすべてを飲み込んでしまえば、それはもう国が滅んだと言っていいのではないだろうか。

「──といった方向でどうかな」

〈素晴らしいですな、姫〉

〈その暁には、レア様。レア姫様に新たに国を興していただき、虐げられた魔物たちによる統一国家を樹立いたしましょう。

我らが忠誠を捧《ささ》げた王族の血筋は絶えて久しいでしょうし、ならば新たに忠誠を捧げたレア姫様こそ君主にふさわしいかと〉

ジークは思ったより面倒くさい性格をしているようだ。だが現時点でもアリの王国の君主をやっていることだし、仮に国を興したとしても適当な眷属に丸投げしてしまえばいい。そう思えば気も楽だ。

「よし、ではまずはこの森の掌握だね。ジーク君は配下は……おお、けっこういるね。森中に散らばってるのか。じゃジーク君にはこのままこの森をプレ――人間たちを飲み込む魔の森として運営してもらおう」

ジークの話では、この森は少なくともジークが目覚めてからは入った人間は生きて帰したことがなく、ゆえに帰らずの森などと呼ばれめったに人の立ち入りはないようだ。昼間もトレントたちが初見殺しで確殺するため、この森にどういった魔物がいるのかも知られていない。

しかし、ジークたちが殺した人間の中にプレイヤーが交じっていれば話は別になる。トレントは認識する前に殺されたとして見られていないと仮定しても、夜はアンデッドが出ることはプレイヤーならばわかるだろう。プレイヤーは殺したとしても勝手に街で蘇《よみがえ》るからだ。

「昼間はわたしの配下のトレントたちに接客をさせることにしよう。もし夜にも来るようなら、ジークの眷属の中で弱い者たちに適当に戦わせて、適度に勝たせてあげるんだ。そうしてたくさんの人間を呼び込んだほうが、結果的にたくさん殺せることになる」

〈仰《おっしゃ》る通りかと。レア姫様に眷属にしていただいて以来、頭の中がなにやらスッキリしたようで、

これまで長い間無為に彷徨《さまよ》っていたのが嘘《うそ》のようです〉

能力値的に考えればレアの『眷属強化』でＩＮＴとＭＮＤが上がったせいなのだろうが、この劇的な変化はそれだけではないように思える。『使役』されることによって、能力値以外にも何らかの変化がＡＩに起こってもおかしくはない。

「まぁスッキリしたなら何よりだよ。では、そうだね、ディアスに色々と話を聞いておくといい。ディアスはこれまでわたしの傍《そば》に控えて色々と見ていたから、森の運営についてもアドバイスできるはずだ。一段落ついたら連絡してくれれば『召喚』で戻すから……」

〈む。致し方ありませぬな。姫におかれましては、儂《わし》のおらぬ間にあまり無茶などされませんよう……〉

「わかってるよ。あ、そうだ」

レアはジークが居座っていた場所、その後ろの巨木を見上げる。

「これってただの木なの？　それともトレント？　夜だから動かないしわかんないな……」

〈いえ、私が知る限りではこれが動き出したことはありません〉

「そう。でも、面倒くさいとか、ジークにちょっかいかけるとダメージが大きそうだからとか、そういう理由で寝たフリしてる可能性もなくはない……か。よし、試そう」

今活動していないとしても、仮にモンスターであれば自我があることに違いはない。『精神魔法』をかければ何らかの反応はあるはずだ。

「『魅了』」

ざわり、と枝葉が揺れた。

「ボス！」

「大丈夫！」

慌てて庇《かば》おうと駆けてくるケリーを手で制す。レアの主観では『魅了』にかなりの抵抗があったが、いけそうな気がする。

最初から効かないタイプの魔物を除けば、『魅了』にここまで抵抗されたのは初めてだ。

しかし、やがてその抵抗もねじ伏せられた。

「ふふ！　やはりね！　君もトレントだったか！　『支配』！」

すでに『魅了』にかかっているにもかかわらず、『支配』に対してもかなりの抵抗があった。もしかしたら上位種なのかもしれない。大きいだけではないようだ。

「でも、これまでだ。『使役』」


やがて、ざわざわとさざめいていた枝葉の揺れが止まる。

レアの『使役』は受け入れられた。

相当上位の魔物だったらしい。最初の『魅了』は能力値の高さと特性によるボーナスで通すことができたが、もしかしたら本来レアではまだ『使役』できない格の魔物だったのかもしれない。

しかし、例えばジークを畏《おそ》れて動かないでいたのだとすれば、戦闘力のみに限って言えば彼より劣るということになる。レアの『使役』に屈したのも、そのジークを一対一で下した戦いを視《み》ていたからかもしれない。

「なるほど。『エルダーカンファートレント』か。さっきの子たちより上位のっ――」

《眷属が転生条件を満たしました。あなたの経験値五〇〇〇ポイントを支払うことで転生できます。眷属の転生を許可しますか？》

突然のシステムメッセージである。しかも、その内容は転生に関するものだ。

まさか自身より先に眷属がその条件を満たすとは思ってもいなかった。

しかしこれは絶好の機会でもある。条件がなんなのかは後ほど考える必要があるが、今はこのチャンスに乗るべきだ。そう──

〈たとえ多少の経験値を支払っ──五〇〇〇!? 高っ！〉

さすがのレアといえど、五〇〇〇もの経験値をぽんと支払うのは大きな抵抗がある。払えない額ではない。払えない額ではないが。

「ローンとか……ないものかな」

〈姫？ どうかされましたか？〉

「いや、なんでもないよ、ちょっと待っててくれ……」

《タスクを保留します》

「いや君に言ったわけじゃな……なんでもない、いや助かるよ」

もはや混乱の極みだ。

しかし、ここは無理にでも冷静になって考える必要がある。

この転生のチャンスは今だけなのだろうか。このタイミングを逃したとして、次はあるのか。

この条件というのが、レアがこのトレントをテイムしたことに端を発しているのは間違いないだろう。問題はその条件が「テイムされた時」なのか「テイムされている場合」なのかということだ。

前者ならばチャンスは今しかない。だが後者ならば今後の任意のタイミングで転生が可能ということになる。時と場合の違いによってタイミングを逃すというのはよくある話だ。一部界隈《かいわい》では。

試してみるべきだろうか。しかしリスクも大きい。このチャンスをふいにすべきではない。

加えて純粋に好奇心に勝てそうにないということもある。

なにしろ経験値五〇〇〇だ。普通にそんな経験値をほいほい稼げるキャラクターがいるとは思えない。一体誰がこんなものを転生させられるというのか。

そう、レア以外の誰が。

(よし、払おう。転生を許可する)

《転生を開始します》

すると、エルダーカンファートレントが枝を震わせ、なにやら光の粒のようなものを撒《ま》き始めた。枝葉や幹全体をその粒が覆い、木全体が輝き始める。

〈こ、これは⁉〉

「ボス⁉　いったい……」

ケリーたちもこの木がすでに仲間であることはわかっているため、危険を感じたりはしていないようだが、それでも驚くべきことには変わりない。

ディアスたちは昔は生きた騎士だった者が今はアンデッドになっているので、どこかで転生を経験しているはずなのだが、客観的に転生という現象を見たことがないのかもしれない。

やがて光に包まれたトレントがその全身を震わせると、メキメキと音を立てて成長し始めた。もともと森の中で最も高かったであろうその高さも更に伸び、先端など下からでは全く見えない。

幹も相応に太くなり、レアたちも後ずさっているが、もともとジークが居たであろうあたりはすでに広がった幹に地面を割られ、土が盛り上がっている。

するとレアたちの背後の木々が突然倒れはじめた。何事かと思えば、エルダーカンファートレントの伸ばした根が進路上にあった木を地中からなぎ倒したらしい。現実ではとてもありえない光景だ。

いや、もうエルダーカンファートレントではない。

レアの見ている画面では、種族名は「世界樹」になっていた。

「なるほど……。それは、五〇〇〇も経験値を取られるわけだ」

《特殊条件を満たしました。「ハイ・エルフ」に転生が可能です》

「──なんだって？」

誰が、と考えたが、眷属がとか付いていないのでレアのことなのだろう。

あれほどしたかった転生だが、急に言われると困惑しかない。

しかし、やらないという選択肢はない。しかも今度は種族名まで先に教えてくれている。

プレイヤー自身と眷属の違いということだろう。もしかしたら先程もエルダーカンファートレントのほうには「世界樹に転生が可能です」と虚《むな》しくシステムが囁《ささや》いていたのかもしれない。

当然受諾する。考えるまでもない。条件もわかる。タイミングからすれば、おそらく「世界樹を支配下に置くこと」だ。

《追加で経験値二〇〇ポイントが必要です》

支払いに何の躊躇《ためら》いもない。とてもリーズナブルだ。しかし忘れてはいけないが、世界樹の五〇

○○が破格に高いのであって、ハイ・エルフの二〇〇も本来かなり高めの設定である。
《転生を開始します》

するど、なんともいえない、くすぐったいような、不思議な感覚が溢《あふ》れてきた。目を開ければ、先程のトレントと同じなのだろうか。非常に眩《まぶ》しい。

〈姫⁉〉

「ボス！」

眷属たちの心配そうな声が聞こえてくるが、心配は要らないと軽く手を上げる。

こちらの変化はすぐに終わり、やがて光も収まったようだ。エルダーカンファートレントから世界樹に変化するのと違い、エルフとハイ・エルフでは体格的にそれほど差がないからだろうか。

しかし妙な全能感というか、一気に能力値に経験値をつぎ込んだ後のような感覚がある。

実にいい気分だ。

「――今、わたしはハイ・エルフに転生したわけなんだけど……どうかな？　どこか変わっているのかな？」

「はい、あの……。顔立ちは変わっていない……はずなのですが、なんというか、前より美しくなられたような……？」

「ですね……。それと髪が伸びています。あと耳も」

マリオンについでのように言われたが、普通は耳が髪のように伸びたりはしない。十分異常なことだ。外見的にはそれがエルフとの差異ということだろうか。

ケリーの言う美しさというのは、おそらく種族特性のこれだ。

種族特性　：超美形
あなたの種族は非常に美しい。あらゆるものたちは、その足元にひれ伏すためにいるのだ。
ＮＰＣからの好感度にプラス補正（大）。
支配下にあるキャラクターに常に戦意高揚効果。

まさに支配者階級と言える種族である。

それと、明らかに『使役』を前提としたスキルツリーが増えていた。アンロックされたというわけではなく、取得状態でだ。おそらく種族固有のスキルだと思われる。

まさか『使役』もないのにそんなスキルを持って生まれるとは思えない。そう考えると、どうやらハイ・エルフというのは生まれながらに『使役』を持っているらしい。

運営からのシステムメッセージにあった、貴族などの一部ＮＰＣによる『使役』とは、もしやこれのことだろうか。

つまりエルフの国の貴族階級は、すべてハイ・エルフだということなのかもしれない。そしてヒューマンなどにも上位種が存在し、たとえばヒルス王国の支配者階級はその上位種であるのかもしれない。

レアはあの運営のアナウンスを見て、国家と対立する場合は貴族などから『精神魔法』が飛んでくることを警戒していた。

『使役』の取得条件に『精神魔法』があったからなのだが、これを見ると必ずしもそうとは限らない可能性がある。スガルと同様に、種族特性として初めから『使役』を取得しているならば、『精神魔法』も『死霊』も『召喚』も持っていないかもしれない。

「思いがけず世界樹を手に入れることには成功したけど、賢者の石を作りたかったそもそもの目的である転生も同時に達成してしまったな……。まぁ、いいか。もし例の炭酸マジカリウムが世界樹の灰のことだとしたら、賢者の石もたくさん作れそうだし、そしたら好きなだけオモチャにできるでしょう」

加えて、エルダーカンファートレントを配下にしたことで、なぜあれが動かずにじっとしていたのかもわかった。

そもそもカンファートレント自体、アンデッドとは相性が悪いようだ。

彼らは例えば世界樹のような、生命あふれるものや清らかなるものに属する魔物のようで、それはアンデッドとは正反対の性質と言える。

故に足元のジークが撒き散らす瘴気《しょうき》によって常に弱体デバフを受けていた。動いたとしてもジークと戦うには分が悪い。そのためジークがアンデッドとして目覚めてからは全く動くこと無く過ごしていたらしい。

レアの『魅了』が成功したのも、その弱体デバフが効いていたお陰かもしれない。

他のトレントたちが昼間しか活動していなかったのも、光合成が理由というより夜はアンデッドがひしめいているので体調が悪くなるからという理由のようだ。

「そういうことなら、ここにジークたちを置いていくのは問題だな……。世界樹君にはこの森を管理してもらい、アンデッドたちはわたしの森に連れて行こう。仕事はたくさんある。先輩のディアスに聞いて、適当にやってくれ。アンデッドたちはリーベ大森林に放って、侵入する人間の接待だ」

〈御意。新人教育は儂《わし》にお任せください〉

〈はは。なんだか懐かしいですね、ディアス殿に教育されるとは〉

いい雰囲気のようで何よりである。ビジュアルは二人とも死んだような目だけれど。

「さて、じゃあ帰って研究の続きだ。あそうだ、世界樹君、申し訳ないのだけど、君の枝を一本くれないか？」

第八章　魔王降臨

世界樹から貰《もら》った枝は街なかの街路樹ほどのサイズがあった。

巨大な世界樹にとってはこの程度は指先の爪を切ったくらいの感覚なのかもしれないが、これだけあれば色々なことができる。

これを加工し、木炭や灰を作って実験に使う。残った部分で杖《つえ》でも作製し、魔法発動に寄与する武器が作れないかも試してみたい。

「杖の作製は『木工』でいいのかな？　あ、そういえば弓とかも作れるなこれ。リーベ大森林内にいる鹿型とかの魔物の腱《けん》とか撚《よ》り合わせて弦にして……膠《にかわ》ってあったかな？」

「膠はその腱などからできますよ。あと皮をなめしたときの廃棄物からも作れます」

「あ、レミー久しぶり。世界樹を配下に収めたから、何か作れそうなものがあったら作ってみてくれないか」

「はい。そうお聞きしたので参上しました」

女王の間に戻ったレアが独り言をつぶやいていると、レミーがやってきて言葉を拾ってくれた。レミーは現在エアファーレンの街で道具屋のようなものを営んでいるが、今日は賢者の石を造るということで手伝いに呼んだのだ。

「うちには木工武器が少ないなと思ってね。世界樹とは言わなくても、木工に適した木材自体はたくさんあると思うのだけど、どうして作ってなかったんだったかな」

「必要がなかったからでは？　あえて木材で作る武器といえば、仰《おっしゃ》るように杖や弓、あと槍《やり》などの長物の柄くらいです。どれもアリには必要ありませんので」

「ああ、そういえばそうか」

アリの主兵装はその顎《あご》と腹の先にある毒針である。そもそも武装が必要ない。アダマンシリーズにしても、一応低ランクの武器を装備させてはいるのだが、自身が直接殴ったほうが攻撃力が高い。木製の武器の出番はなかった。

「まあでもこれからスケルトン部隊も増えることだし、弓なんかがあってもいいかもしれないね。世界樹製のものは作るとしてもレミーやライリーたち用になるかな。普通の木材か、トレントの残《ざん》骸《がい》から作った杖なんかはアダマンメイジたちに装備させてみてもいい」

世界樹のあの様子なら今回もらった枝程度ならいくらでも用意できそうではあるが、表に出すのは避けたい。実際に製作して性能試験などをしてみなければわからないが、あまりに強力すぎる武器が流出してしまえば自分たちの首を絞めることになる。

「じゃあ、とりあえずは木炭かな。ちゃんとしたもの作ろうと思ったら一週間はかかるんだっけ？　それはそれでやっておいてもらうとして」

「はい。お預かりします」

木炭用に切り分けた世界樹の木材をレミーに渡す。切ったのは壁にかけてあった剣崎《けんざき》だ。ほぼ常に一緒にいるためか、最近ではこうした場合レアの意志を汲《く》んで自動的に行動してくれる。

「残った分を少しだけ、灰にしてみよう」

しかしこの場で行うのは気をつける必要がある。レアやレミーが取得している攻撃用の『火魔法』は火力が高すぎ、どれだけ手加減して調整しようとしても女王の間内部くらいならまるごと焼き尽くすほどの威力がある。『フレアアロー』などの単体用の魔法でも、直撃させれば勢いで砕け散ってしまうだろう。

「あ、いいこと考えた。『哲学者の卵』」

レアはスキルで水晶の卵を出現させた。そして手に持っていた木片を近づけ、卵の中に飲ませる。

「よし、『加熱』」

そして水晶ごと『火魔法』の『加熱』で温めた。温める、と言ってもレアの高ＩＮＴから繰り出される魔法だ。内部温度はすぐに数百度を超える。

レアの見ている前でやがて木片は自然発火し、燃え上がった。そこで『加熱』をやめ、あとは見ているだけにする。

水晶は密閉されているためか煙などは出てこない。しかしどこからともなく酸素などは供給されているようで、火が消える様子はない。実にマジカルな容器である。

しばらくすると火が消え、後には灰になった世界樹が残された。

「ううん、これで木炭作れないかなとも思ったけど、普通に燃えちゃったな。マジカルなのも考えものだね」

「『アタノール』などを使用すれば、あるいは可能かもしれません」

「ああ、そうだね。また実験して報告してくれ」

「はい、ボス」

完全に火が消えてしまうと、水晶は勝手に割れ、消えていく。

「やっぱり割れちゃうのか。すごい無駄にMP使った感あるけど、仕方ないか……」

床に落ちた灰を拾い上げ、しげしげと眺めた。

水晶の中にあった時はよくわからなかったが、こうして見てみるとわずかにきらきらしているように見える。この部屋の薄暗さを考えれば、この灰自体が発光しているのかもしれない。

「さすがは世界樹の灰といったところかな。さて、レシピは……」

『大いなる業』のレシピをざっと確認してみる。やはりこれは「世界樹の灰」で間違いないようで、かなりいろいろなレシピの素材として扱われているらしい。これによっていくつか新たに製作可能になったアイテムがあった。

そして当初の目論見《もくろみ》通り、暫定賢者の石もそのひとつだ。やはり最後のピースはマジカルな木材の灰でよかったようだ。

ただし、レシピに表示されているのは「世界樹の灰」ではなく「トレントの灰」だった。トレントを灰にした覚えはないので、世界樹の灰でもトレントの灰として認識されたということだろう。他にアンロックされたアイテムの素材には「世界樹の灰」と書いてある物もあるため、これが世界樹の灰であることは間違いないはずだ。

ということは、上位の素材を目にした場合は下位素材の分もアンロックされるということなのかもしれない。

そういうことなら、使うのは上位素材でも構うまい。むしろなるべくいい素材を使ったほうが面白い結果が得られそうである。

「後でトレントの灰でも試してみよう。さて、じゃあ早速作ってみようか」

輜重兵《しちょう》アリを呼び、彼女のインベントリに収められている必要素材を準備する。

水銀。

硫黄《いおう》。

鉄。

リーベ大森林の牧場で最強と思われる熊型魔物の心臓。

経験値をじゃぶじゃぶつぎ込んだ工兵アリのギ酸。

そして世界樹の灰。

これらを『哲学者の卵』に入れ、『アタノール』で加熱する。

いつものようにマーブル模様が現れた——のはいいのだが、今回はこの時点ですでに虹色《にじいろ》に光っていた。いつもならマーブル模様の後に『大いなる業』を発動し、そこで初めて輝いていたはずだ。

もう何千回も行ってきた作業のため、それは間違いない。

「大成功フラグとかそういうものかな？　大昔にあった錬金術師のゲームではそのような演出があったりなかったりしたようだけど。まあ光ってる分にはいいよね。よし『大いなる業』発動だ」

レアのスキル発動と同時に、水晶がひときわ大きく輝く。水晶の中というよりも、水晶の卵そのものが輝きを放っているかのように見える。目を開いて見ていられないほどだ。

やがてその光も収まったようで、目を開けてみると『哲学者の卵』が無くなっていた。

代わりに、通常の鶏卵ほどのサイズの水晶の卵が宙に浮いている。

「水晶が小さくなったのかな？　これは……容器になったのか。中のこの赤い液体が賢者の石ということかな」

手に持った瞬間、なんとなく使用方法がわかった。マニュアル付きらしい。

「――なるほど、魔法やスキルと同じで、発動キーを言葉にすれば自動的に水晶が割れ、中の液体が対象に吸収されるのか。効果は……よくわからないけど、存在の格を二段階まで上げる、ようなイメージかな。悪い効果とかはなさそうだけど、これは……」

説明がアバウトすぎる。賢者の石としてイメージされている効果としてはぴったりなのかもしれないが、自分自身にいきなり使うのは少々躊躇《ためら》われる。

「実験台がほしいところだけど。その前に、まずは量産できるかどうかを試してみなければね」

「僭越《せんえつ》ながら、わたしが実行しても同様のものが出来上がるのかどうかも検証してみるべきかと」

「ああそうだね、能力値や他のスキルの影響もあるかもしれないし。それも含めてたくさん作ってみよう。なに、材料が足りなくなったらまた取りに行けば良い。牧場とか向こうの森とかに」

その後二人でめちゃくちゃ賢者の石を量産した。


「――だいぶ作ったね。これだけあれば適当なことに使っても惜しくないってくらいにはできたかな」

賢者の石の作製はレアがしてもレミーがしても変わりはなかった。しかし経験値をあまり与えていない工兵アリのギ酸や、通常のトレントの灰などを使用した場合は変化があった。

『アタノール』で熱した時点での輝きがなかったのだ。マーブル模様にうっすら光ってはいたが、それはこれまでやってきた通常の反応と同様だ。おそらく大成功ではないということなのだろう。

完成品も並べてみればその違いは明らかだった。世界樹の灰などを使用したもののほうが鮮やかな赤色をしている上に、仄《ほの》かに輝いて見える。

「手に持ってみれば親切マニュアルのおかげで一発でわかるんだけど、くすんだ色のほうは存在の格を一段階のみ上げるみたいな効果になってるな。つまり世界樹の灰とか使ったほうは倍の効果ってことか」

ギ酸のみランクを下げたものや、灰のみランクを下げたものも作製したが、どちらもくすんだほうが出来上がった。両方とも高ランクの物を使用して初めて輝く賢者の石ができるということなのだろう。

「まずは格をひとつだけ上げるほうを実験してみよう。最終的にわたしに使用してみることを考えると、できればわたしに近いもの、素材とかアイテムとかでなくて、キャラクターがいいのだけど。立候補者は……」

〈そういうことならば、儂が実験台になりましょう。儂らはアンデッド。すでに死んでいるため、歳《とし》を重ねることで成長することはありませぬ。成長の機会が得られるならば、それは大きな戦力の向上に繋《つな》がりましょう〉

「ううん……。できれば幹部級の子たちには、輝くほうを使いたいところだけど……。マニュアル見る限りでは、二回使えば同じことかな……。でも使用制限とかあったら困るしな……」

〈それでしたら、私の配下のスケルトンナイトではどうでしょうか？　アンデッドが実験台に相応《ふさわ》しいのはディアス殿がおっしゃった通りですし、スケルトンナイトならば一体一体すべてにそのア

イテムを使用するなどということはないでしょう。一度しか使えないアイテムだったとしても問題ないのでは〉
「……そうだね、成功したならボス級として運用すればいいわけだしそれで行ってみよう。一人連れてきてくれるかな」
〈御意。『召喚：スケルトンナイト』〉

女王の間にスケルトンナイトが一体召喚された。

ジークがスケルトンナイトに状況を説明し、スケルトンナイトが頷《うなず》く。まるで普通の会社の上司と部下のようだ。

「よし、ではきみ、これを持ってくれ。持ったなら使い方がわかるはずだ。君のタイミングでいいから、自分自身に対して使用してくれないか」

迷う様子もなく、すぐにスケルトンナイトはその水晶の卵を掲げた。

すると水晶が光になって砕け散り、中の赤い液体が赤い粉のようになってスケルトンナイトに降り注ぐ。重力によって降り注いでいるというより、スケルトンナイトに引き寄せられるように動いているように見える。スケルトンナイトに触れた赤い粉は、そのまま粉雪が溶けるように骨の身体《からだ》に染み込んでいく。

すべての粉がスケルトンナイトに溶け込むと、やがてスケルトンナイトが輝き始めた。世界樹のときに見たあの光だ。

「転生が始まるようだね。やはりキャラクターの格を上げるというのは、格上の存在に転生するという意味で間違ってないようだ」

程なくして光が収まると、それまで着ていたボロボロの鎧《よろい》ではなく、正規の騎士が着ているような立派な鎧を身に着けたスケルトンが立っていた。骨の身体自体も全体的に骨太になり、上背も高くなっている。

〈スケルトンリーダー……に転生したようです。彼は一兵卒だったので、隊長クラスに昇格したと考えればよろしいかと〉

「なるほど。一ランク昇進したということで良さそうだね」

現在、スケルトンリーダーが少ないようなら、この賢者の石を使用して何名か増やしてもいいかもしれない。あるいはスケルトンメイジに使用し、魔法系の上位種族に転生させて、レアたちの勢力全体の魔法能力の向上を図ってみてもいい。有用性は計り知れない。

ただあまり転生させすぎると、当初予定していた「程良く弱いエネミー役」が居なくなってしまうので注意が必要だ。

「素材とかのアイテムに試すのはいつでもできるから後でいいか。じゃ、次は連続使用ができるかどうかだね」

レアはもう一つ同じものを差し出した。受け取ったスケルトンリーダーはしばらくそれを見つめていたが、やがてレアに返し、首を振った。

〈どうやら一日は再使用ができないようです〉

「クールタイムは一日か。使用制限は無いようで良かった。これなら材料のある限りは転生を繰り返せるってことになるのかな？　そんな馬鹿な話はないと思うけど……」

無限に繰り返し強化に繋げられる作業など、運営が最も嫌うバグだ。

最優先でデバッグされるだろうし、その手の挙動はシステムＡＩのバグフィックス機能に常時監視されているはずである。

とりあえずクールタイムが終わったら、また彼に協力してもらい、スケルトンジェネラルなどに転生できるのか試してもらいたい。

「さて、次はこの輝く賢者の石を使ってみようか。ディアス、試してみるかい？」

〈よろしければ、ぜひ〉

ディアスはレアが差し出した輝く水晶の卵を恭しく受け取った。

そんなつもりは無かったのだが、何か大層なアイテムを配下に下賜したような空気になってしまった。

卵を受け取ると、ディアスはそれを両手で頭上に掲げた。その仕草も実に堂に入っており、まるで聖騎士が何かの神聖な儀式でも行っているかのようだ。骸骨《がいこつ》だが。

輝く賢者の石も同じように水晶が光になって散った。先ほどと同じように中の液体は赤く輝く粉となり、ディアスに向かってゆっくりと吸い込まれていった。

《眷属《けんぞく》が転生条件を満たしました》

《「デスナイト」への転生を許可しますか？》

《あなたの経験値一〇〇を消費し「デスロード」への転生を許可しますか？》

「――なるほど。二段階まで格を上げられるっていうのは、どっちか選択できるってことか」

ディアスは直接の眷属のため、レアに許可を求めるメッセージが来たのだろう。テラーナイトからデスナイト、デスナイトからデスロードへの転生が可能だということだ。

「これ、わたしのハイ・エルフとかと違って、種族ってよりはなんか職業みたいだけど、そういう生態の魔物ってことで納得するしかないのかな」

とりあえず、せっかくいいほうの賢者の石を使用したのだし、経験値を支払い「デスロード」への転生を許可しておいた。

ディアスが光に包まれ、その姿が変わっていく。禍々《まがまが》しいオーラを漂わせていた鎧は少し大人しくなり、しかし鎧自体の重厚感や装飾は豪華になったようだ。骨の身体だった本体にも皮がついたというか、骸骨というよりミイラのようになっていく。しかし眼球は無く、眼窩《がんか》の奥には赤い光が揺らめき、点滅している。これは目を瞬《しばた》いている状態とかだろうか。

〈おお……なんという……。これは、生前以上の力の漲《みなぎ》りを感じますぞ……〉

「かなりかっこよくなったね。子供が見たら一発で泣きそうだけど。スキルも……取得可能なものが増えている。この『瘴気《しょうき》』はジークも持ってるやつかな。広範囲バフ・デバフ系のスキルツリーだ。味方アンデッドにバフ、敵対勢力にデバフって感じの。どうやって敵性を区別するのかな？」

おおむね、実験としては成功と言っていいだろう。この調子で幹部級のキャラクターは全《すべ》て上位に転生させてしまいたい。

「でも転生に経験値を必要とするケースもけっこうあるし、一度にみんな、ってわけにはいかないかも」

さらに、今のように新たにスキルの取得が可能になったということは、逆に取得不能になるスキルも存在するかもしれない。

レアもハイ・エルフになったことで新たに『光魔法』などの取得可能スキルが増えているため、可能なら初見のスキルは全て取ってから次の転生を行いたい。基本的には上位互換の種族になるようなので、後からでは取れないということはさほど無いと思うが、警戒するに越したことはない。何しろ転生についての情報がまだほとんどないのだ。

「しばらくは経験値稼ぎに徹しようか。急ぐようなことでもないしね」

〈いえ、姫だけは先に転生を済まされたほうがよろしいでしょう。ハイ・エルフのときのように、配下に対してプラスの効果を及ぼす特性などの発現がありうる以上、姫の強化だけで全体の戦力の大きな向上になります〉

「ああそうか……。それもそうだ。じゃあ、まずはスキルを取得しておいて……」

レアはハイ・エルフへの転生時に新たに増えた『光魔法』を開放し、『支配者』のスキルツリーに経験値を振った。


『支配者』は配下全体に対して効果のあるスキルばかりのツリーで、『配下強化』というスキル群や一日に一度だけ配下の誰かと自分の場所を瞬時に交換する『キャスリング』などがある。

『キャスリング』は明らかに配下がいることを前提としたデザインだ。ハイ・エルフが生まれながらに『使役』を持っているのではと判断したのはこれが見えていたからだった。

『配下強化』は『眷属強化』と同様の効果だが、対象が「自身の支配下にあるすべてのキャラクター」と非常に範囲が広い。眷属の眷属にも適用されるようだ。この書き方ならば、もしかしたら

『支配』や『死霊』などで一時的に支配下に置いた者たちにも適用されるのかもしれない。

『光魔法』のツリーは他の魔法と似たような構成だったが、これを取得した時『植物魔法』がアンロックされた。『光魔法』と別の何かが取得条件だったのだろう。有力なのは『地魔法』か『水魔法』あたりだが、どちらにしてももう検証はできない。

さらにどれがキーになったのかは不明だが、『神聖魔法』というのも増えている。これも取得しておいた。

他にも取得するたびにアンロックされていくスキルが増えていき、きりがない。しかしここまできたら全部取得しておきたい。あの時取っておけば、と後悔するくらいなら、これからもっと稼がなければ、と悩むほうがずっと建設的だ。

それに全てのスキルを取得したところで、世界樹につぎ込んだ五〇〇〇と比べれば雀《すずめ》の涙である。

レアとレミーが賢者の石を量産したことで得られた経験値もある。賢者の石はやはり最上位かそれに近いアイテムのようで、総経験値消費量の多いレアが作製しても経験値を得ることができた。

「──こんなところかな。かなり使ってしまったけど、これだけ残っていれば転生の時に経験値を要求されても支払えるでしょう」

レアは輝く賢者の石を持ち、使用を宣言した。声を出せない種族などはどうするのかと思っていたが、先程のディアスたちを見る限り、声を出せないなりに発声に代わる発動キーなどが設定されているのだろう。

「『賢者の石』を発動」

これまで見たように、水晶が光に溶け、赤い液体が粉となりレアに溶けていく。すべての赤い光がレアに吸収されると、システムメッセージが聞こえた。

《「賢者の石グレート」を使用しました》

《転生条件を満たしました。精霊に転生が可能です》
《転生条件を満たしました。経験値三〇〇〇ポイントを支払うことで精霊王に転生が可能です》
《特殊条件を満たしています。ダーク・エルフに転生が可能です》
《特殊条件を満たしています。魔精に転生が可能です》
《特殊条件を満たしています。経験値三〇〇〇ポイントを支払うことで魔王に転生が可能です》

「ちょっと待ってくれ、情報量が多い……！」

《タスクを保留します》

いつも通り待ってくれたところで、順番に確認していく。

まずはアイテム名だ。あれはどうやら「賢者の石グレート」という名前らしい。賢者の石ではなかったようだ。いや、今それは重要ではない。

最初に提示された「精霊」というのがハイ・エルフの上位種だろう。これがハイ・エルフの一ランク上の種族だと思われる。次に「精霊王」というのがそのさらに一ランク上の存在で、それに至るには追加で経験値が三〇〇〇必要だということだ。世界樹並、とまでは言わないが、あれと同じ桁《けた》の要求額である。

そして「ダーク・エルフ」だ。ここから「特殊条件を満たした」とあるからには、おそらく特殊ルートの転生か何かだと思われる。それがレアの持つ多くのスキルの組み合わせによるものか、何か全く別の条件があるのかは不明だが。

その後の「魔精」と「魔王」の関係を見るに、ダーク・エルフがハイ・エルフ相当、魔精が精霊相当で、魔王が精霊王相当ということだろう。光系の属性に偏っているか、闇系の属性に偏っているかの違いだと考えればいいのか。

「どうしたものだろうか……」

単純化してみれば、究極的には二択にすぎない。つまり、精霊王になるか、魔王になるかである。どちらにするにしても、まずは大きな問題がある。

「……経験値が足りないな」

まさか四桁も請求されるとは。

こんなことならスキルの取得を後回しにすべきだったかもしれない。いや、転生によって取得条件を満たさなくなるスキルがあったかもしれない以上、あれは必要な工程だった。さすがに魔王ルートに転生した後に『神聖魔法』を取得できたとは思えない。

このタスクの保留というのはいつまで待ってもらえるのだろうか。

しかし仮に待ってくれなかったとしても、輝く賢者の石――賢者の石グレートを一本無駄にするだけだ。このまま時間切れになり、それで使用した扱いになったとしても、一日待てば再使用が可能なはずだ。

とりあえず、しれっとこのまましばらく待たせておいて、駄目なら諦《あきら》めよう。

「スガル」

〈はい、ボス〉

「今、この森にいる我々以外の勢力の存在を全て経験値に変えてくれ。なるべく多くの経験値が必要なんだ。最大効率を押さえつつ、最速でやってほしい」

〈かしこまりました〉

「あ、牧場の家畜は繁殖のための分は残しておいてくれ」

〈心得ております〉

今この時も、リーベ大森林には多くの客が入っている。そのほとんどは、それなりにやり込んでいるプレイヤーたちである。彼らを生贄《いけにえ》に捧《ささ》げればかなりの経験値が稼げるはずだ。

牧場にもかなりの数の魔物がいる。限界まで間引いた牧場を再稼働させられるようになるにはまた時間がかかるだろうが、仕方ない。

同様の指示を白魔《はくま》や世界樹にも送っておく。あちらの森には侵入者は居ないだろうが、支配していないトレントたちはたくさんいるため、さしあたってはそれを片付けてもらうことにする。

粗方の指示を出した後、システムメッセージから催促が来ないかとじりじりとした気分で経験値の数値を見つめる。

洞窟《どうくつ》内、いや大森林中で慌ただしくしていたせいか、ケリーやライリーたちも女王の間に集まってきた。

レアの保有経験値を示すカウンターは徐々に徐々に上昇していき、二時間ほど経《た》ったところでようやく三〇〇〇を突破した。

「よし！　では『魔王』に転生する！」

魔王を選んだ理由は大したものではない。

まず第一に、特殊条件とあったこと。ならばレアの後を追うプレイヤーが居たとしても、その特殊な条件を満たす必要があるなら多少なりとも難易度は高いはずだ。人は誰《だれ》しも大なり小なりオンリーワンになりたい願望を持っている。レアも例外ではない。

そして第二に、ディアスとジークの「虐げられた魔物たちのための国を興す」という言葉だ。魔物たちを統べる王になるならば、やはり魔王しかあるまい。

ハイ・エルフの時同様、レアの身体《からだ》を光が包む。

ハイ・エルフの時は特になんともなかったのだが、今回はなんだか、頭がムズムズする気がする。それに腰のあたりにもモゾモゾとした感覚がある。

しかしそんな違和感もすぐに消え、やがて光が霧散した。


レアの全身、頭の天辺《てっぺん》から足の指の先に至るまで、凄《すさ》まじい力が満《み》ち溢《あふ》れているのがわかる。

ハイ・エルフに転生したときも感じたものだが、あれとは比べ物にならない。

そう、全能感だ。

今ならば何でもできる。何者にも負けることはない。

そんな得体のしれない感覚がレアの全身を満たしている。

しかし、不快ではない。

〈おお……！〉

〈なんと……〉

「神々しい……！」

レアの姿を目にした眷属《けんぞく》たちが口々に感嘆の声を上げた。

「——終わったか。鏡とかないのかな……作ってないし、あるわけないか。どうなった？　その反応だと、かなり変わったようだけど」

自分の姿が見えないというのはこういう時は不便だ。こういう時と言っても、そうそうある機会ではないだろうが。

「ええと、まずは耳が短くなりました。ふつうのヒューマンの耳が少し尖《とが》ってるくらいの感じです」

「それと、ぴかぴかの角が生えてます。耳の上くらいから外側に向かって、くるくると二本。ヤギの角みたいな」

〈腰の上あたりから翼が生えていますね。純白の美しい翼です。そのおかげでボスがとても神々しく見えます〉

ケリー、ライリー、スガルが次々に答えてくれる。他の眷属たちも教えてくれるが、内容は先の三人と同じだ。

言われた箇所を順に触って確認してみる。

頭部には、たしかに手につるつるした硬い角の感触がある。腰の翼は身体の前に回せるくらいには関節が柔らかく動かせるようで、こちらは目視で確認できた。これまで存在しなかった翼という器官を動かすのには少々苦労したが、慣れれば問題なさそうだ。

そうして目にした翼は確かに白かった。薄暗い洞窟の中なのに、まるで自ら輝いているかの如《ごと》く一点の曇りもない純白であるのが見て取れた。なぜだろう。魔王ではなかったのだろうか。

改めて自身のステータスを確認してみても、たしかに種族に「魔王」とある。特性も新たにいくつか増えている。

種族特性　　：翼
あなたには翼がある。あなたが望むなら重力に縛られることはない。
スキル『飛翔《ひしょう》』の取得

種族特性　　：角
あなたには角がある。角もないような下等な種族に屈することなどありえない。
角を持たない種族からの『精神魔法』『支配者』『使役』『契約』への抵抗にプラス補正（大）。
角を持たない種族への『精神魔法』『支配者』『使役』『契約』の成功にプラス補正（大）。

種族特性　　：魔眼
あなたの瞳《ひとみ》には力がある。何者もあなたの目から逃れることはできない。
スキル『魔眼』の開放

しかし逆に消えている特性などはないようだ。超美形もそのままだし、弱視やアルビニズムも

──

「──ああ。もしかして翼が白いのはこれのせいか」

本来ならばおそらくカラスのような、不吉な雰囲気の黒い翼だったのだろうが、アルビニズムのせいで白カラスの翼になってしまったのだろう。髪も肌も変わらずに白いようだが、もしかしたら本来はダーク・エルフを経由する転生のため、それらも黒くなる予定だったのかもしれない。

先天的な特性のせいで結果的に純白の神々しい魔王が誕生してしまったというわけだ。なんだそれは。

「エルフなら目立たないかなと思って軽い気持ちで取得したアルビニズムだったんだけど、結果的にめちゃめちゃ目立つことに……。まあ、あんまり人前に出るつもりもないからいいけど」

というか、もう迂闊《うかつ》に人前には出られないだろう。魔王なんかが街に現れたら大混乱は必至だ。

大規模イベントなどがあった場合はどうすべきか。外に出るなら鎧坂《よろいざか》さんを着ていくのは決まっているとしても、角と翼の部分はどうしたらいいのか。鎧坂さんに穴は開けられるのだろうか。

それと、今改めて特性などを確認していて気がついたのだが、先天的な特性である「美形」がそのまま残っていた。無意識に超美形に統合されたものだと考えていたのだが、どうやら先天的な特性というやつは転生などで消えることはないらしい。

ということは、『精神魔法』の『魅了』の成功率のプラス補正は美形と超美形で重複しているのだろうか。あれから『魅了』を使う機会がないためわからないが。

「……まぁいいか。ともかく、転生は無事に終わったことだし」

経験値を見てみると、消費しきった時からさらに少し増えている。

「スガル、もしまだ狩り終わってないのなら、通常のルーチンに戻していいよ。あとで牧場の状況を報告してくれ」

〈かしこまりました〉

世界樹のほうはそのまま続けさせておく。あちらには牧場などはまだ作っていないため、敵性トレントを狩り尽くしたところで困ることはない。可能ならどこかから魔物を調達してトレントの管理のもとで牧場を経営したいところだが、まだ先の話だ。


《特定災害生物「魔王」が誕生しました。このメッセージは例外的に、特定のスキルをお持ちのプレイヤーキャラクター、ノンプレイヤーキャラクター全《すべ》てに発信しております》

「――なんだって？」

いつもと雰囲気の違うシステムメッセージが聞こえた。

システムメッセージは本来プレイヤーにしか聞こえないはずだ。それも、プレイヤー向けの大規模イベント以外では基本的に本人にしか聞こえない。

魔王がどうの、と言っている以上、レアに聞こえているのは本人だからだろう。それ以外の内容からすれば、同時に何らかのスキルを持つすべてのキャラクターにも聞こえていることになる。

魔王転生からやや時間差があったのは、その例外的な処置のせいだろうか。

そして一体、何のスキルの保持者に聞こえているのだろう。

さらに、特定災害生物とは一体何なのか。外来種か何かか。

考えてもわかるはずがない。かといってうかつに問い合わせメールも送れない。仮にこれが仕様の中で普通にありうることだった場合、もし送った質問が公式サイトで公開されれば「特定災害生物として運営にアナウンスされるような存在になったプレイヤーがいる」という余計な情報を拡散することになりかねない。

モヤモヤするが、とりあえず今は何か新たな情報を得られるまで放っておくしかなかった。

「……まだ確認したいこともたくさんあるし、新たにアンロックされたスキルも取得したい。それに君たちの転生も済ませたいし、しばらくは経験値稼ぎに従事しよう」

しばらくはリーベ大森林と世界樹のいる魔の森での経験値稼ぎを安定して行うしかないようだ。レアの仕事としては、魔の森での定期収入の算段をつけつつ、『錬金』などで高ランクのアイテムを作製して経験値を稼いでおくというのがいいだろう。

「仕方がない。今はのんびりと勢力の強化に努めようか。わたしも魔王になったことだし、配下の軍勢も人類種国家と敵対するにふさわしい勢力に育てていかないとね。ああ、それと、どこかで魔王の基本性能のチェックも必要だ。やれやれ。やることがいっぱいだな」

◆◆◆

〈――ボスから命令だ。森にいる敵を全部殺していいらしい〉

白魔は傍らにいる銀花《ぎんか》、それからチビたちにそう伝えた。

正確にはボス――レアからではなくスガルを経由してもたらされた情報だが、ボスがそれを望んでいるなら命令と言っても差支えはあるまい。
詳しいことは不明だが、経験値とかいうものが大量に必要になったようだ。

獲物を狩ったり、外敵を撃退したりなどを繰り返していると、ある時ふいに自分が望むように成長できることがある。経験値とはそれを可能にする力のことらしい。

今は群れのボスであるレアにすべての経験値が集まるようになっているらしいので、白魔たちは狩りなどしなくても強くなれる。まさに神のごとき力だ。もっとも白魔は神とかいうもののことは知らないので、これはケリーたちからの受け売りだが。

ケリーたちも、初めて会ったときはすばしっこいばかりの間抜けな猫どもという印象だったが、今は違う。ボスにほんの少しだけ姿が似ていたおかげか、いろいろな仕事を任されて、ずいぶん賢くなっている。


チビたちもだいぶ体も大きくなってきた。と言ってもそこらにいるコヨーテくらいだし、まだ毛並みがフワフワしているというか、全体的に丸めのシルエットだが、そろそろ狩りについて学び始めてもよい頃《ころ》だ。最初は遊びながらでもいい。

それを考えれば今回の命令はいい機会かもしれない。ただ狩るだけならば、アリたちだけでも数がいるため事足りるだろうが、より経験値を得るという意味で考えれば、子狼《おおかみ》たちの初めての狩りの練習というのは悪くないのではないだろうか。

さっそくスガルにその旨を伝え、大型魔物牧場はアリたちが対処するが、代わりにゴブリン牧場を白魔たちに譲ってもらえることになった。

その際にくれぐれも繁殖用の個体だけは死なせないようにとの注意を受けた。

どのみちゴブリン相手に白魔や銀花では経験値取得の邪魔にしかならない。安全のためにも監視に徹するつもりだったので、それは問題ない。

〈よし、チビたち、狩りの練習だ。ゴブリンてわかるか？　小さくて、臭い奴《やつ》らだ。自分たちを賢いと思っていて、人間みたいに武器を使いたがるが、うまく使えない。まあ今森にいるゴブリンどもの武器は全部取り上げられちまってるが〉

わかる、知ってる、とチビたちから返事が返ってくる。チビたちは同種の間でなら意思を伝えることができるが、他の種族と会話することはできない。ボスが言うにはいんととかいう能力が関わってるらしいが、ボスは現状チビたちに何かの役に立つことを期待していないため、特に成長させたりなどはしていない。のんびり育てればいいよ、との言葉を賜っている。

白魔はチビたちを引き連れ、ゴブリン牧場へ向かった。

牧場に着くと、銀花に最低限残しておきたいゴブリンの監視を任せ、チビたちに狩りをさせてみた。

〈こいつらの攻撃じゃケガをすることはほとんどないだろうが、世の中には爪や牙《きば》に毒を持ってる魔物もいる。そういうやつらと戦う時のために、なるべく攻撃は受けないようにやってみるんだ〉

そういってチビを解き放つと、みな思い思いに駆けていき、ゴブリンに飛びかかるなり頭から齧《かじ》り付いたり、手足を噛《か》みちぎったりして遊び始めた。

取りこぼしをするのはボスにも譲ってくれたスガルにも申し訳が立たないため、敷地から逃げ出しそうな個体がいればチビたちに教えてやり追いかけさせる。すばしっこいゴブリンだが、子供とはいえ狼の足から逃れられるものではない。

いずれはもっと全体を見て、そもそも逃げ出す隙など作らないよう立ち回ってほしいものだが、最初であるしこんなものだろう。


制しきれずに敷地から出て行ってしまったゴブリンを連れ戻したり、そういう奴を追いかけて敷地から出て行ってしまったチビを連れ戻したり、そんなことをしばらく続けていると、スガルからもういいと連絡があった。経験値とやらがボスの目標に達したようだ。

牧場の管理はこの後アリが引き継いでくれるらしい。アリの姿を遠目に認めた白魔はチビたちを呼び寄せる。

爪や口の周りを真っ赤《まっか》に染めたチビたちが駆け寄ってくる。どの子も目がキラキラしていて、よほど楽しかったと見える。やはり子供でも狩猟動物だということだ。

これならば、ボスにお願いしてたまにこうして訓練を兼ねたお遊びをさせてやるのがいいかもしれない。

すると急に、なんだかよくわからないが誇らしいというか、そんなような妙な感覚が湧《わ》いてきた。

しかし嫌な感覚ではない。

見ればチビたちや銀花も意味もなく誇らしげな表情を浮かべているように見える。

本能的にわかった。

これはおそらく、ボスが大きく成長したのだろう。強大な存在が後ろについているという安心感と、その存在に跪《ひざまず》くことを許されているという優越感が、白魔の胸を満たしている。

これは一刻も早く、ボスに拝謁《はいえつ》してその御姿《おすがた》をこの目に焼き付けなければ。

しかしその前に、どこかでチビたちを洗ってやる必要があるが。

◆◆◆

豪奢《ごうしゃ》な広い部屋に、これまた豪奢な椅子だけが円形に何重にも並べられている。

ここはヒルス王国の王城一階にある、会議室である。

普段はここは宗教会議などに使うため教会関係者などに有料で開放されているが、この日は国家の重鎮たちも列席する重要な会議で使用されていた。教会からもこの街に拠点を置くヒルス聖教会の総主教をはじめ、名だたる主教たちが会議に参加していた。


「——神託がありました。新たな『人類の敵』が誕生したようです」

総主教の言葉に、ざわり、と場が震える。壁際に護衛のために控えていたトーマスは、議場の人々のざわめきがまるで実際の振動のように自分の身体《からだ》を震わせたのを感じた。この場にいる人間にとって、それほどの衝撃だったということだ。それは一兵卒に過ぎないトーマスにとっても同じだった。

人類の敵。六大災厄。絶望をもたらすもの。殺戮《さつりく》の権化。

忌むべき呼び名は数あれど、それらは実際には同じものを指している。

西方大陸に存在するという始源城。その禍々《まがまが》しき城には、城主たる真祖《トゥルーヴァンパイア》が坐《ざ》していると聞く。

北の極点にそびえる氷の巨壁クリスタルウォール。その奥には太古の昔、天空よりなお高い場所から現れた黄金の龍が封印されているという。

南方の大陸にある大樹海には、魔界に通じる門があるとされており、大悪魔なるものがその地を支配しているらしい。

極東には人外どもが住む島国があり、その統治者は昆虫の王だという話だ。

その極東の島国とこの中央大陸とを隔てる世界最大の海、大エーギル海。その底にはすべての海の覇者たる魚人の王がいると聞く。

そして世界のどこにあるのかも不明な、その存在と脅威のみが知られる天空城。その玉座では忌まわしき天使どもを統べる大天使が下界を睥睨《へいげい》している。

「なんということだ……。それで、どこなのだ？　新たな災厄はどこに……」

「――この、大陸です。このヒルス王国の東端、エアファーレンの街にほど近いリーベ大森林の中で誕生したと神はおっしゃいました」

「おお……。まさか」

「そのような……。そのような……」

ある参列者はうなだれ、ある参列者は天を仰ぎ、ある参列者は椅子から崩れ落ちた。しかしそのどれもに共通している感情は、絶望感だ。

それはトーマスも例外ではない。手に持つ旗付きの槍《やり》も、ともすれば取り落としてしまいそうだ。

まさか、人類の敵が、この大陸に現れるとは。


これまでこの中央大陸には、人類の敵と言われるような存在は居なかった。それゆえに発展して来られたとも言える。交易があるため、他の大陸や島などに人が住んでいるらしいのは確かなのだが、この中央大陸ほどには文明は発達していない。その理由は、生活を豊かにするとか以前に、まず生き抜くことが困難な環境だからだ。

その大きな理由が、六大災厄である。

奴らの存在によって魔物や獣たちが活性化し、この大陸のそれとは比べ物にならないほど強力な個体がそこら中にいると聞く。そのような中で生活環境の改善など夢のまた夢だ。

そんな六大災厄の住処《すみか》がない中央大陸にとって、長らく天敵といえば、気まぐれのように現れて襲撃してくる天空城の天使どもくらいだった。その被害は確かに大きいが、常に一過性で、すぐそばにずっと住んでいるというわけではない。

ゆえに他大陸に比べ豊かにやってこられた。

しかしそんな恵まれた環境もこれまでのようだ。

さらに最悪なのは、六大災厄が移住してきたとかではなく、新たに生まれたという点である。

六大災厄だったものが七大災厄になってしまった。単純に、世界全体の危険度がひとつ上昇したのだ。ゆえに他からの援助も期待できない。

「そ、そんな……。それで、その災厄の被害はどうなのだ。すでに天空城の天使どもくらいの被害は出ているのか？」

「先程、総主教はエアファーレンと言ったか？　確か、その街周辺の草原が一夜にして焼き払われたとかいう報告があったな……。それが災厄の仕業だったのでは」

「草原を焼いただけ、か……。すぐ側《そば》に人の街があるのに、なぜ草原を……。もしや、災厄には人類を敵に回すだけの力がまだ無いのでは……？」

「……なるほど。過去、災厄を討伐できたという記録はありませぬ。しかし、生まれたばかりの災厄に挑んだという記録もまたありませぬ。今ならば、もしかすれば、まだ……」

「──そうだ。生まれたばかりの赤子のようなものならば。今なら討伐がかなうやもしれませぬ！」

「ただちに討伐隊の手配を！」

熱狂していく会議場とは対照に、トーマスは血の気が下がっていくのを感じた。

討伐隊だと。

いったい誰《だれ》のことを言っているのだろう。この会議に出席しているのは王国や聖教会の重鎮ばかりだ。発言している本人たちがそこへ行くわけでもない。彼らが直接戦うなんてありえない。

であれば、そこへ行って実際に災厄と対峙《たいじ》するのは、トーマスたち兵士だろう。

冗談ではない。国の端に災厄が誕生したからって、別に今すぐ死ぬというわけでもない。ならば誰がわざわざ、真っ先に殺されに行きたいと思うのか。

ここにいる貴族などの支配者階級の騎士団なら話は別だ。彼らは主君たる貴族が害されない限り、死ぬことはない。

そういう騎士団だけを向かわせればいいのだ。そうすれば、人的損害など考えずに攻勢に出られる。しかし同時にそれが決して叶《かな》わないこともトーマスはわかっていた。騎士団は彼ら貴族を守る鎧《よろい》だ。おいそれと自分たちから引き離すわけがない。かといって自ら死地に赴く貴族など居るはずがない。

兵士の任期はおおむね三年。本来であれば職業兵士たるべき騎士団は、すべてが王侯貴族の私兵である。ゆえに国としての軍事力の安定や治安の維持のためには徴兵制度は欠かせない。

トーマスも去年までは地元の村で畑を耕していた。貧しいながらも穏やかな生活だった。つまり、任期はまだ二年近く残っている。この大陸はトーマスの知る限り、戦争などは起こったことがないので、徴兵されるといってもこうした形だけの護衛やごろつきの制圧、あるいは街の入り口の立ち番くらいしか仕事はなかった。

それが、こんな。

災厄誕生の報を聞いた時よりもさらに絶望的な気分でトーマスは会議の行く末を呪《のろ》った。

「――では、そのように。王にはしかとお伝えしておきましょう。各方面への根回しはお願いしても？」

「お任せください宰相殿」

「これは人類全体の危機。まだ勝ちの目があるうちに、取れる手はすべて講じなければ」

会議は踊ることなく、驚くほどの早さで結論が出され、対応策が練り上げられた。

たったひとつの目標を定め、協力に徹した為政者たちの連携は素晴らしかった。

つまり、生贄《いけにえ》——徴兵された平民——を捧《ささ》げて問題を解決する、という目標である。

本来であれば徴兵されたと言えど、過度に危険な任務に就かせるには本人や家族の同意が必要だ。

しかしそれも「七つめの災厄の誕生」という世界規模の危機に対抗するためやむなし、という理屈で新たな戦時特例法の草案がこの場で作成され、次の会議ではフリーパスで議決されることまで合意がなされていた。

しかも頭数を揃《そろ》えるためか、任期を全うした元兵士の再徴兵や徴兵年齢の引き下げなど、平民にとっては悪夢としか言いようのない法律も通ることになっているらしい。


議論が終わり、国内の役持ちの貴族のお歴々が退出していく。トーマスは黙って扉を開き、頭を下げてそれを見送った。

会議室にはヒルス聖教会の総主教と主教たちだけが残る。

「総主教様……。その、浮かないご様子ですが、何か……?」

「……ええ。人類の敵とは……」

「はい、人類の敵とは……?」

「人類の敵とは、そう成り上がって初めて人類の敵たるのではないかと……。つまり、なんと言えばいいのか……。生まれたてで、まだ力が弱い状態なら、人類の敵などと神託が下ることはないのではないか……。そう神託が下された時点でもう、人類の敵として完成してしまっているのではと、思いましてな……」

主教たちは黙り込んだ。しかし、もはや先程の会議の結論を覆すことはできない。人類の敵とは、こちらから手を出そうが出すまいが、近くにいる人類種を片っ端から殺して回るような存在だ。それは天空城の天使どもを見れば明らかだ。距離が離れていればそれほど被害は出ないだろうが、七つめの災厄は国内にいる。

甘く見積もっても、放っておけば少なくともヒルス王国は大陸地図から消えるだろう。

うなだれる主教たちを見ながら、もう考えることをやめたトーマスは、ただ早く出ていってくれないかなと考えていた。

第九章　人類蹂躙開始

《プレイヤーの皆様へ。

平素は弊社『Boot hour, shoot curse』をプレイしていただき誠にありがとうございます。

第二回公式大規模イベントのお知らせです。

イベント内容は「大規模攻防戦」です。

大陸中の魔物の領域から、アンデッドなどの魔物が溢《あふ》れ出し、手近な街や村などを襲撃してくる予兆があるとの報告がありました。

プレイヤーの皆様は、魔物側、人類側のどちらかの勢力に協力し、侵攻、あるいは防衛を成功させる目的で参加していただく形になります。
・イベント期間は現実時間で約一週間、ゲーム内時間で一〇日間を予定しております。
・イベント期間中はイベントボーナスとして、取得経験値が一〇%アップいたします。
・イベント期間中はデスペナルティを緩和し、経験値のロストは行われず、代わりにゲーム内で一時間、全能力値が五%低下という形になります。
・イベント期間中はイベント専用SNSを設置いたします。都市間での連携や新たなコミュニティの構築などにお役立てください。

・今回のイベントに関しては特に参加の申請などはございません。
※イベントは大陸全土で開催されます。イベント期間終了前に侵攻、あるいは防衛が達成されたエリアでも、イベント期間終了までは上記ボーナスは継続いたします。
※イベント期間の終了と共にイベントボーナス及びデスペナルティの軽減は終了いたしますが、侵攻は事態が終息するまで続きます。
※イベント中はゲーム内時間で一日に一度まで距離に関係なく、現在いる街のセーフティエリアから隣接する街のセーフティエリアへの転移機能の実装を予定しております。イベント専用SNSなどをご利用いただき、戦力の融通などにご活用ください。

今後とも『Boot hour, shoot curse』をよろしくお願いいたします。》

◆◆◆

《プレイヤー名【レア】様

平素は弊社『Boot hour, shoot curse』をプレイしていただき誠にありがとうございます。

第二回公式大規模イベントのお知らせです。

イベント詳細については全プレイヤーの皆様にお送りしているお知らせをご覧ください。

今回のイベントに関して、【レア】様に運営よりイベントへのご協力のお願いをしたく、ご連絡差し上げました。

【レア】様がおられるヒルス王国東部のリーベ大森林、並びに世界樹を植えられましたトレの森に関しまして、こちらは現在【レア】様の勢力下にございます。

つきましては、これらの領域から近隣の街へ侵攻する予定でありました魔物たちも【レア】様の支配下にある状態であり、運営が意図していた侵攻が起こせません。

そこで、可能であれば【レア】様にご協力いただき、【レア】様にヒルス王国を襲撃していただきたく考えております。

もちろんこれは【レア】様のご意思を尊重する前提でのご提案であり、承諾いただけない場合は、他のプレイヤーの皆様には該当の街でのイベントの発生はしないというアナウンスをさせていただき、【レア】様にはご希望の勢力での自由なご参加をしていただくという形になります。

もしご協力いただける場合は、運営より特別に報酬をご用意させていただきます。

ご一考、どうかよろしくお願いいたします。

『Boot hour, shoot curse』開発・運営一同》

◆◆◆

「──ううん。せっかく準備も整ったことだし、南下して火山に遠征に出ようかと思ってたところだったんだけど」

レアは次の大規模イベントの案内を見ながらつぶやいた。

「何か、問題がありましたか？」

ケリーが不思議そうにレアを見る。

魔王としての特性や新たに開放されたスキルなどを確認し、それらの取得と配下の転生が一通り終わったため、この日は主だった眷属《けんぞく》たちを集めて火山帯への遠征を計画するつもりだった。地図によればリーベ大森林よりだいぶ南方に火山があるようで、そこも魔物の領域とされているらしい。火山に関係ありそうな魔物も素材も持っていないため、非常に魅力的なエリアである。

「いや、ちょっとね。大陸規模で魔物の領域から人の領域に大侵攻が起こるらしいからさ。わたしのところにもその協力要請というか、まあそういうお願いが来たから。残念だけど、火山遠征はそれが終わった後かな」

〈大陸規模での大侵攻とは、穏やかではありませんな。儂《わし》らの生きておりました時代にも、それほどの事態はありませんでしたが〉

〈陛下はどちらにご協力をされるおつもりなのですか？　侵攻側ですか？　それとも防衛側ですか？〉

ディアスとジークは、レアが魔王に転生してから「姫」ではなく「陛下」と呼ぶようになった。それ以外のメンバーは変わらずボスと呼んでいるが、とくにそれに対しては改めさせたりしようとはしていない。ディアスは特に生真面目《きまじめ》なきらいがあるため、そういうところはうるさそうだと思ったが、何か彼なりのルールがあるのかもしれない。

「まぁどちらの陣営から頼まれたとかってわけじゃないんだけど、参加するなら侵攻側だよ。侵攻側に協力しない場合は静観かな。人類側というのは今更だし」

しかしシステムメッセージによれば、静観する場合は運営から「リーベ大森林でのみ大侵攻は起こりません」とアナウンスされてしまうことになるらしい。それを考えると、静観も有り得ない。

何もなければ誰《だれ》も何も思わなかったかもしれないが、敢《あ》えて運営からそんな告知がされてしまえば、プレイヤーたちはここに何かあるのではと勘ぐるだろう。そうなれば、仮にここから魔物が溢れなかったとしても、もうこれまでのように遊びに来てはくれまい。

〈その、大侵攻を起こすという魔物たちはどのような種族なのでしょう？　それによっては、協力できるか、あるいは獲物を奪いあうかが変わってくるかもしれません〉

「ええと、アンデッドなど、って書いてあるから、メインはアンデッドなのかな。どこの魔物の領域にもアンデッドっているのかな――」

いや、そんなわけがない。

つまりこれは、運営の仕込みだ。もともとディアスとジークはそのために用意された仕掛けだったのだ。もしかしたら、運営はもっと早くこのイベントを実行したかったのかもしれない。思えば第一回の大規模イベントは、確か予定していたイベントの発生が困難なためバトルロイヤルに変更したとか言っていた。

あれがもし、レアがディアスをテイムしたことで予定が狂ったからだとしたら。

そして今、レアが魔王に到達したために、プレイヤーではあるがレイドボスとしての資格ありと判定され、それで協力を要請されているとしたら。

「……なるほど、つじつまが合わないではないな」

もしそうならば、レアのせいでイベントの予定が狂ってしまったことになる。であれば進んで協力すべきだろう。レアが最大限ゲームを楽しんでいるように、他のプレイヤーにもゲームを楽しむ権利がある。レアが協力しないことでこの近隣の街でイベントが起こせないなどというような事態は、あってはならない。

「もっとも、参加するからには全力でやるつもりだし、わたし自身もプレイヤーには違いないのだから、わたしが勝って街が滅んでしまっても、それはそれでイベントの結果だということでいいよね」

〈良くわかりませんが、ボスが楽しそうで何よりです。それで、友軍……と言っていいかわかりませんが、とにかく侵攻側の魔物はアンデッドということでよろしいですか?〉

「そうだね。もしかしたら、あふれかけたアンデッドをねじ伏せた別の種の魔物が侵攻してくる地域なんかもあるかもしれないけど、たぶん多くはアンデッドじゃないかな。それも」

レアはちらりとディアスとジークを見やった。

「もしかしたらだけど、アンデッドだとしたらディアスとジークの元同僚の可能性が高いかも。かつて統一国家だったのなら、大陸中にその無念が散っていてもおかしくないし」

〈そうですか……〉

〈……陛下、儂らは運よく陛下に拾っていただけましたが、それだけです。運が良かっただけなのです。やつらのことは、無理に儂らと結び付けて考えていただかなくても結構ですぞ〉

〈ええ、そうです。我々は、すでに死んだ身。今、ここで私とディアス殿が陛下のもとで忠義をささげていられるのは、例外なのです。同僚たちのことは、とうに滅びたものとして、どうか〉

「……まあ、君たちがそう言うのなら」

とは言うものの、レアはできれば取り込みたいと考えていた。

第四騎士団以降の団長クラスは、ジークに聞いてみても実力的にはそう秀でたところがあったわけでもないようだし、悪《あ》しざまに言えば貴族としての血筋のみで地位についたような者たちばかりらしい。

なのでどうでもいいと考えていたが、第二騎士団は別だ。第一が近衛《このえ》で、第三が事実上の第一軍だとしたら、第二はなんなのだろうと思っていたら、どうやら憲兵隊らしい。

『使役』というシステム上、どうしても眷属たちはレアに逆らうことはない。

それは太古の統一国家でも同じだったはずだ。であれば、憲兵隊という存在がなぜ必要だったのか。自分自身も含めて、取り締まるべき軍部のすべては主君に忠実だったはずだ。

そのあたりの話を聞いてみたかった。そして有用そうならば、レアの軍にも取り入れてみたい。

「街に攻め入るとなれば、その街を守る騎士団とか、専用の軍がいるはずだね。彼らがもし誰か、例えば領主などに『使役』されているとすれば、殺したところで詰所とかそういう場所でリスポーンするはずだ」

イベント期間は一週間——ゲーム内時間で一〇日間もある。領主が生きている限り彼らがリスポーンするのならば、もしかしたらイベント期間を利用することでリスポーン狩りができるかもしれない。

これはプレイヤーたち相手でも同じだ。宿屋などはなるべく直接襲撃したりせずに、遠巻きに監視し、リスポーンして宿屋から出てきたプレイヤーを速やかに狩っていくなどできないだろうか。

〈恐れながら陛下。このような辺境の一領主に忠誠を誓う騎士はそれほど多くはないかと思われます〉

「どういうこと？」

〈儂らのような、騎士団長や将軍級の騎士ならば国に、ひいては時の王に忠誠を誓い、この命ごと捧《ささ》げるのが常ではありますが、小隊長程度になりますと、そうもいきませぬ。忠誠の儀はその忠誠を受け取る側にも負担を強いますゆえ、ほとんどの兵は死んだらそれまでです。まとまった数といえば、儂の第一騎士団のように主君の近衛くらいですな〉

レアはなるほど、と思った。憲兵隊が必要な理由はそれだ。ディアスは言及しなかったが、おそらくすべてが眷属で構成されている隊は近衛の第一と憲兵の第二だけだったのだろう。『使役』する側にも負担を強いるという言葉はピンと来なかったが、それが本当だとしたら実に合理的なシステムと言える。

「じゃあ、意外とあっさりと街を平らげてしまうこともできるってことかな？」

「意外と、と言いますか、エアファーレンの街の傭兵《ようへい》たちのレベルでは、我が軍の侵攻に一時間も耐えることなどできないと思いますが」

普段、街で傭兵たちを相手に商売をしているレミーがそう言うのならそうなのだろう。

「兵士たちはどうかな？　『使役』されていない平の兵士とかは、どの程度戦えるんだろう」

「どうでしょう？　わたしのお店にはそういう階級の人は来ないので……。でも、街の衛兵隊のレベルでしたら傭兵たちと同程度のようですよ」

だとすれば問題だ。一〇日間あるイベントが半日程度で終わってしまう。かといって手を抜くような真似《まね》はしたくない。それはイベントに臨むプレイヤーを馬鹿にする行為だと感じられた。

それにレアとて人間だ。ゲームとはいえ、これだけ毎日頑張ってきたのだ。その成果を誰かに見せつけてやりたい気持ちもあった。

「──よし、地図を。エアファーレンの街と、世界樹のいるトレの森の近くの、ええとルルドの街かな？　この二つを攻め滅ぼすのは確定として……」

レアは地図上の街道にそって指を滑らせる。

「この、ラコリーヌの街というところも落とそう。この街は枝分かれしたここいらの街道のちょうどすべてが交わる位置にある、交通の要所だ。街道を動脈とするのなら、心臓部にあたる商業都市と言っていい。ここを滅ぼせば、ヒルス王国もわたしたちを目の敵にしてくれるだろうし、そうなればイベントが終わっても向こうから奪還に来てくれるだろう」

◆◆◆

イベント当日。

レアは主だった眷属たちを女王の間に集めていた。

と言っても、アリやアダマン隊の隊長クラスを揃《そろ》えるだけでもかなりの数になるため、事前に女王の間の拡大工事をしなければならなかった。しかも拡大したところで世界樹のように物理的に入れない者もいる。

しかしいざ集めてみれば壮観だった。

薄暗い洞窟《どうくつ》の中で、沢山の漆黒の光沢が規則正しく並んでいる。アリもアダマン隊も黒っぽい色をしているため、ここでは身長くらいでしか区別ができないが、だからこそ統一された美を感じる。

そして最前列にはデスロードであるディアスとジークが跪《ひざまず》いている。スガルは大きいのでレアの後ろだ。前に立たれると視界を全《すべ》て覆われてしまう。

同じ理由で鎧坂さんも後ろである。というのも、魔王の武装となる鎧坂さんにも賢者の石を与えて転生をさせていたのだ。

その結果、鎧坂さんはディバインフォートレスという種族になった。リビングメイル、ディバインメイル、ディバインフォートレスの順番のようだ。つまり生きた鎧、神の鎧、神の要塞《ようさい》である。意味がわからなかった。全体のシルエットが細身の女性型というのは変わっていないのだが、そのサイズは大きく変わっている。その身長、いや、全高は約三メートル。レアの倍近くある。こんなのが前にいたら、やはり何も見えなくなってしまう。

剣崎《けんざき》たちも、一郎《いちろう》から五郎《ごろう》までの五本はすべて、鎧坂さんに合わせて巨大化させた。剣崎の転生の際の選択肢で、長剣タイプか大剣タイプか問われたため、大剣タイプを選んだのだ。

現実で考えたらとても人間が持ち上げることなどできないようなサイズの大剣だが、STRを上げれば問題なく振り回すことができる。そんな大剣サイズでも、現在の鎧坂さんからすれば普通の片手剣と変わらない。

その剣崎たちの今の種族はディバインアームだ。神の兵装になっている。先に鎧坂さんを見ていたため、驚くことはなかった。

剣崎たちは以前と同様五本とも鎧坂さんに装備させているが、その位置は変えてある。背中の三本は外し、右側の腰の一本も外して、両肩に二本ずつ据え付けた。そのために鎧坂さんの肩当てを大きく作り直し、剣が二本ずつ差せるよう専用のデザインに変えてある。

またケリーたち四人はと言うと、揃いの軍服を着てレアの両脇に立っていた。そのさらに両端には白魔と銀花が狛犬《こまいぬ》よろしくお座りをしていた。子狼たちは別室でアリと戯《たわむ》れているはずだ。こういう式典で子供が静かにしているのは難しい。

そう、式典だ。

せっかくのイベント、それも全員参加が可能なイベントである。どうせならば、人類種国家に仇《あだ》為《な》す魔物の軍勢として、華々しく出陣式典をやってみたかった。ぜひやるべきだ、と眷属たちに言われてもいる。

「――諸君。ついに、我々が人間たちの前に姿を見せる時が来た」

レアが声を張ると、全員の意識がこちらに向けられたのがわかった。

「これまで、諸君らには随分と辛《つら》い思いを強いてきたことと思う。いつでも殺せる人間たちを殺さないよう調整し、それでいて彼らの得た経験の量を計算し殺すべき時には殺す。これは相当に精神的に負担であったはずだ。それには謝罪を――いや、感謝をしよう。ありがとう。よくやってくれた。しかし、それももう終わりだ」

一旦言葉を切り、息を整える。まっすぐにレアを見る配下たちの視線に、自然と背筋が伸びる。

「今日この日より、我々は表舞台に出ていくことにする。まず手始めにこの国、ヒルス王国だ。この森に隣接するエアファーレンという街を襲撃し、それを以《もっ》て人類種国家に宣戦布告をする。もはや手加減の必要はない。出会う者は全て、溶かして、燃やして、貫いて、破壊して、殺して構わない。各々が得意とする手段で思い知らせるといい。リーベ大森林に我らありと。

そして諸君らの力で、大陸の支配者はこのわたしであることを証明してくれ。これは命令でもなければお願いでもない。我々が動き始めれば必ずそうなるはずだという、ただの確信だ」

かちゃり、と広間中で一斉に硬いものを擦《こす》るような音がした。この場にいるほとんどの魔物は声を出せないので、これが彼らなりの鬨《とき》の声《こえ》なのだ。

「さあ、行こうか」

◆◆◆

今回のイベントは前回のような特殊な状況と違い、日常の延長にある事件とでも言うべきものだ。そのような趣旨の説明は運営からもされている。

ゆえに時間になったからと言って、明確に開始の合図があるわけではない。

ＮＰＣたちは何も知らないのだろう。街ゆく人々はいかにも日常を楽しんでいるという風に見える。

一方、慌ただしく街を出たり入ったりしている傭兵もいて、街の人々に奇異の視線を向けられている。あれらはプレイヤーだろう。

レアは今、上空からエアファーレンの街を俯瞰《ふかん》していた。

オミナス君や剣崎などの視点ではなく、自分自身で、である。もちろん、鎧坂さんの中からではあるが。

もちろん三メートルもある鎧坂さんを普通に着ることはできない。ではどうやって着ているのかといえば、厳密に言えば着ているわけではなかった。

鎧坂さんの胴体、その背中側は扉のように開く仕様になっており、そこから内部に入ることができる。そこに入ると、まるで異空間かのごとく三畳ほどの空間が存在している。その異空間に立ち、レアが身体《からだ》を動かせば、そのとおりに鎧坂さんが動くという仕組みだ。

異空間内は、搭乗した入り口側となる一面を除き、すべての面が外部の様子を映し出しており、背後以外に死角はない。背後を確認するには鎧坂さんを振り返らせる必要があるが、それは普通の鎧でも同じだ。むしろ視野が狭くなるバイザーもないし、そもそも普通の人間より見える範囲は広いため、生身の状態より見えやすいとも言える。鎧坂さんに限って言えば『視覚強化』や『聴覚強化』を取得しているため、それがそのままこの空間に再現されており、通常では考えられないくらい外部のことがよくわかる。

そしてその戦闘能力は、まさに要塞というにふさわしいものだった。アダマンシリーズと鎧坂さんとで模擬戦をさせてみたが、彼らのあらゆる攻撃が鎧坂さんには通用しなかった。最終的にはアダマンリーダーが剣を捨て、直接殴りかかっていったのだが——それが彼にとって最も威力の高い攻撃なのだ——それでも傷一つ付かず、逆にアダマンリーダーの拳《こぶし》が砕けてしまったほどだ。

魔法に関しても同様で、アダマンメイジがどの属性の魔法を放っても、なんのダメージも受けていなかった。アダマンメイジにトレントの杖《つえ》を持たせても、それは変わらなかった。世界樹の杖を持たせた際に、『雷魔法』のみダメージが入ったようだったが、その傷もすぐに自然回復で消えてしまった。

そして鎧坂さんの攻撃は、ただ素手の一振りでアダマンナイト数体をまとめて薙《な》ぎ倒《たお》した。剣崎一郎を握っていたら、すべて真っ二つにされていただろう。

そんなフル装備のレアが上空にいるのは、レアのスキル『飛翔《ひしょう》』の効果だ。

もはや鎧坂さんを装備しているというより、コクピットで立っているというほうが近いのだが、判定としてはこれでも装備中ということになるらしく、レアのスキルが普通に外部に作用するようだった。魔法も思った位置に放てるし、この鎧坂さんの視界を利用した『座標指定』も可能だ。『空中遊泳』や『高速飛翔』を取得したレアが中にいれば、鎧坂さんも自由自在に空を飛ぶことができる。ただし飛ぶためのスキルはレアの物なので、鎧坂さんに制御させた状態では空を飛ぶことはできない。空中戦を行う際はレアがコクピットから鎧坂さんを操作してやらなければならない。

ここから『座標指定』で街中に大魔法をいくつも撃ち込めば、それだけでこの地域の侵攻戦は勝利に終わる。別にそれでもよかったが、レアの考える「レアの力」とは単騎戦力のことだけではない。想定以上の損害を被るくらいならレアが吹き飛ばすのもやむを得ないが、その様子もなさそうなら「魔王」らしく配下に命じて都市を攻略させるつもりだった。

ようやくの攻城戦である。相手は厳密には城ではないが、それに近い城壁を備えている。森の中では使いづらい砲兵アリの面攻撃を試すにはうってつけだ。

それに森から出ての初の侵攻戦だ。アサルトアントの火炎放射も、実際の威力がどれほどなのか、初めて実感することができるだろう。

彼女らには今日は思う存分、その腕を振るってもらいたい。


目を閉じ、遠くトレの森の上空にいるオミナス君の視界を借りれば、そちらもトレントたちの群れが森を出ていくところだった。

イベントの通知が来てから今日までの一週間、余った経験値をかなりつぎ込んでトレントたちを増やしていた。トレントたちの持つ『株分け』は、簡単に言えば自分の経験値を消費することで自分のクローンを生み出すスキルだった。

ざわざわと列をなしてトレントたちが森から出ていく様は、さながら森が自ら広がっていくかのようだ。ルルドの街の住人たちにそんな森の様子に気づいた者はまだいないように見える。プレイヤーが少ないのか、エアファーレンのようにそわそわしている傭兵も見当たらない。

あちらは街から森まで距離があるため、奇襲というほどの奇襲にはならないだろうが、あの数のトレントにあの程度の城壁で長く耐えられるとも思えない。あちらは世界樹に任せきりで問題ないだろう。


レアは目を開け、再び眼下の街を眺めた。すぐそこにあるリーべ大森林からは、ぞわぞわとアリたちが這《は》い出してきている。大森林の中央部付近からもソルジャーベスパの編隊が一糸乱れぬフォーメーションで飛び立ち、街へ向かっている。彼女らは遠距離攻撃手段を持っていないため、あくまで制空権争いになった場合の保険に過ぎなかったのだが、相手側に航空戦力がないようならただの観客になってしまうかもしれない。

「あ、そうだ。『眷属《けんぞく》強化』や『配下強化』でSTRもだいぶ上がってるだろうし、あの子たち砲兵アリを持って飛べないかな。もしそれができれば爆撃機に近い運用ができるし、スナイパーアントを抱えて飛べば高高度狙撃とかできるかも」

夢は広がるばかりである。

「でも今回はもう遅いからいいか。ラコリーヌの街に行くときは試してみよう。よく考えたら制圧して設備なんかを使い回すとか、捕虜をとるとかの必要がないんだから、航空爆撃だけでも別に問題ないんだよね」

全て壊して、全て殺してしまえばいい。向こうも魔物を見つければ例外なくそうしてくるのだし、お互い様だろう。それに商業都市ともなれば大量の騎士を『使役』した貴族なりが居るだろうし、そういう、経験値を大量に稼いで成長していそうなNPCが、上空からの爆撃や狙撃にどう対応するかも観察してみたい。

さすがにここまでくれば、現在のレアに対抗できるキャラクターはプレイヤー、NPC問わずそうそういるとは思っていない。しかしレアが引っ張り出される程度の存在ならば居るかもしれない。

「さて、プレイヤーと思われる皆さんが次々と街の外に出始めたな。いよいよ開戦だ。楽しみだね」

侵攻にまず気がついたのは、忙《せわ》しなく出入りしていたプレイヤーらしき傭兵《ようへい》だった。そして彼が何かを叫ぶと、次々と城門から傭兵が出てきた。

流石《さすが》に遠すぎて彼らが何を言っているのか聞こえないため、レアは少し高度をさげ、『光魔法』の『迷彩』を発動し、見つからないようにして近づいた。『迷彩』は対象の姿を光学的に見えなくする魔法だ。


「アリだ！　やっぱりこの街のイベントモンスターはあの大森林のアリみたいだぜ！」

「アンデッドがメインって聞いてたけど、さすがに地域の土着モンスターは無視できないってことか！　虫だけに」

「……。だけど、森にゃアンデッドのボスモンスターがいたって話してたやつも居るし、アンデッドも出てくるかもしれないぞ！」

「薄暗い森の中ならともかく、こんだけ明るいところなら、アンデッドのボスって言っても弱体化されんだろ！　こっちもプレイヤーがこれだけいるし、ＮＰＣの傭兵だって街が襲われるとなりゃ協力するだろうし、森に押し返すくらいはできるって！」

なかなか面白いセンスを持ったプレイヤーもいるようだ。

（虫だけに無視できない……くっ。や、やるじゃないか）

ともかく、みんな実に楽しそうで何よりである。

「くそっ！　なんだってこの街にモンスターが……！　今までこんなことなかったってのに！」

「おおかたあの新参者どもが森にちょっかいかけすぎて怒らせたんだろうよ！　クソが！」

後半の怒号はＮＰＣだろうか。新参者というのがプレイヤーであることは明らかだが、この侵攻は別に彼らのせいではない。

しかしレアもまたプレイヤーのひとりであるため、プレイヤーのせいという認識は正しいし、もとは運営がプレイヤーのために用意したイベントだということも考えれば、やはり全《すべ》てプレイヤーのせいというのも間違っていない。


「——ややこしいな。まぁプレイヤーのせいってことでいいかもう。プレイヤーって最低だな。じゃあ、その罪深きプレイヤー諸君には責任とって死んでもらおうか。まずは砲撃からかな。攻城用に温存もしておきたいけど、それは防衛戦力が居なくなってからリキャストを待って撃てばいいか。よし榴散弾装填《りゅうさんだんそうてん》！」

〈榴散弾装填〉

女王の間で司令部を立てているスガルが復唱してくれる。この復唱をもって、砲兵アリたちに連絡が飛んでいるはずだ。レアの眼下でも、砲兵アリと思われる者たちが立ち止まり、身体を反らせ腹の先を前方に向けた。


「なんだあれ……。いつものアリと形が違うぞ」

「アリってあんなポーズ取れるのか？　あれじゃまるでサソリじゃねーか」

「いや、っていうかあれ、まずくないか？　なんか撃ってくるんじゃないか？」

「バカ言うなよ、アリだぞ。それが——」

「――撃て」

〈撃て〉

その瞬間、すべての砲兵アリの砲身から炸裂《さくれつ》音が鳴り響き、城門前の傭兵たちに向かって砲弾が発射された。


「あぎっ」

「ぐえっ」

ぽかんとそれを眺めていた傭兵たちが、何かを言う間もなく挽《ひ》き肉《にく》にされ、しばらくすると消えていく。いくつか消えない死体が残っているが、あれはＮＰＣだろう。

「彼らが街を守るのが目的だというなら、わたしは街を壊すのが目的だからね。彼らに特に何の恨みもないけど、まあ何の恨みもない敵を倒して経験値にするのはどのゲームでも一緒だし」

レアは形だけ黙祷《もくとう》を捧《ささ》げると、すぐに次弾装填の指示を出した。

プレイヤーたちがどう思っているのかは不明だが、ＮＰＣの衛兵たちは今の攻撃を見てまともに戦う気は失《う》せたらしく、城門を閉じて防御を固めようとし始めた。

「いいね。完全に閉じたら、門を攻撃してみよう。苦労して閉じたあれを破壊してやれば、きっと戦意も落とせるだろう」

〈了解しました〉

しばらくすると門は完全に閉じられ、エアファーレンの街は亀のように守りを固めた。

〈撃て〉

そこへ砲兵アリの砲撃が襲う。

砲弾は着弾すると炸裂し、辺りに破片と炎を撒《ま》き散《ち》らした。

肝心の門は数発で完全に破壊されてしまったので、スガルは目標を城壁へと変更したようだ。砲弾によって次々と石壁が削り取られていく。

これならば砲撃ではなく単なる投石機でも十分だったかもしれない。もしソルジャーベスパにアーティラリーアントを抱えさせて市街地を爆撃させることができるなら、あっという間に焼け野原を作り出せるだろう。

「まあそれは次回だな。ともかく、城壁が攻略できたなら突撃兵と歩兵を突入させよう。突撃兵を前に出して火炎放射で焼き払いながら突入し、取りこぼしを歩兵に始末させるんだ」

〈了解〉

スガルの号令一下、砲兵アリたちの脇《わき》に控えていたアサルトアントとインファントリーアントが隊列をなし、瓦礫《がれき》を乗り越えて街になだれ込んだ。街の衛兵たちのいくらかは城壁や城門とともに吹き飛んでいたが、生きている何名かと、プレイヤーと思われる傭兵たちが行く手を阻まんと立ちふさがる。


「魔物といえど、味方が突入したところへ砲撃をするなんてことはしないはずだ！　接近戦で片付けるぞ！」

「アリの相手なら慣れてる！　ここを凌《しの》いだら、魔法使いは砲撃してきたアリを焼き払うんだ！」

大森林では主にアリに接待をさせていたため、多くの傭兵はアリとの交戦経験がある。しかしアサルトアントは大森林内部では運用できないため接待をさせたことがない。おそらく彼らにとっては初見のアリだろう。この機会にぜひ特等席で見学して逝ってもらいたい。

傭兵たちが迫ってくるが、アサルトアントは落ち着いて腹を前方に突き出し、火炎放射をお見舞いした。

「ぎゃあああああああ！」

「な、なんっ！　あがあああああ！」

撒かれた炎は相手が着ている装備が金属だろうが革だろうが関係なく等しく焼き殺した。アサルトアントは器用に腹を振り、放射範囲を扇状に滑らせていき、より多くの範囲を炎で舐《な》めていく。放射されたマジカル可燃性ゲルはしばらくその場で燃え続け、直撃していない傭兵たちにも高温によるダメージを与えている。継続的に炎ダメージを与えるダメージエリアを作り出したといったところだ。

魔法使いと思われる傭兵が水系や氷系の魔法で鎮火を試みるが、魔法使いの数よりアリの数のほうが多い。まさに焼け石に水の状態だった。

「ふふっ。まぁこれはこれで面白いんだけど、火炎放射だけじゃあんまり突撃兵って感じしないな。アサルトライフルとか欲しいところだけど……。アリじゃあね。銃を構えながら突撃できるわけでもないし」

冷静に考えたらそれだとゲームが違ってしまう。一兵卒と言えば、基本的に至近距離で刃物で斬り合うか殴り合うのがこの世界だ。

部隊の運用としては、本来なら歩兵を前面に出して、スナイパーに援護させるべきだったのかもしれない。しかしそれではアサルトアントの火炎放射が試せない。

「結果的にこれで良かったと思っておくか。戦果は十分だし」


後方の魔法使いは鎮火を諦《あきら》め、炎ではなく直接アリのほうを攻撃する戦法にシフトしている。遠距離攻撃しかしない敵だけが残っているのなら、炎の壁を挟んで睨《にら》み合っていてもいいことはない。アサルトアントとインファントリーアントを一旦《いったん》下げ、元は城壁だった瓦礫の陰からアーティラリーアントに砲撃させる。

瓦礫を挟んでの曲射になるが、上空のベスパが観測手の代わりを果たし、効率よく砲弾で魔法使いを挽き肉に変えていく。スガルという頭脳がいればこその連携である。

建物の陰に隠れた敵は火炎放射で蒸し焼きか、砲弾で建造物もろとも瓦礫に変えられるかのどちらかだ。アリたちも慣れてきたのか効率よく連携しながら戦線を押し上げていく。


街の外周部はもはや完全に機能していない。衛兵は全滅し、傭兵もプレイヤーを残して死体に変わり、まさか城壁が破られるなど微塵《みじん》も考えていなかった住民たちが逃げ惑っている。戦闘力を持っているキャラクターは経験値のためにすべて殺すよう指示しているが、一般市民はどうでもいいので無視だ。目的は街の壊滅であって住民を殺すことではない。弱い一般市民では大した経験値にならないからだ。彼らはただ結果的に死ぬだけである。

アリたちの侵攻が街の中央部付近に差し掛かる頃《ころ》、領主の抱える騎士団が現れた。どう考えても遅すぎる登場だ。たとえこの瞬間にレアたちが兵を引いたとしても、もはやこの街は復興できまい。

「ああ、街の中央部には領主館があるからか。騎士団が現れたというより、領主館を守っていた騎士団のところまで我々が到達したってほうが近いなこれは」

せっかくここまで頑張ってくれたのだし、最後までアサルトアントに焼き払わせてもいいが、ソルジャーベスパたちが観測手くらいしかしていないためたいそう暇そうなのが気になった。彼女らにもなにか、やりがいのある仕事を与えてやりたい。

この国に航空戦力がないのなら、ソルジャーベスパがこれから戦う相手は主に地上戦力になるだろうし、その練習も兼ねてここは彼女らに戦わせてみるのはどうだろうか。

「というわけで、よろしく頼むよ。やり方は任せる。突撃兵と歩兵たちは砲兵のところまで下がらせようか」

〈了解しました〉

スガルのその返事からほどなく、上空で戦況を見守っていたソルジャーベスパたちが急降下してきた。

それまで地上のアリしか目に入っていなかった領主の騎士たちは、突如現れた新たな魔物に慌てふためいた。

「うわっ！」

「敵はアリだけじゃないのか！　くそっ聞いてないぞ！」

「傭兵どもめ！　報告すら正確にできんのか！」

彼らは口々に傭兵たちを罵《ののし》るが、そうしたところで誰《だれ》も手加減はしてくれない。

ソルジャーベスパたちは地面スレスレまで降下すると次々と騎士たちを抱え込み、急上昇していく。

「くそ！　やめろ！　放せ！」

五〇メートルほど上昇すると、そのまま放り投げるようにして騎士たちを放した。

「あああああぁぁぁぁぁぁ……」

騎士たちは傭兵と違い立派な鎧《よろい》を着込んでいたが、落下ダメージは彼らの装備では軽減できないようだ。半ば鎧が地面にめり込むように、大地に叩《たた》きつけられた。

その衝撃は着ている人間を殺すには十分だったらしく、落ちた後動き出す者はいない。

人類側の航空戦力を懸念して多めに生み出しておいたソルジャーベスパは、騎士たちよりも数が多い。

大量のソルジャーベスパによってほとんどの騎士が紐《ひも》なしバンジーのサービスを受けた結果、領主の騎士団は壊滅状態になってしまった。


この中に正式に『使役』を受けた騎士がいれば、放っておけばそのうちリスポーンするのかもしれない。しかし、プレイヤーならば即リスポーンするのだろうが、システムメッセージが聞こえないＮＰＣならきっちり一時間後にしかリスポーンできない。

であればNPCのリスポーン狩りはやはり効率が悪いと言える。それにこの程度のキャラクターではリスポーンさせもう一度キルしたところでそれほど経験値を得られるわけではない。待つだけ時間の無駄だ。

「なら、先にルルドのほうを見てみるか。こっちはもうだいたい終わりそうだけど、ルルドのほうはどうなってるのかな」

飛んでいる状態はレアが鎧を操作しているため、余所見運転《よそみ》は危ないので地面に降りた。地面に降りてしまえば鎧坂さんに主導権を渡しても問題ない。

鎧坂さんに身体《からだ》を返すと、レアは目を閉じ、オミナス君の視界に同期した。

◆◆◆

数時間ぶりに見るルルドの街は、巨大な数体のトレントに囲まれ、その城壁は蔦《つた》のようなものに覆われていた。

城壁は非常に大きい。遠目なので蔦に覆われているように見えるだけで、実際は蔦などではなく、もっと太い何かだ。

これらは全《すべ》て木の枝や根だった。そして街中にも緑が溢《あふ》れ、それらはトレの森から続いていた。

俯瞰《ふかん》して見てみると、まるで森に飲み込まれたかのようにも見える。

あの森の中心はレアの世界樹であり、森の木々はレア配下のトレントたちであることを考えれば、森に飲み込まれたという表現は間違っていない。

こうして見ている間にも、街の家の屋根を内部から伸びてきた枝が突き破っている。急激に成長していく木の幹に家が飲まれていく。そこらじゅうにばらまかれたトレントたちの種子が発芽し、急成長しているのだ。

もともとトレントの『繁茂』ツリーにある『種子散布』で撒き散らされる種子には、これほど急激に成長する能力はない。それを可能にしているのは、街中に充満している光の粒だ。

この光の粒は、城壁を囲む数体の巨大トレントから花粉のように漂ってきている。その巨大トレントたちは見るからに他のトレントとは風格が違っていた。

彼らは世界樹から『株分け』によって生み出されたエルダーカンファートレントだ。

通常のトレントたちの『株分け』は、自身の経験値を消費することで自分と全く同じ個体をもう一体生み出すスキルだ。しかし世界樹の『株分け』ではさすがに世界樹を生み出すことはできなかった。世界樹の『株分け』で生み出されるのは世界樹の元になった種族、つまりカンファートレントだった。

生み出す魔物が弱い代わりに、世界樹版の『株分け』の消費コストは経験値ではなくＬＰとＭＰになっている。そしてこのカンファートレントは、親である世界樹の一部のスキルを中継する能力を持っていた。

たとえば世界樹が散布系のスキルや範囲バフ・デバフ系のスキルなどを使いたい時、このトレントたちは世界樹の端末として、範囲系スキルの発動地点にすることができるのだ。

今ルルドの街に充満している光の粒は、世界樹のスキル『大いなる祝福』によるものだ。効果は範囲内の「植物」に属する全ての生命体の異常成育である。街中にもとからあった普通の植物も瞬時に成長したのだが、受粉などをする間もなく花が枯れてしまうため、殆《ほとん》ど結実せずに朽ちていった。

一方でトレントたちには設定上寿命がない。通常の木のサイズになるには大抵一年ほどかかり、その後は何十年何百年と時間をかけてゆっくりと大きくなっていき、やがてエルダートレントに至るという種族設定だ。

しかし『大いなる祝福』の効果によって、撒き散らされた種子は一瞬で成育し、またたく間に巨大化していく。『種子散布』では経験値コストを使わない分、『株分け』のようにはじめから成長したクローンを生み出すことはできないが、『大いなる祝福』の前ではそんな制約などまるで関係がなかった。

はじめに城壁を取り囲んだ、世界樹の端末たるカンファートレントたちなど、自分たちが中継して撒き散らした『大いなる祝福』の効果ですでにエルダーカンファートレントにまで成長しているほどだ。

この街で積極的に人間を攻撃しているトレントは少ない。必要ないからだ。すでに地面が見えなくなるほどそこらじゅうに木の根が蔓延《はびこ》り、無事に建っている家など一軒もない。そこに住んでいた、あるいは道を歩いていた人間たちは一瞬で成長する木々に飲み込まれ、そのまま轢《ひ》き潰《つぶ》されたか、身動きが全く取れない状態になっているか、たいていはそのどちらかになっている。

うまく躱《かわ》して生き延びた傭兵《ようへい》や騎士なども、どこから伸びてくるか予想もつかない枝や根からいつまでも逃げ続けられたものはいなかった。

〈うわぁ。エアファーレンの街はアリに蹂躙《じゅうりん》されて可哀想《かわいそう》だなって思っていたけど、ルルドはルルドでひどい有様だね。これもう生きてる人間居ないんじゃない？　てか、そろそろ『大いなる祝福』止《や》めてもいいんじゃないかな。もう要らないでしょこれ〉

〈そうですね。そろそろ私のＭＰ残量も危うくなってきましたので、止めることにいたします〉

世界樹がそう答え、徐々に光の粒が薄れていく。それに伴って木々の成長も鈍化していき、やがて街中の時が止まったように静かになった。

〈ひどい有様だったけど、なんかものすごく壮大で美しい光景だな……。感動的ですらあるよ。素晴らしい〉

〈神々しくも美しい魔王陛下にそう評されるとは、光栄の極みでございます〉

本気で言っているらしいことはわかるのだが、基本的にレアに忠実な眷属《けんぞく》にそのように言われても、なんとなくヨイショされているような気がして落ち着かない。

とりあえず聞かなかったことにして流し、街の様子を観察する。

〈動くものはいないね。街にいた人たちは全滅したのかな？〉

本来であればプレイヤーならすぐにリスポーンしてくるのだろうが、その拠点となっていた場所が丸ごと魔物に制圧されてしまっている状況ではそれもできない。

当初はプレイヤーのリスポーン狩りでもできればいいなと考えていたが、エアファーレンでもルルドでも、この様子では無理そうだ。

〈そのようですね。この街はこの後どうされますか?〉

〈このまま森に飲ませておけばいいよ。街道も飲み込んじゃって〉

〈仰せのままに〉

トレの森からざわざわと、トレントたちが街道までを飲み込まんと溢れ出してくる。もともと大回りに街道を敷設し、離れて街を建設していた地域だ。その全てを飲み込んだとすれば、トレの森は一回り以上大きくなることになる。

〈じゃあ、こちらはそれでいいかな。向こうの片をつけてくる〉

〈お気をつけて〉

とはいえ、エアファーレンもそれほどすることは残っていないが。

◆◆◆

「さて、ルルドは良し、と。領主館は別にもう要らないな。さっさと潰して、次に行こう」

レアがルルドの様子を確認している間、律儀に待機していた砲兵アリに砲弾の雨をオーダーした。

オーダーに応《こた》え、張り切って尻《しり》を上げた砲兵アリたちによって、領主館はまたたく間に炎と瓦礫《がれき》に変わっていく。

あの中に領主が居たかは不明だが、居たとしてももう死んでいるだろう。もし生きていれば、経験値のことを考えるなら始末しておきたいが、街一つの壊滅と比べればそれも誤差のようにも思える。

「一応、歩兵たちは領主らしき人物を探しておこうか。他の兵たちは侵攻を続けよう。この街は森に近すぎるから、わたしたちが拠点として運用する意義は薄いし、全て更地にしてしまっても構わないよ」

完全に更地にしたら、歩兵に掃討戦を任せ、航空兵と砲兵でラコリーヌにピクニックだ。あそこを押さえれば王国の血の巡りを完全に止めることができる。

新たなる魔物の領域「廃墟型《はいきょ》」を造ってみたいという思いは失っていない。しかしせっかくのイベントだ。どうせならば、なるべくインパクトの強い立地でやってみたくなった。

それにふさわしい場所となると、やはり王都だろう。

王国の象徴たる都。そこを廃墟にし、アンデッドたちの巣窟《そうくつ》にするのだ。

エピローグ

「――報告します！」

名のある職人四人がかりで作らせた、非常に硬く高価なヒルス・エボニー製の重厚な扉がノックと同時に開かれた。

一国の宰相たる人間の執務室に入室するには、あまりに礼を失した行動だ。

しかし王城の、このエリアまで入れるほどの権限を与えられた者が、その程度の礼儀を知らぬはずがない。

（いや待て、今、そこの無礼者は報告と言ったか）

ヒルス王国宰相ダグラス・オコーネル侯爵は、ただならぬであろう報告の内容に知らず身を強張《こわば》らせ、眉間《みけん》の皺《しわ》を深くした。

「も、申し訳ありません、火急の用件でしたゆえ――」

不機嫌そうなオコーネルの様子に自らの失礼に気付いたのか、伝令は顔を青くしている。

「よい。火急であるなら疾《と》く話せ。何事だ」

「はっ！　王国領内の魔物の領域から、多くの魔物が現れ街を攻撃しているとの報告が各地より上がっております！」

語られた内容は、辣腕《らつわん》で知られる宰相オコーネルをして、驚愕《きょうがく》させるに値するものだった。

「なんだと！」

魔物の領域の外へ魔物が現れる。

それ自体は珍しいことではない。魔物もこの世に生きるひとつの生命だ。生息域内で数が増え過ぎれば自分たちの生活を維持しきれなくなり、外部に活路を見いだし領域から出て——いや領域を広げるべく侵攻を始めることがある。これまでも幾度もあったことだし、辺境の街にはその兆候を見逃さぬよう専門の機関が置かれている。

しかし、宰相のもとには辺境のどの街からもそのような報告は上がっていなかった。

「なんの兆候もなく……突如あふれ出したというのか、魔物が……。ばかな」

さらに詳しく報告を聞いてみれば、辺境のあらゆる都市に魔物が押し寄せ、守備隊と交戦しているという。

それどころかいくつかの都市ではすでに城壁が越えられ、市街地や住民に被害が出ているらしい。同時に救援要請も届けられているとのことだが、中央から援軍を出すことはできない。東に現れた新たな災厄に対し、討伐軍を編成し、すでに出立させていたからだ。

ゆえに各辺境都市に攻め入る魔物どもには、各地に駐屯している守備隊に対応してもらうしかない。

「本来であれば、逆に各地の守備隊も災厄討伐軍に編入させたかったくらいだったのだが……。遠征を急がせるためにそこまでできずにおったのが、却《かえ》って良い目と出たか……」

そこへ再び、執務室の扉を無遠慮に開く者が現れた。今度はノックすらない。

「報告します！」

「控えろ！　今はそのような——」

「も、申し訳ありません！　何をおいてもお伝えしろとの、守備隊からの最後の文《ふみ》です！」

「最後だと⁉　いったいどこの——」

「城塞《じょうさい》都市エアファーレン、城塞都市ルルド、ともに陥落！」

ばかな、と叫んでしまうところだった。

みっともなく喚《わめ》かずに済んだのは矜持《きょうじ》を守るにはよかったが、その実、単に驚きすぎて呼吸さえままならなかっただけのことだった。

エアファーレンといえば、先だって総主教からもたらされた新たな「人類の敵」の住処《すみか》にほど近い街だ。先ほどの災厄討伐軍、その目的地とも言える。

常であれば討伐軍結成式や行軍パレードなど、士気の向上や国民の理解などの効果を狙《ねら》った行事を執り行うところだったが、人類の敵がまだ幼いうちにと急がせて、それらすべてを省略して出撃させたばかりだ。

何より速度を優先し、兵站《へいたん》については考えず、補給は道々の街などで徴収することで賄うつもりだったほどである。国内の行軍であったため可能な、かなり乱暴とも言える作戦だった。

「間に合わなかったということか……。すでに街一つを壊滅させるほどの勢力だと……。いや待て、ルルド？　どこだそれは」

宰相と言えど、辺境すべての城塞都市を瞬時に思い出せるほどの記憶力はない。

「はっ。トレの森——通称帰らずの森と呼ばれる魔物の領域に近い、辺境の都市であります！」

「……思い出したぞ。街を建設したはいいが、魔物の領域に入ったものが出てこないとかで、一向に開発の進んでおらんかった街か。馬鹿な、すると災厄はエアファーレンを陥落させ、すでにルルドまで進軍しているというのか！」

だとすれば驚異的な早さだ。こちらで軍を組織したときにはもう、エアファーレンは落ちていたというくらいの話になる。

しかしそうであればさすがにもっと早く連絡が来ているはずだ。魔物の領域と接する全《すべ》ての辺境の都市には、伝書鳩《ばと》や伝令兵など、火急の際に複数の手段による報告が可能なよう準備が整えられているし、報告が義務付けられている。

「いえ、それが……。どうやらそうではないらしく、エアファーレンの街はアリ型、ハチ型のモンスターの大群が、ルルドの街はトレントの大群が襲ってきたようでして……。その陥落のタイミングは、双方ほとんど同じだった模様です」

ともに陥落、という報告だったことを考えれば、これは当然と言える。そう報告してきたということは、ほとんど同時に知らせが届いたということだ。あの二つの街は、街道上でこそルルドの先にエアファーレンがあるという並びになってはいるが、この王都からの直線距離で言えばおおむね同等だ。

同時に鳩を飛ばしたならば、おおよそ同時に知らせは届く。

「別々の……勢力だというのか……」

総主教の神託によれば、生まれ落ちた災厄は一体だけのはずだ。それとも何か。たまたま偶然、災厄の魔物と、都市を壊滅させられる災害級の魔物が同時に生まれたとでもいうのか。どんな偶然だ。

「そんな馬鹿な……」

しかし宰相の言葉に答えられるものはいない。エアファーレンの街を拠点にリーベ大森林を攻略させるつもりだったが、いきなり頓挫《とんざ》してしまった。宰相は頭を抱えた。

翌朝、早い時間から宰相はすでにデスクに向かっていた。

すでに、というか、昨夜からずっとである。各地から寄せられる救援要請に、応えられないと返事を書き、また討伐軍にはエアファーレンの街がすでにないことをどうやって伝えたものかと頭を悩ませていた。

「報告します！」

また、ノックのない無礼者の襲来だ。

しかし今となっては国に仕える高官が無礼なことより、そんなエリートが無礼を押してでも報告しなければならない事実を聞きたくないという気持ちのほうが強かった。

「……何事だ……。このような朝っぱらから……」

「アルトリーヴァの街、壊滅との知らせがありました！」

「はあ⁉」

宰相は必死に記憶を手繰る。辺境にそのような名前の街はあっただろうか。

椅子を蹴倒《けたお》すように席を立ち、壁にかけられた王国地図を睨《にら》みつける。

「こ、ここです」

今報告に飛び込んできた者が地図の一点を指差す。そこは。

「へんっ、辺境ではない……ではないか！」

そこは、国境線といえば国境線なのだが、背後にアブオンメルカートという踏破不能な高地が切り立つ崖《がけ》として存在している地域だった。

伝承によれば高地の上には古城があり、人の住まない今となっては魔物の領域と化しているとされているが、どのみち崖を登ることもできなければ下ることも不可能なため、単に王国は巨大な壁として認識していた。

その高地の向こう側に隣国ウェルスが存在しているが、高地の存在から直接の交易はあまり盛んではない。

そうした立地であるがゆえに、その一帯はヒルス王国の端に位置していながら辺境だとは認識されていなかった。


その街は高地の水源から流れ込むコンファイン川が運んでくる肥沃《ひよく》な土壌によって、大麦などの栽培で成り立つ街だ。大麦が領主に税として納められ、領主がそれを他の街などに売ることでなんとか生計を立てている。

周囲には危険な魔物のいるような場所はなく、富があるわけでもないため野盗のたぐいもほとんど出ない。

「そんな平和な街がなぜ……」

「連絡は、その隣街のエルンタールの街からの伝書鳩によるものですが、それによればアルトリーヴァから逃げてきた衛兵の一人が、街がスケルトンの大群に襲われた、と証言していると……。しかもそのスケルトンは、ヴェルデスッドの街のある方角から現れたらしく……」

ヴェルデスッドとはアルトリーヴァよりもさらに高地側にある街である。

スケルトンの大群がそちらから来たということは。

「馬鹿な……。ではすでに、スケルトンの大群に二つの街が落とされているということではないか！」

一体何がどうなっているのか。

辺境という辺境で、魔物があふれ出し。

たった一日のうちに、四つもの街が陥落した。

ただこの時の宰相には知る由もないことだが、アルトリーヴァ方面の二つの街を壊滅させたのは、王国が危惧《きぐ》している「新たな災厄」とは全く無関係の勢力であった。

いずれにしろ、対応しようにも主力となりうる軍はそのほとんどが災厄討伐のためにすでに出兵している。

その軍が向かっているのが、陥落した街のうちルルド、エアファーレン方面であるというのは、不幸中の幸いといっていいものかどうか。

あれだけの戦力ならば、少なくとも現地の状況を探るくらいはできるはずだ。

「……遠征に出発した討伐軍はどうしている。定期連絡は来ておろう。時間的に見れば、今日か明日にはラコリーヌの街辺りを通過する頃《ころ》かと思うが……」

ラコリーヌの街は王国の交通の要衝だ。ここからならば、街道沿いにルルド方面にもアルトリーヴァ方面にも向かうことができる。

前回の定期連絡ではまだラコリーヌに到着していなかった。ラコリーヌの街には専用の鳩舎《きゅうしゃ》があり、そういった街に到着した際には定期便とは別に必ず鳩を飛ばす手筈《てはず》になっている。

何しろこの遠征には王国の、いや大陸の未来がかかっていると言っても過言ではない。

他国に援助こそ要請していないが、正式な使者は送っている。他国にまで飛ばせる鳩など存在しないため、早馬を乗り継いでの強行軍ではあるが、隣国に知らせが届いているかは微妙なところだ。

であれば、しばらくは王国のみで対処するしかない。

壊滅したと思《おぼ》しきアルトリーヴァとヴェルデスッドの街の住民には申し訳ないと思うが、あの辺りにはさしたる産業も特産もないし、治める領主も影響力のある貴族ではない。ならばもうあの地方は今は捨て置き、事態が終息したのちに再度平定すれば良い。

「討伐軍は……予定通りにリーベ大森林に向かわせるしかない、な。エアファーレンの街は……壊滅したというのがどの程度なのか……。魔物から奪還し、駐屯地として使えそうであれば、なんとか……」

どのみち、討伐軍が今どこにいるのかが正確にわからないことには鳩も飛ばせない。ラコリーヌの街に到着するのがいつになるかわからないが、その報告を待ち、返信する形で情報の共有をしていくしかないだろう。

「報告します！」

久しぶりに、まともなノックと、礼儀をわきまえた入室があった。

ここは王城、その深奥の、王国宰相の執務室なのだ。本来は常にこうあるべきなのだ。

「討伐軍、ラコリーヌ到着とのことです！」

宰相は、どこそこの街が壊滅、という内容で始まらなかったことに安堵《あんど》する。

「そうか。では情報と次の指示をしたためた文を返すので……。なんだ？　まだなにかあるのか？」

「はっ！　同時に、討伐軍接敵、との報告が」

「せ、接敵？　敵と出会ったということか？　何とだ？　わざわざ接敵などと報告してくるということは、そこらの魔物や野盗程度ではあるまい」

「はっ！　大量の……アリを抱えたハチの群れとのことです！」

あとがき

初めましての方は初めまして。そうでない方はいつもお読みいただきありがとうございます。

というフレーズをデビュー作のあとがきでぶちかませるようになったのには時代の流れを感じますね。

こうしたフレーズは小さい頃《ころ》から、小説などのあとがきでよく目にしておりました。

当時はライトノベルという呼び方はまだ一般的ではありませんでした。私は普通に「小説買ってくる」と言って本屋に出かけておりました。

と言いますのも、私の実家はどちらかと言えば子供の娯楽に厳しい教育方針であり、漫画やゲームが長らく規制されていたからです。ゲーム機を初めて買ってもらったのも小学五年生のクリスマスでした。

母方の親戚《しんせき》の伯母も我が家の方針を尊重してくれており、お年玉は毎年図書券でした。

図書券を知らない方のために説明しますと、図書券とは書店などの加盟店でのみ使用可能な商品券のことで、正式名称は全国共通図書券と言います。二〇〇五年には新規発行が終了してしまった古《いにしえ》のオフダですね。ちなみに加盟店なら当時のオフダが今でも効力を持っています。

お年玉で貰《もら》った図書券は、おそらくは知識を得るために使って欲しいと願って渡されたであろう図書券です。それで漫画を買いたいと言うと母は眉《まゆ》をひそめていました。

それなら文字ばかりの小説を買うのならどうか、と言えば、母は笑顔になりました。

だから私は「小説を買ってくる」とだけ言い、本屋にライトノベルを買いに走っていたのです。ライトノベルと言ってしまうことで、それは何だと聞かれ、内容を説明しなくてはならなくなることを恐れて。

あの頃の私にとって、一番の娯楽はライトノベルでした。休みの日には日がな一日本を読んでいたこともあります。

中学に入ってしばらくすると、お小遣いの範囲内でならゲームや漫画の購入は自由になりましたが、ライトノベルを買うことのほうが多かったと思います。

これは、もちろんライトノベルが好きだったのは間違いありませんが、それ以上に、費用対効果を考えると同じ金額を使うなら小説を買うのが一番長く楽しめるから、という理由が大きかったからです。アホですね。

アホですが、ある意味では真理でもあります。文字を読むというのは、それだけ長く時間を取られる行動なのです。

お金が無かった当時の私ならともかく、娯楽が多様化し様々な選択肢が生まれた現代において、ひとつの趣味に時間を費やすというのは、その趣味に相応の価値を認めていなければできないことです。

今日、ここでこうして皆様に文章をお届けできるのは、ここに至るまでに多くの方々が私の文章にその価値を認めてくれたからこそであると思っています。

ですから、もう一度。

初めましてでない方は、いつもお読みいただき本当にありがとうございます。そして初めましての方は、この本を手にとってくださり本当にありがとうございます。

恐縮ですが、皆様のお時間をいただきます。本編を読んだあとにこちらをご覧になっている方は、お時間いただきありがとうございます。機会がありましたら、また次回もお時間頂戴《ちょうだい》できれば幸いです。


最後に、この場をお借りしまして。

イラストを担当してくださったfixro2n様。ちょくちょく面倒くさいことを言ってしまいましたが、大変美麗なイラストを仕上げてくださりまことにありがとうございます。

校正を担当してくださった方々も、校正ゲラには本文を読み込んでいなければ書けないだろう書き込みがいくつもしてあり、そのプロフェッショナル意識の高さを感じました。

そして担当編集様。打ち合わせの時、ずっと主人公を「レア様」と呼んでくださったところに愛を感じました。イラストで脇《わき》を見ることができて良かったですね。校正ゲラでの校正様と編集様の熱い書き込みバトルにはつい涙腺《るいせん》が緩みました。

他にも私に知らされていないだけでとても多くの方がこの本の出版には関わっておられると思います。

この本の出版に力を割いてくださったすべての皆様に、心より感謝申し上げます。

原純《はらじゅん》

カドカワBOOKS

黄金《おうごん》の経験値《けいけんち》
特定災害生物《とくていさいがいせいぶつ》「魔王《まおう》」降臨《こうりん》タイムアタック

2023年1月10日　初版発行
2024年9月30日　5版発行

著者／原純《はらじゅん》

発行者／山下直久

発行／株式会社KADOKAWA

〒102-8177
東京都千代田区富士見2-13-3
電話／0570-002-301（ナビダイヤル）

編集／カドカワBOOKS編集部

印刷所／暁印刷

製本所／本間製本

ISBN 978-4-04-074744-6 C0093

新文芸宣言

かつて「知」と「美」は特権階級の所有物でした。

15世紀、グーテンベルクが発明した活版印刷技術は、特権階級から「知」と「美」を解放し、ルネサンスや宗教改革を導きました。市民革命や産業革命も、大衆に「知」と「美」が広まらなければ起こりえませんでした。人間は、本を読むことにより、自由と平等を獲得していったのです。

21世紀、インターネット技術により、第二の「知」と「美」の解放が起こりました。一部の選ばれた才能を持つ者だけが文章や絵、映像を発表できる時代は終わり、誰もがネット上で自己表現を出来る時代がやってきました。

UGC（ユーザージェネレイテッドコンテンツ）の波は、今世界を席巻しています。UGCから生まれた小説は、一般大衆からの批評を取り込みながら内容を充実させて行きます。受け手と送り手の情報の交換によって、UGCは量的な評価を獲得し、爆発的にその数を増やしているのです。

こうしたUGCから生まれた小説群を、私たちは「新文芸」と名付けました。

新文芸は、インターネットによる新しい「知」と「美」の形です。

2015年10月10日
井上伸一郎

どんな攻撃もノーダメージ！
ラスボス級大型新人、出陣！
TVアニメ第2期
2023年1月より放送開始!!
コミックス好評発売中!!
漫画：おいもとじろう
痛いのは嫌なので防御力に極振りしたいと思います。
夕蜜柑　イラスト／狐印
ステータスポイントをVITのみに捧げた少女メイプル。その結果得たのは、物理・魔法攻撃・状態異常無効に強豪プレイヤーも一撃死のカウンタースキル!?自らの異常さに気づくことなく、今日も楽しく冒険に挑む！
カドカワBOOKS